NIE WIEI

Gay ]

CW01433307

## Über den Autor:

»Fantasie ist wie ein Buffet. Man muss sich nicht entscheiden – man kann von allem nehmen, was einem schmeckt.«
Getreu diesem Motto ist Jona Dreyer in vielen Bereichen von Drama über Fantasy bis Humor zu Hause. Alle ihre Geschichten haben jedoch eine Gemeinsamkeit: Die Hauptfiguren sind schwul, bi, pan oder trans. Das macht sie zu einer der vielseitigsten Autorinnen des queeren Genres.

# Nie wieder WHISKY

Gay Romance

Jona Dreyer

*Jona Dreyer*
Nie wieder Whisky
Gay Romance

ISBN: 978-1980680970

Verleger:
Tschök & Tschök GbR
Alexander-Lincke-Straße 2c
08412 Werdau

Druck:
Amazon EU S.à r.l., 5 Rue Plaetis, L-2338 Luxemburg

Text von *Jona Dreyer*
Coverdesign von *Jona Dreyer*
Coverbild von *depositphotos.com*
Lektorat/Korrektorat von *Kelly Krause, Kristina Arnold, Doris Lösel, Shan O'Neall, Johanna Temme und Sandra Schmitt*

# Vorwort

Ah, Schottland! Schon wieder! Dieser Roman (es ist wieder kein Reiseführer) enthält folgende Dinge: popcornfressende Highlandschafe, Handicaps, brennende Willies, grantige Taxifahrer, den Prinzgemahl der Queen (ihr wisst schon, Prinz Peinlich), Rosamunde Pilcher, fliegende Augen, Pannensex, regenbogenfarbene Kilts, Nessie, Haggis auf Beinen, geizige Schotten, Eddie the Eagle, eine Menge Anti-Helden, Uraltwitze und einen winzigen Cameo-Auftritt von se one änd only Dschörmäns. Ach ja, und Schmuddelkram.

Kann Diabetes auslösen. Muss aber nicht.

# Prolog

Frag doch mal Callum. Der kann dir bestimmt weiterhelfen.

Vielleicht sollte ich nicht immer auf das hören, was
andere mir raten. Hätte ich an diesem Abend einfach
meinen Rucksack gepackt und wäre nach Hause gegangen,
dann stünde ich jetzt nicht hier. So ... entblößt.

Ich stehe auf einer grünen, schottischen Wiese. Die
Sonne scheint. Nicht so richtig, aber ein bisschen. Meine
Hand liegt auf meiner Brust, dort, wo mein Herz schlägt,
und ich singe aus voller Kehle *Scotland the Brave*, obwohl
ich den Titelsong von Outlander irgendwie motivierender
fände. Eine steife Brise schaukelt meine Eier. Ja, ich bin
unten ohne. Mein Schlüpfer hängt nämlich an einem
Fahnenmast und flattert im Wind wie eine Flagge. Immerhin eine Flagge ohne Streifen.

So ganz sicher bin ich mir nicht, ob das der absolute
Tiefpunkt meines Lebens ist oder vielleicht der Beginn
einer großen Karriere. Na ja, sagen wir, einer mittelgroßen
Karriere. Einer lokalen. Hier im Ort. Egal.

Warum stehe ich also hier und singe und friere mir die
Eier ab, während sich meine Unterhose verzweifelt an eine
Fahnenstange klammert, um nicht auf Nimmerwiedersehen in die Weiten der Highlands geweht zu werden?

Ganz einfach.

Ich habe Callum gefragt ...

# Kapitel 1

**IAN**

Es ist ein ganz normaler Tag in einem ganz normalen, schottischen Pub. Unsere Tische sind abgenutzt, die selbstverständlich karierten Vorhänge ein bisschen muffig und wir servieren *Haggis, Neeps and Tatties,* weil die Touristen das so wollen. Und von denen wimmelt es in Lochnalyne. Ach ja, und Ale. Wir haben viel Ale.

Der Abend ist bereits vorangeschritten und der Laden voll. Viel zu tun für mich. Ich arbeite hier nämlich. Eigentlich sogar ganz gern, wenn nur manche Gäste nicht so furchtbar anstrengend wären. Zum Beispiel die Niederländer da drüben, die die ganze Zeit die Vorhänge befingern, als würden sie sie mitnehmen wollen. Ich schwitze hier Blut und Wasser, denn die Dinger sind so alt, dass ich fürchte, dass sie einfach zu einer Staubwolke zerfallen, wenn man an ihnen zieht. Die hingen hier schon, als man im Pub noch rauchen durfte. Manchmal stelle ich mir vor, wie das Nikotin den Stoff in kleine Brösel verwandelt hat, die irgendwann einfach von der Gardinenstange rieseln. Aber bevor das nicht passiert, wird es wohl keine neuen geben. Denn mein Chef ist fast so geizig wie mein Grandad.

Während ich immer noch mit der Vorstellung beschäftigt bin, wie sich der niederländische Mann die Bröselgardine wie einen Kilt um die Plauze wickelt, tritt ein Gast an die Theke.

»Ein Auld Reekie Stew, bitte.«

»Die Toiletten sind da drüben«, antwortet mein Kollege und zeigt in Richtung Klotür.

»Hä?« Der Gast kratzt sich am Kopf. »Ich muss nicht aufs Klo. Ich wollte bestellen.«

»Ja, Sie dürfen sich stellen, wir haben Urinale.«

Räuspernd mische ich mich ein. »Er will eine Bestellung aufgeben, Jamie.«

»Seine Stellung aufgeben?« Bestürzt blickt mein Kollege mich an.

»Be-stell-ung«, wiederhole ich und forme das Wort übertrieben mit meinen Lippen.

»Achso!« Jamie klatscht sich gegen die Stirn und wendet sich wieder an den verdatterten Gast. »Was darf's denn sein?«, brüllt er ihn an. Er brüllt freundlich, aber er brüllt. Das macht er immer.

»Ein Auld Reekie Stew«, wiederholt der Mann tapfer.

»Ich? Wieso ich?«

»Er sagt Stew«, erkläre ich Jamie, »nicht Du.«

»Ich glaub, ich nehm' einfach ein Sandwich«, murmelt der Gast.

»Nein, nein«, erkläre ich eilig und dränge Jamie beiseite. »Ich übernehme das mal eben. Also, einen Auld Reekie Stew möchten Sie, und was darf es zu trinken sein?«

»Ein Scotch Ale, bitte. Pint.«

Ich gebe Jamie ein Handzeichen, das Bier auszuschenken. Das kapiert er immer. Wortlos. Zum Glück. Der irritierte Gast schlurft mit seinem Ale zurück zu seinem Tisch. Und ich habe gelogen.

Wir sind gar kein ganz gewöhnliches Pub. Hier ist alles so wie in anderen Pubs auch, mit einem kleinen Unterschied: Mein Chef stellt in einem nimmerendenden Anflug des Samariterwahnsinns nur gehandicapte Leute ein. Das ist cool. Keine Frage. Aber ein schwerhöriger Kellner hinter der Theke eines lauten, vollbesetzten Pubs ist, sagen wir, ein wenig unpraktisch. Jamie behauptet zwar, er könne Lippen lesen, aber das ist eine glatte Lüge.

Nicht, dass ich sehr viel nützlicher wäre. Der Teppich im Pub ist Zeuge, wie oft ich schon mit einem vollbeladenen Essenstablett über irgendeine Schwelle gestolpert bin. Ich sehe nämlich nur mono. Ich habe nur ein Auge, das andere habe ich verloren. Wenn mich jemand fragt, wie das passiert ist, dann antworte ich meistens: Ist mir unterwegs rausgefallen und ich hab's erst zu Hause bemerkt. Das stimmt natürlich nicht, aber ich habe überhaupt keine Lust, jedem die ganze Geschichte zu erzählen. Seit ich eine wirklich hübsche Prothese habe, die sich sogar ein bisschen mitbewegt, fragen zum Glück nicht mehr so viele. Aber in der Schule hatte ich liebreizende Spitznamen wie Zyklop oder Holzauge. Dort muss ich aber Gott sei Dank schon einige Jahre nicht mehr hin.

Die Tür geht auf und ein neuer Pulk an Gästen drängt sich in den ohnehin schon viel zu vollen Raum, aber leider ist noch ein Tisch frei, also kann ich sie nicht postwendend wieder hinausschmeißen. Manchmal stelle ich mir vor, wie ich hereinkommende Gäste mit einem Besen attackiere und sie wieder vor die Tür scheuche. Das steht auf jeden Fall ganz oben auf meiner Bucket-List. Als ich allerdings bemerke, wer unter diesen neuen Gästen ist, verschwinden meine Besengedanken ganz schnell in die Abstellkammer, dafür möchte etwas anderes unbedingt einen Stiel bekommen. Er ist es. Beim verflixten Highlander: Er-ist-es!

Willie Burns.

Ich sinke hinter der Theke darnieder und Jamie packt

mich beim Ärmel, als er merkt, dass ich wirklich gerade einen Abflug in Richtung Teppich mache.

»Was ist los?«, brüllt er in mein Ohr.

Ich gebe ihm mit einer Geste zu verstehen, die Klappe zu halten, und lehne mich geiernd über die Theke. Beobachte, wie dieses stramme Mannsbild von einem Schotten mit seinen Begleitern an dem freien Tisch Platz nimmt und sich im Pub umsieht. Ach, diese strammen Waden unter seinem Kilt. Diese muskelbepackten Arme. Das strohblonde Haar. Hrrr. Willie Burns. Der Champion der letzten lokalen Highland Games und eine kleine Berühmtheit. Nicht nur, weil er Baumstämme mühelos bis auf die Orkney-Inseln werfen kann, sondern weil er in meiner kleinen Welt der mutigste Mensch auf Erden ist. Er ist nämlich out. Ich meine, ich bin auch out. Aber Willie Burns ist so out, dass er die letzten Highland Games demonstrativ in einem knallpinken Shirt und einem Kilt in Regenbogenfarben absolviert hat. Was für ein Statement! Das Publikum hat ihn geliebt. Die lokale Presse auch. Und ich erst ...

Er ist also wieder hier. Ich hatte ihn nach dem Ende der letzten Highland Games nicht wiedergesehen, aber das ganze vergangene Jahr jeden Tag von ihm fantasiert. Nicht, dass ein Kerl wie er sich für mich interessieren würde, aber man kann ja mal träumen.

»Das Essen für Tisch vier ist fertig!«, schreit mich Jamie von der Seite an, dass es mir die Frisur verweht.

Ich erwache aus meiner Trance und mache mich an die Arbeit. Es wäre schön, wenn ich heute Abend mal nicht mit dem Tablett auf die Fresse fliegen würde. Peinlichkeiten sind in der Gegenwart meines persönlichen Superhelden zu vermeiden. Nachdem ich den Gästen an Tisch vier unfallfrei ihr Essen serviert habe, schlendere ich betont lässig hinüber zu Willie und seinen Kumpels. Und übersehe dabei beinahe eine Welle im Teppich, von der ich eigentlich genau weiß, dass sie dort ist. Puh. Also. Was mache ich jetzt? Was sage ich jetzt? Einfach so: Hallo, wie geht's?

»Jemand zu Hause?«

Äh? Erschrocken schüttle ich den Kopf. Scheiße. Ich habe vermutlich gerade dagestanden und grenzdebil gestarrt.

»Hast du ein Problem oder was?« Willie verschränkt seine beeindruckenden Arme.

Ja, ich habe ein Problem. Mein Name ist Ian Ramsay und ich bin in dich verknallt.

»B-Bestellung«, stammle ich. »Wollt ihr schon bestellen? Ha-habt ihr schon was gefunden?«

»Erst mal eine Runde Bier für alle, die du uns bitte an den Tisch bringst, und dann das, was die Tageskarte so hergibt.«

»Fisch mit Buttersoße«, murmle ich abwesend und starre ehrfürchtig auf das kleine Grübchen in seiner Wange, das er sogar hat, wenn er nicht lacht. Und das tut er gerade nicht. Im Gegenteil. Er runzelt die Stirn.

»Okay. Is' noch irgendwas?«

»Wieso?«, frage ich erschrocken.

»Weil du so glotzt.«

»Entschuldigung«, erkläre ich eilig. »Aber d-du bist doch der Highland-Games-Champion vom letzten Jahr, nicht wahr?«

»Bin ich. Willst du 'n Autogramm?«

»O ja, bitte!«, kreische ich viel zu hoch und viel zu laut, sodass ein Moment Stille im Pub eintrat und gefühlt alle Blicke auf mich gerichtet sind. Die Niederländer hören sogar auf, die Vorhänge zu befummeln.

Willie grinst. Wie kann er es nur wagen, so gut auszusehen? »Wohin willst du das Autogramm denn haben?«

Wohin du willst! Auf meine Stirn! Auf meine Arschbacken! In meinen ...

»Vielleicht auf einen Bierdeckel oder so«, murmle ich schüchtern.

»Na dann streng dich mal an und bewirte uns ordentlich, dann kriegst du vielleicht eins.« Seine Kumpels lachen, er boxt mir spielerisch an den Arm und ich fühle mich wie der karierte Bröselvorhang.

Im Rückwärtsgang entferne ich mich vom Tisch, stoße dabei gegen den Stuhl eines Gastes und ergreife geradezu panisch die Flucht. Das Personalklo ist meine Rettung. Ich brauche eine Minute, um runterzukommen. Atmen, Ian. Atmen. Meinte er das zweideutig mit dem Autogramm? Oder doch nur den Bierdeckel? Aber selbst, wenn: Auch da klebt seine DNA dran. Nicht auszuhalten. Aber wenn ich ihn ordentlich bewirten will, dann sollte ich so langsam mal wieder das Klo verlassen, ihm sein Ale ausschenken und die Essensbestellung an die Küche weitergeben.

Einen kurzen Blick in den Spiegel gönne ich mir noch. Muss ja sehen, ob die Frisur sitzt. Das tut sie übrigens nie. Auch sonst bin ich nicht mit außergewöhnlicher Schönheit gesegnet. Eher dünn, rote Haare, haselnussbraune Augen und ein Gesicht voller Sommersprossen. Dazu die Prothese. Und meine Haare sind heute auch noch ein bisschen fettig, weil ich sie nicht waschen konnte. Mistikack. Grandad dreht nur alle zwei Tage das Warmwasser auf und heute war natürlich kein zweiter Tag. Warum muss ich gerade heute Willie Burns begegnen? Hätte ich das gewusst, wäre ich irgendwoanders duschen gegangen.

Als ich das Klo verlasse, sehen Willie und seine Freunde schon ziemlich ungeduldig aus. Beeilung, Ian! Die sind hungrig und durstig. Eilig gebe ich die Bestellung an die Küche weiter – Murray, unser Koch, hat übrigens Tourette –

und mache mich daran, das Ale auszuschenken. Eins, zwei, drei, vier ... fünf Stück.

»Schaffst du das?«, wiehert mich Jamie an.

»Was denn?«

»Tablett mit fünf Ale!«

»Ja, Mann.« Ich runzle die Stirn. Ich hab' das schon mal geschafft, ohne irgendetwas umzuwerfen. Irgendwann muss es mir ja ein zweites Mal gelingen.

Hochkonzentriert balanciere ich das Tablett durch den Gastraum, laufe Slalom zwischen Tischen und Stühlen und komme unversehrt an meinem Ziel an. Normalerweise holen sich die Gäste ihre Getränke an der Theke, aber für meinen Schwarm mache ich gern eine Ausnahme. Mit stolzgeschwellter Brust stelle ich jedem sein Ale vor die Nase und will mich fast schon verbeugen.

»Ist hier ein Magnet im Boden, dass du immer so lange stehenbleibst?«, fährt mich einer von Willies Kumpels an.

Erschrocken weiche ich zurück. »Entschuldigung. Ich dachte, vielleicht habt ihr noch Wünsche oder so.«

»Haben wir nicht.«

Mann, sind die alle unfreundlich. Aber ich muss mich auch nicht wundern, wenn ich wie ein Depp hier herumstehe. Mit eingezogenem Kopf schleiche ich zurück zum Tresen und gehe weiter meiner Arbeit nach. Ordentlich bewirten lautet die Devise. Dann gibt es ein Autogramm. Ich brauche dieses Autogramm in meinem Leben!

Aufgeregt poliere ich Biergläser, bis Murray aus der Küche »Essen für Tisch sieben, Scheiße, verreck dran, verreck dran!« ruft. Wenn er so flucht, dann ist er sehr gestresst. An ruhigeren Tagen schlägt er meist nur mit dem Kochlöffel um sich.

Ich nehme den ersten Teller an mich und gehe damit zu Willies Tisch hinüber, um meinem Champion als Erstes sein Essen zu kredenzen. Der Kellnergott scheint mir heute gnädig, denn ich passiere die Teppichwelle ohne ein großes Unglück. Steuere unbeirrt auf Willie zu, der seinen blonden Schopf wendet und mir lächelnd entgegenblickt. Scheiße. Ich bekomme eine spontane Armlähmung und der Teller segelt mir aus den erschlafften Händen. Selbstverständlich landet das Fischfilet in Buttersoße direkt auf Willies Shirt. Nicht, dass ich etwas dagegen hätte, diesen Prachtkörper mit Butter einzureiben, aber mein Superheld scheint weniger begeistert. Verärgert verzieht er die Miene und versetzt mir einen Stoß, der mich nach hinten taumeln und abermals gegen den Stuhl eines anderen Gastes stoßen lässt, der dem Geräusch nach zu urteilen mit dem Gesicht in seiner Shepherd's Pie landet.

Katastrophenalarm.

»Sag mal, du Depp!«, braust Willie auf und klaubt sich wütend das Kabeljaufilet von der Brust. »Wie kann man nur so dämlich sein? Das Shirt war neu! Und teuer!«

»I-ich komme für die Rechnung auf«, stammle ich und möchte am liebsten im Boden versinken. »Es ist so, ich bin auf einem Auge blind, und manchmal–«

»Dann such dir einen Job, wo du nichts sehen musst!«, unterbricht er mich unwirsch. »Meine Fresse.«

Ich schlucke heftig. »Ich bringe ein Tuch. Das Essen geht natürlich aufs Haus. Und ich bringe noch eine Runde Bier, auch aufs Haus. Okay?«

»Ja, ja. Jetzt hau ab und bring das in Ordnung!«

Mein Kopf brennt vor Scham, während ich zum Tresen zurückgehe, ein Tuch hole und es Willie bringe. Seine Kumpels machen auf einmal den Eindruck einer russischen Schlägerbande, die mich gleich vor die Tür zerren und windelweich prügeln will. Das verlangt nach einer Bestechung mit Ale. Viel Ale.

Es bleibt nicht bei der Gratisrunde. Sie bestellen noch einige mehr. Nach Runde vier habe ich aufgehört, zu zählen. Immerhin scheint mir Willie mit jedem Ale etwas weniger böse wegen des kleinen Unfalls zu sein. Irgendwann lächelt er sogar wieder.

»In einer halben Stunde schließt das Pub«, kündige ich an. »Letzte Bestellmöglichkeit.«

»Dann bring uns noch eine Runde, Kleiner!«, verlangt Willie.

»Bekomme ich dann mein Autogramm?«, frage ich schüchtern.

»Nö. Du hast mich vollgekleckert.«

Unvermittelt packt er mich bei den Hüften und reißt mich auf seinen Schoß. Ich bekomme einen kleinen Herzinfarkt und habe schweinische Gedanken, die ein bisschen in die Richtung »Benutz mich ohne Gummi« gehen.

»Wenn du mich beeindrucken willst«, erklärt Willie und rubbelt mich an seiner Brust, dass ich schon wieder das Bröselgardinen-Syndrom bekomme, »dann mach bei den Highland Games mit und besieg mich. Dann geb' ich dir ein Autogramm und du kannst dir sogar den Stift aussuchen.«

Ich kann mir den Stift aussuchen. Ich kann mir den Stift aussuchen!

Er schiebt mich von seinem Schoß und ich klatsche auf den Boden wie ein frischer Kuhfladen.

Welchen Stift meint er? Den Hosenstift? Will er mich damit markieren, wenn ich ...? Beim verflixten Highlander!

»Rufst du uns ein Taxi, wenn du aufgestanden bist? Wir wollen nach Inverness.«

»Mach ich!« Ich rapple mich auf und torkle wie eine neugeborene Giraffe zurück zur Theke. Zücke das Telefon und wähle die Nummer des Taxidienstes.

Mit einem grantigen »Wer stört?«, geht der ewig schlechtgelaunte Callum MacTavish ans Telefon.

Ich rolle mit den Augen. »Ian hier, vom *White Boar*. Ich hätte einen Schnapsdrosseltransport nach Inverness für sechs Personen.«

»Nach Inverness?«, knurrt es aus dem Hörer. »Es ist ein Uhr nachts, habt ihr sie eigentlich noch alle?«

»Entschuldigung, dass wir dir eine Gelegenheit bieten wollen, Geld zu verdienen«, gebe ich säuerlich zurück. Ich bin ja wirklich nicht die Idealbesetzung für meinen Job, aber bei Callum denke ich jedes Mal wieder: Augen auf bei der Berufswahl.

»Aye, ist ja gut«, brummt er. »Ich hole den Bus raus. Bin in einer Viertelstunde da.«

Tatsächlich steht er exakt fünfzehn Minuten später auf der Türschwelle. Seiner Frisur und seinen Augenringen nach zu urteilen, habe ich ihn geweckt, und seine heitere Laune ist ansteckend wie immer. »He, Pünktchen!«, ruft er zu mir herüber. »Wo sind die Schnapsdrosseln?«

Ich hasse es, wenn er mich Pünktchen nennt. Er tut das wegen meiner Sommersprossen und weiß genau, dass ich es nicht leiden kann.

»Unsere werten Gäste sind da drüben«, erkläre ich und senke die Stimme. »Das da ist Willie Burns, der Champion der Highland Games vom letzten Jahr.«

»Und wenn's der Dalai Lama wäre«, versetzt Callum, schnaubt genervt und geht hinüber an den Tisch. »MacTavish Taxi. Trinkt euer Ale aus. Ich bringe euch jetzt nach Inverness.«

# Kapitel 2

## »Frag doch mal Callum!«

### IAN

»Ian, ist dein Gehirn eingeschlafen?« Ewan, mein Chef, steht vor mir und stemmt die Hände in die fleischigen Hüften. Schlagartig erwache ich aus meinen Tagträumen.

»Wenn du weiter an diesem einen Glas herumpolierst, ist es irgendwann einfach verschwunden«, bemerkt er kopfschüttelnd.

»Ach.« Ich stelle das Glas ab und lege das karierte Geschirrtuch beiseite. Es ist Nachmittag und die letzten Mittagsgäste haben das Pub verlassen. Meine Schicht ist gleich zu Ende. »Wir brauchen übrigens neue Gardinen.«

»Wie kommst du denn jetzt auf Gardinen?« Misstrauisch runzelt er die Stirn. »Ist irgendwas mit dir los? Ich werde seit gestern das Gefühl nicht los, dass irgendein Draht in deinem Karottenköpfchen den Kontakt verloren hat.«

»Ach ...« Ich winke ab. »Ich denke nur über etwas nach.«

»Und worüber, dass du dadurch gleich vergisst, wie man richtig arbeitet?«

»Über die *Highland Games*.«

»Die sind erst in zwei Monaten.«

»Ich weiß«, gebe ich zurück, »aber ich überlege, ob ich vielleicht antrete.«

»Okay.« Ewan hebt die Hände. »Okay, irgendwas stimmt definitiv nicht in deinem Oberstübchen. Bist du mit dem

Fahrrad gestürzt? Hat der alte Ramsay dir wieder überlagerte Dosensuppe zu essen gegeben?«

»Nein!«, erwidere ich gekränkt. »Ich denke ernsthaft darüber nach, dieses Jahr vielleicht mal mitzumachen.«

»Und in welcher Disziplin? Es gibt kein *Um-die-Wette-Hinfallen*, weißt du?«

»Denkst du, ich bin gerne so ein Volltrottel?« Ich verschränke die Arme und schlucke an etwas Bitterem. »Aber vielleicht würde ich dann sogar mal lernen, mich sicherer zu bewegen.«

»Ach, Junge.« Mein Chef verschränkt die Arme und lehnt sich gegen die Theke. »Gib es zu, das hat doch mit diesem Willie Burns zu tun, den du so anschmachtest.«

Ertappt senke ich den Blick. »Sagen wir mal, er hat mich ermutigt.«

»Also wenn du das wirklich ernstmeinst, dann werde ich dich natürlich unterstützen und anfeuern. Ich frage mich allerdings trotzdem, in welcher Disziplin du antreten willst. Baumstammweitwurf würde ich jetzt schon mal kategorisch ausschließen.«

»Ich weiß nicht, worin ich vielleicht gut sein könnte«, gestehe ich. »Oder wie ich es herausfinden soll. Hast du eine Idee?«

»Hm.« Ewan streicht sich nachdenklich über das Doppelkinn. »Frag doch mal Callum. Der kann dir bestimmt weiterhelfen.«

»Callum? Warum denn ausgerechnet der? Ich bin froh, wenn ich ihm nicht begegnen muss. Er hat immer so eine fürchterliche Laune.«

»Schon, aber er ist doch *die Highland Games*-Legende von Lochnalyne schlechthin.«

»*Callum?*«, wiederhole ich und meine eigene Stimme

hört sich so an, wie wenn ein Fingernagel über eine Tafel kratzt.

»Ja, weißt du das nicht? Wobei, zu den Zeiten warst du noch ein Kind. Callum MacTavish ist derjenige, der bei den *Lochnalyne Highland Games* die meisten Pokale in den meisten Kategorien gewonnen hat. Er war fast überall unschlagbar.«

»Wow, das ... ich hatte keine Ahnung.«

»Na ja, ist auch eine Weile her, nicht wahr? Damals warst du vielleicht acht oder so.«

Acht. Himmel. Jetzt bin ich dreiundzwanzig. »Du siehst mich erstaunt.«

»Ja, ja. Callum war damals quasi unser Willie Burns, nur mehrere Jahre in Folge. Und ohne rosa Kilt und das ganze Brimborium. Versteh mich nicht falsch ...«

»Schon gut.« Ich winke ab. Die Leute im Ort sind liberal, ich kann mich nicht beschweren. Dass ich auf Jungs stehe, ist kein Geheimnis. Dass ich keinen abbekomme, allerdings auch nicht. »Ich glaube kaum, dass Callum mir helfen würde.«

Ewan zuckt mit den Schultern. »Kannst ihn ja mal fragen. Mehr als nein sagen kann er nicht. Vielleicht hebt das sogar mal seine Laune, weil er an die guten, alten Zeiten denkt.« Er klingt so, als fände er es selbst total lächerlich, was er da gerade von sich gibt.

»Du meinst also, ich soll einfach mal zu ihm hingehen und fragen, ob er mich trainiert oder sowas?«

»Ja«, erwidert Ewan. »Was soll schon passieren?«

Anstatt nach Feierabend mit dem Bus nach Hause zu fahren, mache ich mich zu Fuß auf den Weg zum Haus von

Callum MacTavish. Eigentlich könnte ich mir das auch ersparen, denn ich weiß genau, dass sein Interesse daran, mir zu helfen, ungefähr bei Null liegen wird, eventuell sogar im Minusbereich. Aber Ewan hat recht: Man kann ja mal fragen. Und wenn er wirklich der Rekordhalter der *Lochnalyne Highland Games* ist, dann hat er vielleicht zumindest den einen oder anderen wertvollen Tipp für mich.

Es ist ein schöner Abend. Im Dorf ist es vergleichsweise ruhig, weil die meisten Leute in ihren Gärten sitzen, anstatt auf der Straße unterwegs zu sein. Mir begegnen ein paar Touristen in Spazierlaune und einige Autos an der Hauptstraße, aber ansonsten ist nicht viel los. Heute hat es nicht geregnet, am Himmel tummeln sich nur ein paar Wattewolken und es wird noch lange hell sein, weil Sommer ist. Das mag ich. Hebt irgendwie die Laune, zumindest bei mir. Vielleicht sogar bei dem, den ich gleich belästige.

*MacTavish Taxi* steht auf einem großen Schild an seinem Gartenzaun. Darunter etwas kleiner *day & night*. Vielleicht sollte er *night* durchstreichen, wenn es ihn jedes Mal so auf die Palme bringt, wenn er nach Mitternacht jemanden außerhalb der Ortschaft fahren soll. Bis vor zwei Jahren gab es in diesem graubraunen Haus sogar noch eine Pension, die von Callums Mutter betrieben wurde, aber die rüstige Dame ist mittlerweile in eine Seniorenresidenz gezogen und er wohnt da drin allein, so weit ich weiß.

Als ich das Gartentor öffne und in Richtung Haustür schleiche, komme ich mir wie ein Verbrecher vor, obwohl nichts Verbotenes daran ist, an einer Tür zu klingeln. Sehr höflich ist es allerdings auch wieder nicht, jemanden um diese Uhrzeit mit so einem Quatsch zu belästigen. Vielleicht sollte ich doch einfach nach Hause gehen? Da ist so eine kleine Hoffnung in mir, dass Callum vielleicht gar nicht zu Hause ist, sondern irgendjemanden irgendwohin kutschieren muss.

An der Tür des kleinen Hauses mit dem gepflegten Garten suche ich vergeblich nach einer Klingel. Wo gibt's denn sowas? Wie kann jemand keine Klingel haben? Was macht denn dann der Postbote? Ich finde, das verdient einen Sonderbeitrag in *Rätsel der Menschheit*. Was soll ich tun? Rufen? Klopfen? Rauchzeichen? Ich entscheide mich fürs Klopfen. Aber keiner macht auf. Dann ist er wohl wirklich nicht da. Nun, das ist wahrscheinlich auch besser so. Ich gehe lieber doch – Moment, flimmert da ein Fernseher?

Ich komme mir wie ein Spanner vor, als ich einen Blick durch das zweite Fenster neben der Tür werfe. Tatsächlich. Da flackert ein Fernseher hinter den Vorhängen und jemand sitzt auf der Couch. Dürfte Callum sein. Soll ich ans Fenster klopfen? Nein, dann merkt er ja, dass ich ihn beobachtet habe. Aber ich könnte ihn anrufen. Ha! Ich tippe seine Nummer, die ich von unzähligen Anrufen vom Pub aus kenne, in mein Handy und lasse es klingeln.

Momente später geht er ran. »MacTavish Taxi?« Er klingt genervt wie immer.

»Hi, hier ist Ian. Ich–«

»Schnapsdrosseltransport?«

»Nein.« Ich grinse. Das ist seit Jahren unser Codewort dafür, wenn er betrunkene Gäste nach Hause bringen soll. »Kannst du mal bitte an die Tür kommen?«

Aufgelegt! Heißt das, dass er jetzt an die Tür kommt? Oder dass er mich ignoriert? Etwas tut sich da drin. Ich höre Hundegebell.

*O Gott, er will seinen Hund auf mich hetzen!*

Ich weiche ein paar Schritte zurück. Callums Stimme ist von drinnen zu vernehmen, das Hundegebell verstummt und die Tür wird geöffnet.

»Brauchst du ein Taxi?« Misstrauisch lugt sein bärtiges Gesicht hinter dem Türspalt hervor. Aus dem Hintergrund erklingt schnulzige Geigenmusik.

»Nein«, gebe ich zu.

»Dann verzieh dich.«

»Warte!«, rufe ich, als er mir die Tür vor der Nase zuschlagen will. »Du bist doch der Rekordhalter der *Lochnalyne Highland Games*, oder?«

»Aye, und jetzt verschwinde.«

Schon wieder will er die Tür zuschlagen und ich klemme geistesgegenwärtig meinen Fuß dazwischen. Aua! Ich kann nicht anders, als leise in mich hineinzuwinseln. »Jetzt warte doch«, bitte ich noch einmal.

»Du hast besser einen sehr triftigen Grund, mich beim Abendessen zu stören«, kommt ungehalten zurück.

»Tut mir leid.« Die Geigenmusik steigert sich zu einem ohrenbetäubenden Crescendo und klingt dann leise aus. »Warum hast du so eine Musik laufen zum Abendessen?«

»Geht dich nichts an.«

»Hast du ein Date da drin oder so?«

»Welchen Teil von *geht dich nichts an* verstehst du nicht? Jetzt nimm endlich deinen Fuß von meiner Türschwelle, oder ich befehle meinem Hund, dich zu beißen.«

»Du bist bissiger als jeder Hund!«, gebe ich ungehalten zurück. »Ich wollte dich doch nur was fragen. Und zwar möchte ich dieses Jahr gern an den *Highland Games* teilnehmen und–«

Schallendes Gelächter unterbricht meine Rede. Na schönen Dank auch. Der Nächste, der es urkomisch findet, dass ich mich mal irgendwo beweisen möchte.

»Okay«, erwidert Callum noch immer lachend, »okay. Wo ist die versteckte Kamera?«

»Hier ist keine«, versetze ich beleidigt. »Und das war

auch kein Witz. Auch wenn's erstaunlich ist, dich zur Abwechslung mal lachen zu hören.«

Langsam beruhigt er sich. »Welcher Teufel hat dich denn da geritten, Pünktchen?«

»Ich will mich eben auch mal beweisen«, erwidere ich schmollend und starre auf meinen schmutzigen Turnschuh, der immer noch in der Tür klemmt.

»Aber warum denn ausgerechnet bei den *Highland Games*? Du machst dich doch zum Gespött!«

»Vielleicht aber auch nicht. Wenn du mir hilfst.«

»Wenn ich – du tickst doch nicht ganz richtig!« Er tippt sich an die Stirn. »Hast du was gesoffen? Wie soll ich dir denn bitteschön helfen, und vor allem: Warum?«

»Du könntest mich trainieren«, murmle ich. »Oder mir zumindest ein paar Tipps geben.«

»Na schön, ich gebe dir einen Tipp: Ich zähle von drei abwärts und bei null bist du besser verschwunden. Ich habe neunundneunzig Probleme und nervige kleine Jungs sind keines davon.«

»Callum, bitte!«, flehe ich. »Ich weiß nicht, wen ich sonst fragen soll!«

»Warum ist dir das denn so wichtig?«, fragt er verständnislos. »Du hast doch die ganzen Jahre nie Ambitionen gehabt, an den *Highland Games* teilzunehmen.«

»Ja, aber dieses Jahr ist es anders.« Ich räuspere mich verlegen. »Ich wurde sozusagen zur Teilnahme motiviert.«

»Von wem? Ich gehe jede Wette ein, dass derjenige dich nicht leiden kann.«

»Ich glaube, er hat noch keine Meinung von mir.« Außer der, dass ich ein Volltrottel bin, der nicht kellnern kann. »Aber ich wünsche mir, dass er eine gute Meinung von mir *bekommt*. Dass er ... dass er mich mag.«

Callum runzelt die Stirn und in seinen hellblauen Augen

blitzt Erkenntnis auf. »Der Champion vom letzten Jahr mit dem bescheuerten Namen, nicht wahr?«

»Bescheuerter Name?« Was zur Hölle meint er?

»Willie Burns. Lass dir das mal auf der Zunge vergehen: Ein Schwuler namens *Willie Burns*.«

»Ich kapiere nicht, worauf du hinaus willst. Und überhaupt, hast du was gegen Schwule?« Würde mich kein Stück wundern.

Er schnaubt verächtlich. »Nein, habe ich nicht. Aber ich helfe dir mal eben von deiner langen Leitung herunter. Sag mal: *My willie burns.*«

»My willie burns«, wiederhole ich. »Mein Willi brennt. O Callum!« Ich verschränke meine Arme und versuche möglichst empört auszusehen. »Man sollte nicht über Namen lachen.«

Er rollt mit den Augen und stupst mit dem Türblatt an meinen Schuh. »Fuß raus jetzt und tschüss.«

»Willst du mir wirklich nicht helfen?«, frage ich noch ein letztes Mal voller Resignation. »Er hat gesagt, dass er sich vielleicht für mich interessiert, wenn ich mitmache.«

Callum stößt einen langen Atemzug aus und etwas in seiner ewig grantigen Miene wird weich. »Du solltest keinem Kerl hinterherlaufen, der sich nur unter bestimmten Umständen für dich interessiert, Pünktchen. So viel musst du dir selbst schon wert sein.«

»Schön«, erwidere ich bitter. »Im Normalfall interessiert sich für mich gar keiner. Die *Highland Games* wären vielleicht mal eine Möglichkeit gewesen, ein bisschen mehr Selbstwertgefühl aufzubauen.«

Callum schluckt und sieht mich lange an. »Komm rein«, bittet er schließlich zu meiner grenzenlosen Überraschung. »Und fass ja nichts an.«

# Kapitel 3

## »Guckst du etwa Rosamunde?«

**CALLUM**

Mitleid ist die dümmste Erfindung seit dem Faustkeil. Wobei der Faustkeil mich ganz bestimmt nicht dazu veranlasst hätte, kleine Jungs mit lächerlichen Plänen in mein Haus zu lassen.

»Soll ich meine Schuhe ausziehen?«, fragt Ian schüchtern.

»Aye. Ich habe erst gewischt.«

Neugierig kommt mein Hund aus dem Wohnzimmer getapst und beäugt unseren Besucher, obwohl ich ihm befohlen habe, in seinem Körbchen zu bleiben. Er tut allerdings selten das, was ich ihm sage, es sei denn, ihm winkt ein Leckerli. Elende Pelzwurst.

»Na hallo, wer bist denn du?« Ian geht in die Hocke und lässt sich ausgiebig beschnüffeln. Als seine Finger allerdings zu Würstchen erklärt werden, schreite ich ein.

»Haggis, bei Fuß!« Der kleine Klops hört natürlich nicht auf mich, sondern schleckt weiter an Ians Fingern herum. »Haggis!«

Mein ungebetener Gast schaut mit einem belustigten Grinsen auf. »Dein Hund heißt allen Ernstes Haggis?«

»Sieh ihn dir doch an. Wenn der nicht wie ein Haggis auf Beinen aussieht, dann weiß ich auch nicht.«

»Was ist das für eine Rasse?«

»Schottische Haggisdogge.«

Er verschränkt die Arme und blinzelt mich an.

Ich rolle mit den Augen. »Haggis ist eine Französische Bulldogge, und jetzt komm endlich mit.«

»Wenn Haggis ein Franzose ist, spricht sich sein Name dann nicht 'Agiss?«, fragt mich Ian, während er mir ins Wohnzimmer folgt. Ich möchte ihm am liebsten eine scheuern.

»Ich geb' dir gleich 'Agiss«, murmle ich vor mich hin. »Also, kommen wir mal zum eigentlichen Thema. Die *Highland Games* sind schon ein bisschen anders als Schulsport. Es gibt neun Disziplinen und über fünfundvierzig Sportarten. Bist du vielleicht musikalisch? Dann tritt beim Solo Piping an und lass mich in Ruhe. Ich habe Pokale in Disziplinen gewonnen, in denen du ganz bestimmt nie was gewinnst. Hammerweitwurf zum Beispiel. Oder – hörst du mir überhaupt zu?«

Anstatt mir aufmerksam zu lauschen, starrt der Bengel wie gebannt auf den Fernsehbildschirm. »Guckst du etwa Rosamunde Pilcher?«, will er wissen.

Eilig schnappe ich mir die Fernbedienung, die mir wie ein schlüpfriger Fisch aus der Hand flutscht. Ich muss einen Hechtsprung machen, um sie wieder einzufangen und den Ausschaltknopf zu drücken. »Das lief da zufällig!«, rechtfertige ich mich eilig. »Ich war gerade beim Durchzappen.« Es gibt dunkle Geheimnisse, die nicht jeder wissen muss.

»Du stehst wohl auf Schnulzen«, folgert Ian und hält die leere DVD-Hülle von *Stolz und Vorurteil* in die Höhe, die er sich vom Wohnzimmertisch gegriffen hat.

»Ich hatte doch gesagt, du sollst nichts anfassen!«, fahre ich auf und haue ihm reflexhaft eins auf den Handrücken, damit er die Hülle fallen lässt. »Willst du hier nur herumschnüffeln?«

»Nein«, erwidert er und reibt sich schmollend die Hand. »Hast du auch irgendwo gewonnen, wo man nichts Schweres werfen muss?«

»Im Highland-Tanz, aber damit brauchen wir gar nicht erst anzufangen. Du kannst ja kaum geradeaus laufen, da sind in zwei Monaten keine brauchbaren Ergebnisse zu erwarten. Sowieso, zwei Monate sind viel zu kurz für einen, der gar nichts kann!«

»Vielleicht kann ich ja was und weiß es nur noch nicht«, gibt er kleinlaut zurück und zieht eine Schnute, die so niedlich ist, dass es mich schon wieder ärgert.

»Kannst du schnell rennen?«, frage ich ihn. »Oder kannst du überhaupt rennen?«

»Ja, kann ich.«

»Dann wäre vielleicht der Hindernislauf etwas für dich. Obwohl, nein. Du scheiterst ja in der Regel schon an Türschwellen.« Er zieht immer noch diese Schnute. Unglaublich.

»Vielleicht würde ich danach dann aber nicht mehr daran scheitern. Hindernislauf klingt gut. Hast du da auch gewonnen?«

»Nein, da war ich nur Zweiter.« Vielleicht könnte ich ihn ganz galant an den Erstplatzierten verweisen? Wer war das noch? Ach ja, John MacKenzie. Der wurde doch vor ein paar Jahren von einem Bierlaster überfahren. Dumm gelaufen.

»Zweiter ist auch gut«, meint Ian.

Schön. Darf ich jetzt *Winter Solstice* weitergucken?

»Kannst du mir zeigen, wie man Hindernislauf macht?«, bittet er.

»Mach einfach das Gegenteil von sonst«, empfehle ich

ihm. »Spring über die Hindernisse, anstatt darüber zu stolpern.«

»Du nimmst mich überhaupt nicht ernst!« Seine Stimme hat diesen jammernden Tonfall angenommen, der mir augenblicklich Kopfschmerzen bereitet.

Ich schnaube. »Ist auch ein bisschen viel verlangt, oder? An den *Highland Games* teilnehmen, um *Mister Rosaroter Kilt* zu beeindrucken.«

»Der Kilt war in Regenbogenfarben.«

»Setz dich hin, verdammt nochmal. Ich mache uns Tee.«

Gehorsam nimmt er Platz und Haggis hopst neben ihm auf die Couch. Insgeheim hoffe ich, dass der ihm in die Finger beißt, damit er geht. Ich Idiot hingegen mache Tee. Was alles nur unnötig in die Länge zieht, aber ich brauche gerade zwei Minuten für mich alleine. Gott im Himmel. Trainieren. Wie soll ich das denn machen? Meine Wohnzimmermöbel in den Garten zerren und ihn dann wie ein dressiertes Pferd darüber springen lassen? So ähnlich habe ich damals geübt ...

Mit einem Tablett mit zwei Teetassen und Sandwiches kehre ich nach ungefähr zehn Minuten ins Wohnzimmer zurück. Ich wollte sowieso gerade zu Abend essen, jetzt muss ich den Bengel auch noch aus Höflichkeit mitessen lassen. Wehe, wenn er irgendwelche Allergien hat. Seine Augen nehmen beim Anblick des Tabletts die Größe von Untertassen an.

»Ist das für mich?«

»Die Hälfte davon, bitteschön«, versetze ich. »Eigentlich war das alles meins.«

»Dann ess' ich nichts. Will dir ja nichts wegfuttern.«

»Jetzt nimm schon. Ich habe extra ein paar mehr geschmiert.«

Ian nimmt sich seinen Tee, schaufelt Zucker hinein und

gießt etwas Milch dazu, bevor er den ersten Schluck schlürft. »Hmm. Gut. Ich hatte schon ewig keinen Tee mehr.«

»Wieso denn nicht?«, frage ich verdutzt. »Tee ist Grundnahrungsmittel.«

»Grandad ist nicht so dafür.«

»Wie kann man denn nicht für Tee sein?«

Er wirft mir ein entschuldigendes Lächeln zu. »Tee ist teuer, man verbraucht Strom für Warmwasser, was auch wieder Geld kostet. Wasser löscht den Durst genauso gut, sagt er.«

»Dein Ernst?« Du liebe Güte. »Ich wusste ja, dass der alte Ramsay geizig ist, aber dass er euch nicht mal Tee gönnt, ist harter Tobak. Trink leer, ich gieße dir nach. Haggis, geh von seinen Fingern weg!«

Ein Weilchen schweigen wir, trinken Tee und essen Sandwiches. Rosamunde Pilcher dürfte inzwischen vorbei sein, aber ich werde mich nachher kundig machen, ob irgendwo eine Wiederholung läuft. Ich muss doch wissen, was mit Elfrida und Oscar passiert ...

»Also, Pünktchen«, beginne ich schließlich, um die ganze peinliche Chose mal zu einem Ende zu bringen. Sonst geht der ja nie. »Ich weiß immer noch nicht, was genau du dir in deinem Wahnwitz so vorstellst. Suchst du eine Art Trainer?«

»Das wäre natürlich ideal.« Er beißt herzhaft in ein Schinkensandwich und spricht beim Kauen weiter, sodass winzige Brotkrümel durch die Luft fliegen. »Daf heift, wenn du Luft haft.«

»Hab ich nicht.« Ich nehme einen Schluck Tee. »Und ich halte es für ziemlich ungesund, dass du nur deshalb mitmachen willst, um einen Kerl zu beeindrucken.«

»Geht ja nicht nur darum.«

»Sondern?«

Zaghaft blickt Ian auf und wirkt auf einmal traurig. »Es macht keinen Spaß, immer der Trottel zu sein. Ich war schon immer tapsig, aber seit mir das eine Auge fehlt, ist es noch schlimmer geworden.«

Obwohl ich durchaus neugierig bin, verkneife ich mir die Frage, wie das eigentlich passiert ist. Ich kann eine solche Fragerei selbst nicht ausstehen und mute das ganz sicher keinem anderen zu. Außerdem habe ich nicht vor, mich mit seinen Problemen zu belasten. Auch wenn ich das im Prinzip gerade schon tue. »Ich verstehe. Ich will ja deinen Idealismus nicht gleich im Keim ersticken, aber bist du schon mal auf die Idee gekommen, dass du dich nach der Teilnahme an den *Highland Games* noch beschissener fühlen könntest? Nämlich dann, wenn du dich zum Gespött machst, weil du nichts schaffst?«

»Deshalb will ich ja trainieren!«, begehrt er auf. »Damit ich eben doch etwas schaffe. Mir geht der Gedanke nicht mehr aus dem Kopf. Ich will es mir und der Welt beweisen.«

»Und Willie«, ergänze ich.

Er errötet, was sich ein wenig mit seiner Haarfarbe beißt. »Ja, dem auch.«

Ich stoße zischend einen langen Atemzug aus. Fassen wir die Katastrophe zusammen: Er will Willie Burns' Willi zum Brennen bringen und sich selbst beweisen, dass er kein Volltrottel, sondern nur ein Halbtrottel ist. Und ich soll Teil dieses Plans werden, weil ich vor fünfzehn Jahren mal ein paar Pokale abgesahnt habe. Was habe ich eigentlich verbrochen? Sein Selbstwertgefühl bewegt sich in unterirdischen Gefilden. Der Mitleidsfaustkeil schlägt erbarmungslos zu.

»Ich trainiere dich unter einer Bedingung«, höre ich

mich selbst sagen. »Du machst es für dich selbst. Nicht für den Tripper-Kandidaten.«

»Für den *was*?« Er reißt die Augen auf und mir schießt eine peinliche Frage durch den Kopf: Kann so eine Prothese eigentlich herausfallen?

»Der Tripper-Kandidat«, wiederhole ich. »Wenn du einen Tripper hast, brennt dir der Willi.«

»Das ist so gemein.« Er wendet sich ab und ich weiß genau, dass er sich gerade das Lachen verkneift. »Also schön.« Er dreht sich wieder zu mir und sieht mich an. Glaube ich. »Ich mach's für mich und nicht für meinen Schwarm.«

*Das glaubst du doch wohl selbst nicht, Junge.* »Na schön. Komm am Wochenende vorbei.« Bin ich bekloppt? »Samstag nach dem Mittagessen.«

»Soll ich Sportkleidung anziehen?«

Ich grinse in mich hinein. »Aye. Highlander-Sportkleidung. Das heißt, du erscheinst hier im Kilt. Du hast doch einen, oder?«

»Natürlich habe ich einen«, gibt er zurück. »Aber wäre eine Sporthose nicht sinnvoller?«

»Nein.« Ich verschränke die Arme. »Bei den Spielen trittst du schließlich auch im Kilt an und nicht in Hose. Also machen wir das gleich richtig.«

»Okay.« Er strafft die Schultern. »Ich werd' mich anstrengen, versprochen.«

Wenn ich ihn so sehe, dann tut es mir fast schon wieder leid, dass meine Pläne in eine ganz andere Richtung gehen. Ich habe nämlich vor, das Training so grauenhaft zu gestalten, dass er sich möglichst schon nach der ersten Einheit eines Besseren besinnt und aufgibt. Haggis blickt auf und knurrt mich ganz leise an, als hätte er meine Gedanken gelesen. Was soll ich denn bitteschön machen, Pelzwurst?

»Danke für den Tee und das Sandwich«, erklärt Ian und steht auf. »Dann will ich dich mal nicht länger belästigen. Mein Bus fährt in zehn Minuten.«

Gelobt sei der Herr. Ich hatte schon befürchtet, er hat Sitzfleisch. »Soll – na dann, beeil dich.« Jetzt hätte ich ihm beinahe noch angeboten, ihn nach Hause zu fahren. Das war knapp.

Er krault Haggis noch einmal unter dem faltigen Kinn, steht auf und schultert seinen Rucksack. »Danke schon mal, Callum. Du bist mir echt eine große Hilfe.«

*Kleiner, du ahnst nicht, dass ich gedenke, dein schlimmster Albtraum zu werden.* Ich begleite ihn bis zur Tür. Haggis ist zu faul dazu und bleibt auf dem Sofa. »Mach's gut, Pünktchen.«

Wie immer, wenn ich ihn so nenne, zieht er die Stirn leicht kraus. Dabei sollte man meinen, dass er sich nach ungefähr fünf Jahren daran gewöhnt haben müsste, denn vor so langer Zeit habe ich ihm diesen Spitznamen verpasst, als er angefangen hat, im Pub zu arbeiten. Was trägt der auch so viele Sommersprossen mit sich herum?

»Schönen Abend noch«, wünscht er und macht sich davon.

Die nächste Bushaltestelle ist nur zwei Gehminuten von meinem Haus entfernt, aber trotzdem habe ich das Gefühl, ich hätte das Auto herausholen und ihn fahren sollen. Heute ist sowieso nicht viel los, die meisten Gäste habe ich erst in den späten Abendstunden. Mein Blick fällt auf meinen Hackklotz. Verstohlen schaue ich mich um, und als ich sicher bin, dass niemand hinter den Gardinen der Nachbarhäuser mich beobachtet, nehme ich Anlauf und springe darüber.

Muss ja sehen, ob ich es selbst noch drauf habe. Willie Burns im Regenbogenkilt. Pah. Blöder Affe.

# Kapitel 4

## »Das hast du doch aus Karate Kid!«

**IAN**

Meine Motivation bekommt ihren ersten Dämpfer, als ich direkt hinter der heimischen Haustür auf die Fresse fliege. Verflixt nochmal! Und ich kann nicht einmal sehen, was hier herumliegt und meinen Fuß attackiert hat, denn es ist zappenduster. Wir haben nämlich kein Licht im Flur. Mein Großvater hält das für so überflüssig wie täglich Warmwasser und Tee.

»Verdammte Scheiße hier!«, brülle ich mir meinen Frust von der Seele. Ich habe Grandad lieb, und darum wohne ich auch mit ihm zusammen, aber sein Geiz hängt mir zum Halse heraus.

Die Wohnzimmertür wird einen Spalt geöffnet und Grandad lugt hervor wie Gollum, der einen verdächtigt, den einen Ring gestohlen zu haben. »Was machst du da, *my wee bonnie?*«

»Mir das Genick brechen, weil in diesem scheiß Flur kein verdammtes Licht ist!«, schimpfe ich und lasse mich auch nicht davon milde stimmen, dass er mich seinen hübschen kleinen Jungen nennt, was er tut, seit ich denken kann. Wahrscheinlich aus Mitleid mit dem hässlichen Entlein, das ich immer war. »Weißt du, dass du der Grund bist, warum manche Leute behaupten, dass Schotten geizig sind?«

»Du wohnst hier schon dein Leben lang«, knarzt er zurück, »du müsstest den Flur doch langsam kennen. Geradeaus zur Treppe, links zur Küche, rechts zum Wohnzimmer.«

»Hier liegt aber irgendwas rum!«

Grandad öffnet die Wohnzimmertür ein Stück weiter, sodass Tageslicht in den Flur fällt. Ach, verflixt. Was da rumliegt, ist die Tasche, die ich eigentlich heute Morgen vor der Arbeit an meinem Fahrrad anbringen wollte. Ich war aber zu spät dran und habe sie dann doch liegen lassen und den Bus genommen. Da kann ich ja von Glück reden, dass Grandad nicht darüber gestürzt ist.

»Warum kommst du denn heute so spät?«, will er wissen, während ich verschämt die Tasche beiseite räume. »Ich habe mit dem Abendessen nicht auf dich gewartet. Wer nicht kommt zur rechten Zeit ...«

»... der muss seh'n, was übrig bleibt«, beende ich den Satz mit einem Augenrollen. »Ist schon gut, ich habe woanders gegessen.«

»Was? Du wirst doch wohl dein Geld nicht in einem Restaurant verplempert haben? Haben sie dich im Pub beköstigt?«

»Ich habe spontan noch jemanden besucht und der hat mir Essen angeboten. Gratis«, setze ich nach, als ich die misstrauische Miene meins Großvaters bemerke.

»Den kannst du ruhig öfter besuchen«, erwidert er. »Willst du mir noch die Tageszeitung vorlesen?«

»Sei nicht böse, aber ich bin zu müde.« Grandad kann die Zeitung nicht mehr lesen, weil seine Brille mittlerweile nicht mehr genug Stärke hat. Er ist jedoch selbstverständlich zu geizig, um sich eine neue zu kaufen. *Ich seh' noch genug*, behauptet er immer, und nicht einmal die Tatsache, dass er sich von einem Einäugigen die Zeitung vorlesen lassen muss, kann ihn vom Gegenteil überzeugen. Ich kann von Glück reden, dass der *NHS* die Kosten für meine Prothese übernimmt, sonst müsste ich wahrscheinlich wirklich mit einem Holzauge herumlaufen.

»Sag mal, *my wee bonnie*, ist alles in Ordnung?«

»Ja. Ich bin wirklich müde. Übrigens, am Samstag bin ich unterwegs.«

»Wo gehst du hin?«

»Trainieren.«

Seine kleine, krumme Gestalt scheint noch kleiner und krummer zu werden. »Du hast doch wohl keinen Vertrag in einer dieser Turnhallen unterschrieben, oder?«

Ich stöhne auf. »Nein, habe ich nicht. Jemand trainiert mich *kostenlos*.«

»Und wofür?«

»Für die diesjährigen *Lochnalyne Highland Games*.«

»Ach so.«

Allein aufgrund der Tatsache, dass Grandad der Erste ist, der mich für dieses Vorhaben nicht sofort lauthals auslacht und meinen Verstand anzweifelt, verraucht mein Zorn augenblicklich.

»Ja, das ist gut«, bekräftigt er noch einmal. »Vielleicht gewinnst du ja etwas.«

Mein armes Rosinenherz klopft für einen Moment schneller und ich will ihn am liebsten umarmen, aber das mag er nicht so. »Ich hoffe, dass ich was gewinne.« *Willies Herz zum Beispiel.*

»Gibt es ein Preisgeld?«

Ich seufze. »Nein. Nur einen Pokal.«

»Hm. Den kann man vielleicht verkaufen.« Er nickt vor sich hin, als schmiede er schon Pläne, an wen er meinen zukünftigen Pokal möglichst gewinnbringend verschachern könnte. »Dann trainier mal fleißig und streng dich an, Junge.«

»Werde ich. Gute Nacht.«

»Gute Nacht, *my wee bonnie*. Ich hab' dich lieb.«

»Ich dich auch, Grandad.« *Du machst es einem wirklich nicht einfach, wütend auf dich zu sein.*

Samstag. Eigentlich der Tag, an dem ich bis zum Nachmittag im Bett liege, weil ich bis spät nachts im Pub arbeiten muss. Aber nicht heute. Heute werde ich sowas von trainieren! Ich kann noch immer kaum mein Glück fassen, dass Callum dazu bereit ist, sich meiner anzunehmen. Bis jetzt hat er auch nicht abgesagt, also gehe ich davon aus, dass das Angebot noch steht.

Der Busfahrer rast wieder, als denke er, dass seine Schicht schneller zu Ende geht, wenn er schneller fährt, aber ich komme heil unten im Dorf an. Lochnalyne ist beschaulich und konzentriert seine grauen und weißen Häuschen mit den engen Gassen vor allem im Tal, aber ich wohne am Ortsrand oben am Berg, wo es viel Wiese gibt und ein hübsches, kleines Wäldchen. Bei gutem Wetter kann man von dort oben sogar einen Ausläufer des Loch Ness sehen. Als Kind habe ich manchmal stundenlang mit dem Fernglas am Berg gesessen und das Wasser beobachtet, in der Hoffnung, ein freundliches Seemonster zu entdecken, das dann mein bester Freund wird und auf dessen Rücken ich über die Wellen reiten kann. Hat nicht geklappt, und die anderen Kinder fanden mich komisch.

Als ich mich Callums Haus nähere, höre ich Hundegebell. Haggis darf anscheinend gerade frische Luft schnappen. Ob er wohl auch beim Training zusieht und versucht, mich zu fangen? Ich öffne das Gartentor und gehe hinein. Das Gebell kommt von hinterm Haus, also schleiche ich herum und schaue, ob Callum auch schon im Garten ist.

»Huhu!«, rufe ich, als ich ihn entdecke. Haggis kommt mir stummelschwanzwedelnd entgegengerannt und springt an mir hoch, obwohl er das bei seiner Molligkeit nach den Gesetzen der Physik eigentlich gar nicht können dürfte.

»Hallo.« Callum mustert mich kritisch. »Du kannst gleich wieder gehen. Ich hatte gesagt, dass du einen Kilt tragen sollst. Wenn du nicht mal die einfachsten Anweisungen befolgen kannst, lassen wir es am besten gleich sein.«

»Ich habe ihn im Rucksack«, erkläre ich eilig.

Er runzelt die Stirn. Sein kurzes, braunes Haar wirkt nass, als wäre er erst vor fünf Minuten aus der Dusche gekommen, und sein Bart sieht frisch getrimmt aus. »Du solltest den Kilt anziehen, nicht spazieren tragen.«

»Ich ziehe mich jetzt um«, verkünde ich. »Ich wollte damit nur nicht in den Bus steigen, um nicht schief angesehen zu werden.«

»Schief angesehen?« Er zerrt eine Garderobenstange zur Terrassentür heraus. »Du weißt schon, dass wir hier in Schottland sind?«

»Trotzdem gehen junge Leute auch hier nicht im Kilt spazieren. Vielleicht war das zu deiner Zeit noch so. Du könntest schließlich mein Vater sein.«

»Dein Vater?« Seine Kinnlade klappt herunter. »Hast du sie noch alle? Ich bin neununddreißig!«

»Na gut, das wäre ein junger Vater gewesen«, gebe ich zu, »aber biologisch wär's möglich.«

»Du spinnst ja wohl«, knurrt er ungehalten und stellt den Garderobenhalter auf die Wiese mitten im Garten.

»Jetzt zieh dich um oder verschwinde.«

Als er sich wegdreht, will ich seiner Anweisung hastig Folge leisten, bleibe beim Ausziehen prompt in einem Hosenbein hängen, hüpfe einbeinig quer über die Veranda, ein Stück ins Wohnzimmer hinein und wieder hinaus, anschließend noch einmal komplett um den Loch Ness, und falle dann doch der Länge nach hin.

»Fängt super an«, bemerkt Callum, der sich inzwischen wieder umgedreht hat, während ich mich wie eine Schildkröte auf dem Rücken liegend und strampelnd von meiner Hose befreie. »Wenn *du* die *Highland Games* nicht rockst, dann niemand.«

»Sehr komisch«, murre ich und ziehe meinen Kilt an.

Callum packt sein süffisantes Grinsen wieder weg und wird ernst. »Liegt das wirklich nur an deinem Auge?«

Ich schüttle betreten den Kopf. »Nein, aber das macht es nicht besser. Es hieß damals, man gewöhne sich an das Mono-Sehen, und dass das Gehirn auf andere Weise lernt, Entfernungen abzuschätzen. Durch Farben und sowas. Im Vergleich zu den ersten Wochen, wo ich ständig gegen Wände und Türen gelaufen bin, ist es auch schon besser geworden. Aber so wirklich zufrieden bin ich nicht.«

»Wie lange ist das her?«

»Elf Jahre.« Ich seufze. »Man sollte eigentlich meinen, dass das genug Zeit ist, um sich daran zu gewöhnen. Habe ich eigentlich auch. Aber meine Trotteligkeit war schon vorher da.« *Und sie hat mir den Verlust des Auges überhaupt erst beschert, aber das ist ein anderes Thema.*

»Wie kommt man dann auf die wahnwitzige Idee, ausgerechnet Kellner zu werden?«

»War auch nicht mein Traumjob.« Ich zucke mit den Schultern. »Aber Ewan hat gehandicapte Leute eingestellt und mir damit eine Chance gegeben. Woanders hat man mich für eine Ausbildung nicht angenommen, und zum

Studieren fehlte das Geld und ich war zu dumm. Also war das das Beste für mich. Es hat mir schon weitergeholfen, auch wenn ich selber weiß, dass ich nicht die Idealbesetzung bin.«

»Du machst das gut«, sagt Callum plötzlich und mustert mich nachdenklich.

»Findest du? Oder ist das der Aufhänger zum nächsten Witz?«

Er schüttelt den Kopf. »Nein. Ist ein Scheißjob, ich habe ihn in deinem Alter auch mal nebenbei gemacht. Die Leute sind oft so undankbar. Aber du bist immer freundlich, sagen die Leute zumindest, und so habe ich es auch mitbekommen. Freundlich bleiben ist gar nicht so einfach.« Er grinst. »Ich bin Taxifahrer, ich weiß, wovon ich spreche. Also weiter so, Pünktchen.«

Wow ... echt jetzt? Vielleicht ist er ja wirklich ein guter, motivierender Trainer. Wer hätte das gedacht bei der Flunsch, die er immer zieht. Und wenn Callum nett sein kann, dann kann ich vielleicht auch Hindernislauf.

»Ich wäre dann bereit«, verkünde ich, als ich meinen Kilt fertig gegürtet habe. »Was soll ich tun? An der Stange tanzen?«

»Hier warten.« Callum geht zurück ins Haus und kehrt kurz darauf mit einem Tablett zurück, auf dem eine Teekanne steht. Und eine Tasse. *Eine.*

»Bekomme ich heute keinen Tee?«

»Später vielleicht, wenn du dich anstrengst.« Er hält mir eine Strickjacke hin. »Anziehen.«

»Warum?«

»Regel Nummer eins: Stell die Anweisungen deines Trainers nicht in Frage.«

»Na schön.« Ich ziehe die Jacke an, obwohl es warm genug ist, um darauf zu verzichten. Und bald komme ich doch bestimmt sowieso ins Schwitzen. Was will er damit bezwecken?

»Jetzt zieh sie wieder aus.«

»Hä?«

»Mach schon.« Er setzt sich hin, nimmt einen Schluck Tee, schlägt die Beine übereinander und lehnt sich zurück.

Ich ziehe die Jacke wieder aus. »Und jetzt?«

»Lass sie fallen.«

»Warum?«

»Pünktchen«, mahnt er ungeduldig. »Frag nicht so viel. Mach einfach.«

Ich lasse sie fallen.

»Jetzt heb sie auf und häng sie an den Haken.«

Ich tue, wie mir geheißen und frage mich, warum mir das irgendwie bekannt vorkommt.

»Nimm sie vom Haken und zieh sie wieder an.«

Ich nehme die Jacke vom Haken und ziehe sie wieder an.

»Und jetzt von vorne. Ausziehen, fallen lassen, aufheben, an den Haken hängen, anziehen.«

Mit zunehmender Verwirrung folge ich den Anweisungen.

»Und jetzt wieder. Ausziehen, fallen lassen, und so weiter.«

Noch während ich die Jacke ausziehe, kommt mir ein Geistesblitz. »Das hast du doch aus *Karate Kid*!« Vorwurfsvoll blicke ich ihn an. Der will mich wohl auf den Arm nehmen!

»Nein, habe ich nicht.« Ertappt kratzt er sich am Kopf. »Na schön, ich habe es doch aus *Karate Kid*, aber du wirst es trotzdem tun.«

»Aber wozu denn?«

»Das würdest du wissen, wenn du den Film aufmerksam geschaut hättest. Aber schön, dann brechen wir das eben ab. Schönes Wochenende noch, Pünktchen, und viel Erfolg bei den *Highland Games*.«

»Nein!« Ich verschränke die Arme. »Schick mich nicht fort. Ich werde tun, was du sagst, auch wenn ich nicht weiß, was es bringen soll.«

Callum stellt seine Teetasse ab, kommt zu mir herüber und packt mich bei den Schultern. »Die *Highland Games* sind nicht nur ein Sport. Sie leben in allem was wir tun. Auch in der Art, wie wir eine Jacke an- und ausziehen.«

Wir prusten beide los. »Alles klar, Sensei«, kichere ich. Wer hätte gedacht, dass der miesgelaunte Taximann sowas wie Humor besitzt?

Er klopft mir auf die Schulter. »Weitermachen.«

»Wie oft?«

»So lange, bis ich sage, dass es ausreicht.« Er geht zurück zu seinem Stuhl, setzt sich wieder hin und trinkt weiter Tee. Und schaut auf sein Handy. Und liest Zeitung.

Nach dem fünfzigsten Mal Jacke ausziehen, fallen lassen, aufheben, an die Garderobenstange hängen und wieder anziehen, habe ich aufgehört, zu zählen. Inzwischen ist es doch nicht mehr witzig, sondern nur noch nervig. Das mag ja im Film und für Kung-Fu irgendwie Sinn machen, aber im echten Leben ist das einfach bescheuert.

»Kann ich jetzt bald mal damit aufhören?«, jammere ich. Mein Rücken tut mir weh vom ständigen Bücken.

Callum blättert seine Zeitung um. »Nein.«

Ich stoße ein Schnauben aus und mache weiter. Komme in so eine Art Flow, die Bewegungen kommen wie von selbst. Ich bleibe nicht mal mehr in den Ärmeln hängen oder stoße meinen Kopf an der Stange, wie bei den ersten Malen. Zwischendurch versucht Haggis immer wieder, mir die Jacke zu entreißen, aber ich verteidige sie tapfer.

»Wie spät ist es?«, frage ich nach einer Ewigkeit. »Ich muss um siebzehn Uhr bei der Arbeit sein.«

Er wirft einen Blick auf sein Handy. »Kurz nach vier.« Er stöhnt leise auf, klingt fast ein bisschen resigniert. »Du kannst aufhören. Ich hole dir eine Tasse, du hast dir deinen Tee verdient.«

Dankbar schlurfe ich zur Terrasse und setze mich hin. Das gibt morgen bestimmt einen schönen Muskelkater. Muskelkater vom Jacke an- und ausziehen, das kann man gar keinem erzählen. »Wann trainieren wir das nächste Mal?«, frage ich Callum, als er mit einer Teetasse zurückkehrt und mir einschenkt.

Verdutzt hält er inne. »Das nächste Mal?«

»Ja, das war's doch wohl nicht schon, oder?« Ich verspüre leichte Anflüge von Panik.

Er räuspert sich. »Du bist überraschend ehrgeizig.«

»Na ja, ohne Ehrgeiz macht das ja alles nicht viel Sinn, oder?«

»Nein, da hast du recht.« Nachdenklich reibt er sich die Stirn. »Hast du Montagnachmittag Zeit?«

»Da muss ich leider arbeiten.«

»Dienstagvormittag muss ich eine Omi ins Krankenhaus fahren. Aber danach könnte ich, wenn nichts weiter ansteht.«

»Das klingt gut. Am Dienstag und Mittwoch habe ich frei. Soll ich wieder hierher kommen?« *Hoffentlich nicht noch eine Runde Jacke aufhängen.*

»Nein.« Er schiebt mir das Milchkännchen für meinen Tee hin. »Ich komme dich abholen.«

# Kapitel 5

»Ich hab' Schnappatmung.«

## CALLUM

Mein Plan ist gescheitert. Zumindest vorerst. Stattdessen manövriere ich mich selbst immer weiter in die Katastrophe hinein. Aber wer konnte auch damit rechnen, dass Pünktchen so hartnäckig ist? Über zwei Stunden Jacke an- und ausziehen waren wohl doch nicht genug, um ihn zu demotivieren und von seinem aberwitzigen Plan abzubringen. Na gut. Dann muss ich eben härtere Bandagen auffahren. Ihm zeigen, dass die Anforderungen zu hoch sind. Und mich dabei scheiße fühlen.

Ehrlich, ich bin zwiegespalten: Ich möchte dem Kleinen ja nicht seine Träume kaputtmachen. Davon scheint er sowieso schon erschreckend wenige zu haben. Aber ich weiß einfach ganz genau, dass er es keineswegs für sich selbst tut, sondern für diesen Spinner im Regenbogenkilt. Und dass er sich höchstwahrscheinlich zum Gespött machen wird. Das hat er nicht verdient. Er ist ein guter Junge, wenn er auch nerviger ist, als eine Wespe am Limonadenglas.

Trotzdem frage ich mich, was ich hier eigentlich mache, während ich ins Dorf hinauf fahre, um Ian abzuholen. Ich sollte ehrlich sein und ihm klipp und klar sagen, dass er diesen Mist sein lassen und mit seiner Zeit etwas Sinnvolles anfangen soll. Aber er würde nicht auf mich hören. Schlimmer noch: Er würde irgendjemand anderes fragen, und derjenige würde ihn entweder verletzen oder zu ernst nehmen und zulassen, dass er sich blamiert. Das kann ich nicht dulden. Also muss ich das übernehmen, und zwar so, dass er danach definitiv keinen Gedanken mehr daran verschwendet, für Tripper-Willie an den *Highland Games* teilzunehmen.

Ich halte vor dem Ramsay-Haus und überlege, ob ich hupen soll, um Ian mein Kommen mitzuteilen, entscheide mich dann aber doch fürs Anklingeln aufs Handy. Muss ja nicht jeder mitbekommen, dass wir zusammen unterwegs sind. Es würde nur neugierige Fragen aufwerfen.

Sekunden später springt Ian förmlich aus der Tür, als hätte er nur auf mein Signal gewartet. Meine Güte, wie kann er immer noch so übermotiviert sein? Er muss ja wirklich sehr in diesen Willie verschossen sein. Ich kann das überhaupt nicht nachvollziehen. So ein Lackaffe.

»Guten Morgen«, begrüßt mich Ian, obwohl schon Mittag ist, und steigt ins Auto. Er trägt seinen Kilt. Braver Junge. Viel zu brav. »Wo fahren wir denn hin?«

»In die Natur.« *Wo uns niemand sieht.*

»Und hast du schon eine Idee, was wir heute machen?«

»Aye.«

»Und?«

»Jetzt warte doch mal ab!« Ich stöhne auf. »Meine Güte, du wirst schon sehen, was wir machen.« So richtig weiß ich es selbst noch nicht, zumindest habe ich keinen Plan B, falls er doch wieder eisern durchhält. Haggis bellt von der Rückbank.

»Ach, du bist ja auch dabei!«, ruft Ian freudig aus, langt in seine Jackentasche und zieht eine Kaustange hervor.

»Keine–« Haggis inhaliert die Stange in Bruchteilen von Sekunden. »... Leckerlis bitte.« Vielleicht sollte ich den klei-

46

nen Fettsack gleich mittrainieren lassen, schaden könnte es diesem gefräßigen Faulpelz von einem Vierbeiner jedenfalls nicht.

»Ach, sorry«, erklärt Ian kleinlaut und sein Gesicht nimmt wieder diese rote Tönung an, die sich mit seiner Haarfarbe beißt. »Das wusste ich nicht. Ich wollte mich mit Haggis gut stellen.«

»Damit du mich mit ihm gemeinsam in den Wahnsinn treiben kannst?« Ich schnaube ungehalten.

»Genau.« Der Bengel grinst frech und ich möchte ihm gern eins auf den Hinterkopf hauen, aber bei dieser kurvigen Straße lasse ich doch lieber beide Hände am Lenkrad. »Ich finde es übrigens niedlich, dass er ein Halsband im MacTavish-Tartan hat.«

»Er hat auch einen Hundemantel damit. Aber so langsam passt er nicht mehr rein. Übrigens, strenggenommen hast du bei den *Highland Games* gar nichts zu suchen. Die Ramsays sind ein Lowland-Clan.«

»Ich weiß. Meine Familie lebt hier aber schon lange.« Er verschränkt trotzig die Arme. »Ich bin ein Highlander und damit basta.«

Dass dieses Argument nicht zieht, hatte ich schon befürchtet. »Vielleicht mag dein Willie gar keine Lowlander. Die Burns sind übrigens eine Abzweigung der Campbells. Ein übler Clan.«

»Nein, sie sind ein eigener. Dass sie zu den Campbells gehören, ist nicht wahr. Ich habe mich informiert.«

Ich ahne es, er hat sicherlich ein Willie-Sammelalbum angelegt, mit Bildern und Fakten rund um seinen Angebeteten. Macht man so etwas mit Anfang zwanzig noch? Ich weiß es nicht. Ist zu lange her.

Ich biege auf einen Feldweg ab und fahre ihn hinauf. Ian

schweigt und macht nervöse Bewegungen mit seinem linken Bein.

»Da wären wir.« Ich halte an und stelle den Motor ab. Hier gibt es nichts als Wiese und ein paar Schafe auf einer großen, eingezäunten Weide.

»Was tun wir hier?«, will Ian wissen, während wir aussteigen.

»Wir üben vor Publikum.«

»Zählen Schafe als Publikum?«

»Warum denn nicht?« Ich werfe einen Blick hinüber zu den schwarzgesichtigen Zotteltieren. Haggis trottet zum Zaun und bellt einmal demonstrativ. Den Schafen ist es egal. »Die Leute gucken am Ende genauso dumm aus der Wäsche.«

Ian grinst und zupft seinen Kilt zurecht. »Bauen wir jetzt Hindernisse auf?«

»Bist du irre? Ich soll dich über Hindernisse springen lassen, wo du kaum unfallfrei geradeaus laufen kannst? Das würde in einer Mordanklage enden, wenn du dir das Genick brichst. Wir üben heute Rennen ohne Hindernisse. Oder sagen wir, mit den Hindernissen, die hier von Natur aus schon herumliegen, zum Beispiel Steine, Gras und Erdhaufen.«

»Ich komme mir bescheuert vor«, gesteht Ian.

»Willkommen im Club«, versetze ich und hole einen Campingstuhl aus dem Kofferraum. »Ich schlage vor, du läufst erst einmal ganz langsam eine Runde. Da hinunter bis zu dem Baum, dann in Richtung Schafweide und wieder hierher zurück. Pass auf den Zaun auf, könnte ein Elektrozaun sein und ich will kein sprechendes Stück Holzkohle nach Hause fahren.«

Er verschränkt die Arme. »Das ist ein Holzzaun. Und da drüben ist eine Steinmauer. Da ist kein Strom drauf ...«

»Gut«, erwidere ich. »Gut. Ich sehe, du denkst mit.« Ich offenbar weniger. »Also los, mach dich warm und dann geh los. Die Schafe sind schon ganz aufgeregt.«

Natürlich tut mir der Bengel nicht den Gefallen und schmeißt alles hin und sagt mir, dass er einsieht, dass das alles keinen Sinn macht. Nein. Er läuft los. Nicht schnell, aber er läuft. Er stolpert. Fällt auf die Knie, steht wieder auf. Läuft weiter, steigert das Tempo. Sein Kilt wippt im Takt seiner Schritte. Er übersieht einen Stein, kommt ins Taumeln, fängt sich. Winkt den Schafen zu. Steuert mit einem breiten Lächeln auf mich zu und geht in die nächste Runde. Und die nächste. Haggis, der ihm hinterhergelaufen ist, gibt hechelnd auf und spielt den sterbenden Schwan vor meinem Klappstuhl.

Irgendetwas passiert mit mir, während ich Ian zusehe. Irgendetwas, was gar nicht gut ist. Verdammt, das Kerlchen hat Eier. Der hat Biss. Er fällt hin und steht wieder auf. Lässt sich nicht aus der Ruhe bringen, macht einfach weiter. Er hat nur ein Auge und ist Kellner geworden. Er hat bei mir geklopft, während ich Rosamunde Pilcher geschaut habe, um mich zu fragen, ob ich ihm helfe. Er meint das ernst. Bitterernst. Macht es mich eigentlich selbst zu einem Wahnsinnigen, wenn ich ihn dafür ein ganz kleines bisschen bewundere? Wenn ich an mich selbst in seinem Alter zurückdenke, kann ich mich eigentlich nur schämen. Und wenn ich ihm nun *wirklich* helfe? Mache ich damit nicht alles nur noch schlimmer für ihn? Er stolpert wieder. Steht wieder auf und läuft weiter, keucht wie eine alte Dampflok. Ich fürchte, es gar nicht erst zu versuchen, wäre für ihn schlimmer, als bei einem Versuch zu scheitern. Hätte ich mir selbst damals vor vielen Jahren von vornherein keine Chance gegeben, säße ich jetzt nicht hier. Wer weiß, ob ich dann überhaupt noch irgendwo säße.

»Teepause!«, rufe ich ihm zu, weil mir seine Gesichtsfarbe, die ich irgendwo zwischen rot und lila einordnen würde, nicht so ganz behagt.

Mit baumelnden Armen kommt er zu mir herüber und lässt sich ins Gras plumpsen. »Schna ...«, keucht er. »Schapschnappatmung ...«

»Ich wollte dir eigentlich meinen Stuhl anbieten«, bemerke ich mit einem Anflug von Mitleid.

»Vergiss es. Die Schwerkraft ist gerade zu stark, um zu ...«, er schluckt, »um hochzukommen. Tee. Du hast Tee gesagt.«

»Aye. Aber ich glaube, du brauchst erst mal ein Wasser.« Ich hole eine kleine Wasserflasche aus meiner Provianttasche und gebe sie ihm. Dankbar nimmt er sie entgegen und setzt zum Trinken an. »Ich schätze, unfallfreies Laufen im Gelände werden wir noch eine Weile üben müssen«, erkläre ich und beobachte ein Schaf, das monoton auf einem Batzen Gras herumkaut. Es glotzt zurück und ein kleiner Grasklumpen fällt aus seinem Maul. Muss ein furchtbares Leben sein, nur dieses Grünzeug von der Wiese zu fressen. Ich wende mich wieder zu Ian, um nachzusehen, ob er schon auf dem Rücken liegt und alle Viere von sich streckt, aber er scheint in Ordnung und trinkt seine Flasche leer.

»Ich hab 'ne beschissene Kondition«, gibt er zu.

»Allerdings«, pflichte ich bei. »Daran müssen wir noch arbeiten, wenn du Tripper-Willie beeindrucken willst.«

»Hör auf, ihn so zu nennen!«, fährt er mich an. »Was hast du denn eigentlich gegen ihn? Du bist bestimmt nur sauer, weil er dir den Rang als Champion abgelaufen hat.«

»Weil er *was* hat?«, gebe ich erstaunt zurück. »Ich habe zuletzt vor vierzehn Jahren an den Spielen teilgenommen, da kamen schon so einige Sieger nach. Aber um mir den

Rang abzulaufen, muss er schon ein bisschen mehr leisten, als einmal im rosa Kilt in ein oder zwei Disziplinen zu gewinnen. Den Rekord hat bisher keiner gebrochen.«

»Warum hast du eigentlich aufgehört?«

Ich seufze. »Es war eben an der Zeit. Man soll ja immer aufhören, wenn es am schönsten ist, nicht wahr? Mir wurde es irgendwann zu viel.«

»Verstehe.« Er zieht seine blassen Storchenbeine an seinen Körper und umklammert sie mit den Armen. »Mir wird auch manchmal alles zu viel. Dann will ich aufgeben und mich irgendwo verkriechen, aber am Ende mache ich dann doch weiter, weil es ja nichts nützt, den Kopf in den Sand zu stecken.«

Ich schiebe Haggis mit dem Fuß beiseite und setze mich zu Ian auf den Boden. »Hör zu, Pünktchen«, beginne ich und würde am liebsten noch seine Hände in meine nehmen, aber das würde ziemlich albern wirken. »Ich meinte das sehr ernst, als ich sagte: Mach's für dich und nicht für Willie Burns. Mach's, weil du ein stolzer Schotte sein willst. Dann helfe ich dir. Aber nur dann.«

Er nickt nachdrücklich. »Das will ich. Ich werde dich jetzt nicht anlügen und behaupten, dass es mir egal ist, ob Willie mich danach mehr mag oder nicht. Ist es nicht. Aber auch wenn er es nicht tut, lohnt es sich für mich. Allein schon, dass du genug an mich glaubst, um mir zu helfen, motiviert mich.«

O Mann, ich fühle mich so scheiße. Er hat ja keine Ahnung, dass ich bis vor einer halben Stunde überhaupt nicht an ihn geglaubt habe und auch jetzt nach wie vor skeptisch bin. »Es wird hart werden«, kündige ich ihm an. »Richtig hart.«

»Ich weiß. Aber das muss es auch, oder? Sonst wird das nichts, vor allem nicht in der kurzen Zeit.«

»Ich kann dir nicht versprechen, dass am Ende etwas dabei herauskommt. Und schon gar nicht, dass Willie dich nachher mag.«

»Auch das weiß ich. Aber du musst mir bitte etwas versprechen«, fordert er.

»Und was?«

»Wenn ich aufgeben will, zwing mich zum Weitermachen. Tritt mir in den Arsch, ob ich einen schlechten Tag habe oder nicht.«

Verdammt. Ich wollte doch eigentlich das genaue Gegenteil. »Aye«, gelobe ich. Irgendjemand sollte kommen und mich schlagen. »Aber dann heul nicht herum, denn ich trete fest.«

»Ist gut.«

Haggis spaziert zum Weidezaun und setzt ein Häufchen an einen Pfahl. Wir beobachten ihn dabei in ehrfürchtiger Stille und trinken Tee.

»Noch eine Runde rennen?«, frage ich schließlich.

»Vielleicht woanders?«, schlägt Ian vor. »Die Runde kenne ich ja nun.«

»Du kennst sie seit einer knappen Stunde. Das *White Boar* kennst du seit Jahren und stolperst trotzdem immer wieder über den Teppich. In neun von zehn Fällen, in denen ich Schnapsdrosseln zum Heimtransport abhole, hockst du gerade auf dem Boden oder an einem Tisch und wischst etwas auf. Wenn du hier zehn Runden ohne Stolpern und Hinfallen geschafft hast, können wir weiterreden.«

»Ich schaffe keine zehn Runden mehr«, gesteht er kleinlaut. »Meine Kondition, du weißt.«

»Du bist eine Katastrophe.« Ich stöhne auf. »Fünf Runden. Ich laufe mit.«

Gemeinsam laufen wir los. Runde um Runde, während

mein fauler Hund an der imaginären Ziellinie auf uns wartet und sich vermutlich fragt, was mit diesen Menschen eigentlich nicht stimmt. Ich stolpere zweimal über Grasbüschel und behaupte, es war Absicht. Nach Runde sieben gibt Ian auf. Ich bin froh. Ich hatte schon nach Runde vier das Gefühl, dass ich gleich meine Lunge mit herausatme. Mit meiner Kondition ist offensichtlich auch nicht mehr viel los. Wir gehen zurück zum Klappstuhl, diesmal darf Ian darauf sitzen, und ich verfehle auf dem Rückweg nur knapp Haggis' Häufchen, das er als Souvenir für die Schafe hinterlassen hat. Das Publikum applaudiert mit einem »Mäh«.

»Wollen wir noch ein Stück gehen? Ganz normal spazieren, meine ich, damit der Hund sich auch mal bewegen muss.«

»Okay.«

Ich bringe den Klappstuhl, die leere Thermoskanne und die Becher zurück zum Auto und sammle einen kleinen Stock auf. Schweigend laufen wir ein Stück den Feldweg entlang. Ich werfe den Stock, damit Haggis ihn zurückholt, aber der denkt gar nicht daran. Hätte er einen Finger, würde er mir damit vermutlich den Vogel zeigen. Nach einer Weile kommen wir zu einer Anhöhe, von der man einen wunderbaren Blick auf den Loch Ness hat. Bis zum Horizont gesäumt von Bergen tut sich der See vor uns auf und dicke, graue Wolken hängen am Himmel darüber. Es wird nachher sicher regnen.

»Diesen Platz hier kannte ich noch gar nicht«, erklärt Ian und schirmt die Augen mit den Händen, als würde die Sonne scheinen. »Das ist ja ein noch viel besserer Ausblick als von meinem Aussichtspunkt ein Stück hinter unserem Haus.«

»Ich komme oft hierher«, bekenne ich. »Man hat hier seine Ruhe.«

»Lebst du eigentlich schon immer in Lochnalyne?«, fragt er. »Ich weiß das ehrlich gesagt gar nicht.«

Ich schüttle den Kopf. »Nicht schon immer, aber seit rund zwanzig Jahren. Fast mein halbes Leben.«

»Fast mein ganzes.« Er grinst frech. »Alter Mann.«

Ich gebe ihm einen Klaps auf den Hinterkopf. Wird der Bengel hier wohl schon wieder frech werden? Plötzlich klingelt mein Handy und wir fahren beide zu Tode erschrocken zusammen. Selbst Haggis macht einen Satz nach vorn. Ich gehe ran.

»Hellooo?«, brüllt es in den Hörer. »Is sis se Täxi Sörwis?«

»Deutsche Touristen«, raune ich Ian zu und drehe mich weg. »Aye, MacTavish Taxi. Was kann ich für Sie tun?«

»Wie nied ä Täxi tu Drumnadrochit. Wie häff friends ser änd wie want tu visit sem. Wi are ständig in front of se *White Boar Pub*. Tri pörsons.«

»Alles klar. Ich habe gerade noch eine Fahrt, bin aber in zehn Minuten da.« Seufzend lege ich auf. »Ich muss dich jetzt leider nach Hause bringen, Pünktchen, auch wenn ich gerne noch ein bisschen den See angestarrt hätte. Aber die Arbeit ruft. Das kann während unserer Trainingsrunden übrigens immer wieder passieren.«

»Das war mir schon klar.« Er lächelt und ist leider sehr niedlich. »Also dann, zurück zum Auto, damit deine Fahrgäste nicht lange warten müssen.«

# Kapitel 6

»Sind die eigentlich auch alle schwul?«

**IAN**

Ich habe eine neue Konstante in meinem Leben: Muskelkater. Er begleitet mich überall hin. Morgens aufs Klo, später zur Arbeit und nachts ins Bett. Er zwickt und beißt sich in meine Erinnerung, wenn ich zur Ruhe komme, und beschert mir kleine Krämpfe bei jeder Bewegung. Callum hat mir eine halbe Woche Zwangspause verordnet, was mich nervös macht, denn wir haben ja nicht mehr so viel Zeit. Ganze drei Wochen trainieren wir schon alle paar Tage, und ich darf immer noch nicht mehr als auf verschiedenem Gelände Runden laufen. Außerdem hat er mir strikt verboten, selbst heimlich irgendwelche Springübungen zu machen, weil er davon überzeugt ist, dass ich mir dabei das Genick brechen würde.

Aber wenn ich ehrlich sein soll, denke ich so langsam ans Aufgeben. Ich habe mich noch nicht getraut, Callum von dem Gedanken zu erzählen, da er sicher wütend wäre – schließlich hat er schon eine Menge Zeit in mich investiert, ohne etwas zurückzubekommen. Vielleicht sollte ich es ihm jetzt trotzdem sagen, damit er mich entweder motivieren kann, oder nicht noch weitere fünf Wochen an mich verschwendet. Morgen soll es weitergehen. Aber heute muss ich erst einmal einen langen Abend im Pub hinter mich bringen. Jetzt im Sommer ist immer viel los, weil Touristen aus aller Welt anreisen, um nach Nessie zu suchen und sich Urquhart Castle anzusehen. Aber die Einnahmen, die wir in der Hauptsaison machen, retten uns jedes Jahr gut über den Winter, wo nicht so viel los ist. Und dann geht die Tür auf und das Beste, was mir an diesem Abend passieren kann, betritt das Lokal.

*Willie und seine Freunde.*

Sind die eigentlich auch alle schwul? Verflixt, hat Willie eigentlich einen Freund? Vielleicht sogar einen von denen? Aber dann hätte er doch nicht so offen mit mir geflirtet, von wegen auf den Schoß ziehen und Stift aussuchen. Es sei denn, die Beziehung ist offen. Kann natürlich auch sein. Wie finde ich das nur heraus? Vielleicht kenne ich ja jemanden, der ihn persönlich kennt und mir etwas dazu sagen kann.

Schlagartig ist meine ganze Motivation wieder da. Yay! Ich muss ihn nur sehen und weiß sofort, dass die ganze Anstrengung sich lohnt. Einmal in diesen starken Armen liegen, von diesen Lippen geküsst werden und noch andere Dinge, von denen mir allein bei dem Gedanken sofort die Körpertemperatur ansteigt. Willie und seine Begleiter setzen sich an einen freien Tisch und sein Blick mit dem hinreißenden Zahnpastalächeln fliegt herüber zum Tresen. Zu mir.

*Ich sterbe hier.*

Sofort lasse ich alles stehen und liegen und gehe zu ihm hinüber. Für meinen Champion müssen leider auch die anderen Gäste warten. »Hi.« Ich räuspere mich. »Schön, dass ihr wieder hier seid, trotz unseres kleinen ... Unfalls letztens, für den ich mich nochmal entschuldigen möchte.«

»Mach dir nicht gleich ins Hemd«, erwidert Willie und mustert mich mit einem seltsamen Blick, den ich nicht deuten kann. »War nur ein Fettfleck, der ging auszuwaschen.«

Ach, auf einmal? »Gut.« Gott sei Dank! »Das Tagesgericht heute ist mit Haggis gefülltes Hähnchen, dazu gegrilltes Wurzelgemüse und Kartoffelpüree mit Whiskysahne verfeinert.«

»Klingt gut. Nehmen wir. Und eine Runde Ale, bitte an den Tisch gebracht.«

Ich finde es immer wieder faszinierend, dass Willie jedes Mal für seine Freunde mitbestellt und keiner Einwände erhebt. Genau wie er sich in einem Pub die Getränke an den Tisch bringen lässt. Das darf sonst nur Chuck Norris. Ein echtes Alphamännchen ...

»Ich hätte da noch eine Frage«, setzt er nach.

»Na klar, ich helfe gern.«

»Ja, genau darum geht's«, gibt er zu. »Gibt's hier noch andere Kellner abgesehen von dir? Ich hab' nämlich keinen Bock auf Haggis-Hähnchen auf meinem Shirt. Sorry.«

Ich schlucke heftig. »E – es gibt noch Jamie, aber der ist schwerhörig.« Und ich bin ein Arschloch, weil ich das gerade gegen ihn verwende.

»Und sonst niemanden?«

»Nein. M-Maggie hat heute frei und mein Chef ist schon fort.« Ich stottere schon wieder. Blöder Mist. Aber ich komme gerade nicht damit klar, dass er nicht von mir bedient werden will.

»Gibt es hier auch Bedienungen, die nicht, na ja - irgendwas haben?«

»Nein.« Ich schüttle den Kopf. »Das ist so eine Art Agenda meines Chefs. Er stellt nur gehandicapte Leute ein, vom Kellner bis zum Koch. Und letzterer kocht doch echt gut, oder?«

»Ja, sehr gut«, bestätigt Willie. »Darum sind wir auch

wieder hier. Ist nett von deinem Chef, aber vielleicht solltet ihr die Gäste vorwarnen.«

Wie stellt er sich das vor? *Warnung vor dem Behind?* Irgendwie schmeckt dieser Vorschlag ziemlich bitter. Dennoch straffe ich entschlossen meine Schultern. »Ich schwöre, das letztens war ein Versehen. Ich bekleckere dich nicht wieder.«

»Na schön.« Er hebt die Hände und schenkt mir ein Lächeln, das meine Knie weich werden lässt. »Enttäusch' mich nicht, Kleiner.«

*Kleiner.* Willie hat mich *Kleiner* genannt. Ich werte das als Kosewort und schwebe förmlich zur Küche, um Murray die Bestellung durchzugeben, der das mit einem herzhaften »Geht in Ordnung, Scheiße, Kotze, verreck' dran!« quittiert.

Sowohl die Getränke, als auch das Essen finden an diesem Abend unfallfrei ihren Weg an Willies Tisch. Obwohl ich aufgeregt bin, fühle ich mich irgendwie sicherer auf den Beinen. Kann das nur an dem Outdoor-Lauftraining mit Callum liegen? Das wäre ja sensationell! Damit hätten sich alle Strapazen schon gelohnt. Überhaupt sind all meine Gedanken ans Aufgeben verflogen, seit Willie hier ist und mich sogar angelächelt hat. Noch fünf Wochen anstrengen und dann einmal alles geben – das wird auch einen Willie Burns nicht kalt lassen. Dann wird er in mir nicht länger nur den Trottel aus dem Pub sehen.

Frohen Mutes warte ich am nächsten Nachmittag vorm Haus auf Callum, der mich abholen möchte. Pünktlich wie immer fährt er mit seinem Land Rover vor, den er normalerweise nicht als Taxi verwendet, sondern um ins Gelände zu fahren. Ideal für unsere Zwecke.

»Guten Tag!«, begrüße ich ihn fröhlich.

Er zieht eine Braue in die Höhe. »Was hebt deine Laune heute so deutlich?«

»Willie!«, rufe ich und es klingt wie ein Triumphschrei. Eine Sekunde später fällt mir ein, dass das gegenüber Callum eher die falsche Antwort ist. »Ich meine, er und seine Kumpels waren gestern im Pub und ich habe sie unfallfrei bedient. Überhaupt habe ich an diesem Abend nur einmal am Tresen ein Glas umgeworfen, aber da war ich auch abgelenkt und unaufmerksam. Denkst du, das liegt an unserem Training?«

»Wer weiß.« Callum zuckt mit den Schultern. »Womöglich nur Glück.« Er wirft mir einen komischen Seitenblick zu. »Vielleicht auch gar nicht so viel mehr körperliches Geschick, aber etwas mehr Selbstbewusstsein. Das macht auch die Bewegungen sicherer.«

»Egal was es ist – es funktioniert. Wie kann ich mich eigentlich bei dir für deine Hilfe bedanken? Darüber denke ich schon länger nach.«

Er nimmt eine Hand vom Lenkrad und winkt ab. »Wenn es dir bei irgendwas weiterhilft und du mich danach in Ruhe lässt, geht das in Ordnung.«

»Ich lade dich zu meiner Hochzeit ein!«, gelobe ich feierlich.

Callum schnaubt. »Übertreib nicht. Deine gute Laune wird langsam eklig.«

»Du bist der einzige Mensch auf der Welt, der gute Laune eklig findet. Alter Griesgram.«

»Ganz bestimmt nicht«, versetzt er und biegt auf den Feldweg zu unserer Schaf-Arena ab. »Aber vielleicht ist es gar nicht so schlecht, dass du heute so übermotiviert bist.

Ich war nämlich in den frühen Morgenstunden schon mal hier und habe Hindernisse aufgebaut.«

»Ach!«, rufe ich aufgeregt. »Ach! Das heißt, ich darf heute springen?«

»Ja, kleines Zirkusäffchen. Die Schafe sitzen schon am Zaun und fressen Popcorn. Die Hindernisse sind aber noch sehr niedrig. Wir steigern uns allmählich. All-määäh-lich, wie man in Schafsprache sagt.«

Er bringt diesen bescheuerten Wortwitz so emotionslos hervor, dass ich so sehr lachen muss, dass ich dabei versehentlich grunze.

Als wir wie immer oben am Feld anhalten, kann ich die Hindernisse schon sehen. Es sind Bretter, die auf Kisten liegen. Ich frage mich spontan, wie viele davon ich wohl heute mitnehmen werde und wie viele blaue Flecken ich zusammen mit neuen Erfahrungen ernte. Aber hey, die nächste Stufe steht mir bevor! Vom Jacke An- und Ausziehen bin ich jetzt immerhin schon mal zu den ersten kleinen Hindernissen gekommen. Das ist doch eine reife Leistung für drei Wochen, oder nicht? Und fünf weitere bleiben, um mich noch zu steigern. Willie, du wirst staunen!

»So«, sagt Callum und baut wie üblich seinen Klappstuhl auf. »Am besten gehst du erst mal die Strecke ab, um dich mit den neuen Hindernissen vertraut zu machen.« Er setzt sich hin und nimmt seine Thermoskanne zur Hand.

Ich laufe los. Haggis trottet mir hinterher und lässt sich wie immer ganz fertig mit der Welt vor Callum ins Gras fallen, als wir unsere Runde beendet haben.

»Ich hätte da eine Frage«, beginne ich kleinlaut. »Gibt es irgendeine bestimmte Sprungtechnik? Ich weiß manchmal mit meinen Beinen nicht wohin. Kannst du es mir eventuell vorführen?«

»Dein Ernst? Du musst doch einfach nur …« Er bricht ab und knurrt leise. »Na gut. Ich bin aber etwas eingerostet. Wehe, du lachst. Das gilt auch für euch!«, ruft er zu den nichtsahnenden Schafen und läuft los.

Eingerostet? Von wegen. Er nimmt jedes Hindernis mit Leichtigkeit. Er ist mit fast vierzig Jahren leider viel fitter als ich. Wenn ich so wie Callum wäre, wäre ich dann vielleicht viel reizvoller für Willie? Er ist sportlich, hat zwei funktionierende Augen und sieht nicht schlecht aus. Wobei er für Willie, genau wie für mich, sicher viel zu alt wäre, denn mein Champion ist auch erst fünfundzwanzig.

»Sollte selbst für dich zu schaffen sein«, ruft mir Callum auf den letzten Schritten zu und lässt sich auf den Klappstuhl plumpsen. Er keucht ziemlich angestrengt. Doch nicht so fit? »Hopp, hopp, auf.«

Ich mache zur Aufwärmung noch ein paar Kniebeugen und trabe los. Nutze den Schwung meiner Schritte, um über das erste Hindernis zu kommen. Hey, klappt doch! Also, zumindest das eine Mal, denn das zweite Hindernis nehme ich mit. Komme ins Straucheln und stolpere direkt ins dritte. Kann mich aber aufrappeln und laufe weiter, versuche, übers vierte zu springen, bleibe mit dem Fuß hängen und lege mich gepflegt mit dem Gesicht voran auf die Fresse. Ein Windstoß lüpft meinen Kilt und bläst ihn mir auf den Rücken, während es an den Beinen ziemlich kalt wird. »Aua«, muffle ich ins Gras.

»Alles okay?«, ruft Callum zu mir herüber.

»Ja-ha«, gebe ich grummelnd zurück und stehe auf. Für das fünfte Hindernis fehlt mir der Schwung und ich weiche ihm einfach aus. Das sechste Brett reiße ich wieder von den Kisten.

»Ich würde sagen, Katastrophe ist hier noch untertrieben«, bemerkt Callum kopfschüttelnd, als ich mit hängenden Schultern auf ihn zuwanke.

»Sei nicht so ungnädig mit mir. War schließlich meine erste Runde.«

»Aye. Ich hoffe, die anderen werden besser. Ich sehe es kommen, ich muss dich drei Wochen nur im Kreis springen lassen, damit das halbwegs sitzt. Die Schwierigkeit zu früh zu erhöhen, nützt nichts, wenn du dich beim Springen schon jetzt nur langlegst.«

»Ich hatte gehofft, wir könnten schon ein bisschen eher mit dem Slalom-Üben anfangen«, gestehe ich. »Das wird mir sicher genauso schwerfallen.«

Callum seufzt. »Dann bringe ich nächstes Mal noch Stöcke dafür mit. Am Ende musst du über die Hindernisse springen, Slalom laufen, dann wieder Hindernisse und so weiter. Das muss alles sitzen. Das Springen ist das Schwierigste. Wenn es dich da richtig hinhaut, verlierst du wertvolle Sekunden.«

Ich atme tief durch und straffe meine Schultern. »Dann lass uns keine kostbare Zeit verplempern. Auf in die nächste Runde.«

Die zweite Runde wird nicht besser. Die dritte auch nicht. Wir machen zwischendurch eine Teepause. Bei der vierten schaffe ich es immerhin, ein Hindernis mehr zu überspringen und bei keinem komplett auf die Schnauze zu fallen. Ebenso bei der fünften und sechsten Runde. Ab der siebten wird es wieder schlechter und so langsam pfeife ich auf dem letzten Loch.

»Eine Runde noch«, weist mich Callum an. »Gib nochmal alles!«

Ich beiße die Zähne zusammen und versuche mich zu konzentrieren. Die erste Hürde schaffe ich. Die zweite auch. Die dritte ebenfalls. Die vierte ist mein Tod. Ich bleibe hängen, verheddere mich in meinen eigenen Beinen, falle hin und rutsche noch ein Stück. Ich habe das Gefühl, dass das feuchte Gras mir die Haut abzieht. Es brennt höllisch und ich stoße unwillkürlich einen jämmerlichen Aufschrei aus.

»Pünktchen?« Callum ist sofort bei mir. »Hast du dir arg wehgetan? Lass mal sehen.«

Er hilft mir, mich auf den Rücken zu drehen und aufzusetzen. Meine Knie sind schmerzhaft aufgeschürft und bluten ein wenig. Das hatte ich zuletzt als Kind. Irgendwie hatte ich verdrängt, wie weh das tut.

»Kannst du aufstehen?«, fragt Callum und greift mir schon unter die Achseln, um mir hochzuhelfen. »Ich bringe dich zum Campingstuhl. Ich habe Verbandszeug im Auto.«

Gemeinsam humpeln wir hinüber zum Stuhl und die Schafe vergessen sogar, ihr Gras-Popcorn zu fressen. Meine Schürfwunden werden von Callum fachmännisch verarztet.

»Früher hat dieses Desinfektionsspray immer wie die Hölle gebrannt«, gestehe ich, nachdem er nach langem Überreden etwas davon auf meine Knie sprühen durfte.

»Früher hatte Schottland auch noch seinen eigenen König.« Er seufzt und steht auf. »Das war's dann für heute mit dem Training.«

»Es geht schon wieder, ich muss nur–«

»Nichts da«, unterbricht er mich. »Mit frischen Schürfwunden lasse ich dich hier nicht weiter ins Verderben springen. Ich habe ja so schon ein schlechtes Gewissen, weil ich dich offensichtlich überfordert habe. Wirst du zum Abendessen zu Hause erwartet?«

Ich schüttle stumm den Kopf, obwohl das nicht ganz die Wahrheit ist. Ich habe Großvater gesagt, dass ich wahrscheinlich zum Essen wieder da sein werde, jedoch nicht ganz sicher bin. Ich weiß nicht einmal, warum ich das nicht sage.

»Hm.« Callum reicht mir die Hand, um mir aufzuhelfen. »Ich schlage vor, wir fahren zu mir nach Hause und ich mache uns was. Wenn wir heute schon praktisch nicht weiterkommen, dann können wir uns ja immerhin mal über die Theorie unterhalten, denn die ist auch nicht unwichtig.«

»Okay.« Als ich aufstehe, habe ich das Gefühl, dass meine bepflasterten Knie erneut aufplatzen. Das ist nicht schön. Ich will auf den Arm.

Wir steigen ins Auto und fahren los, aber wenige Meter später fällt uns auf, dass wir Haggis an der Wiese vergessen haben. Wir kehren wieder um und stellen fest, dass der Hund unsere Abwesenheit wahrscheinlich gar nicht bemerkt hat, weil er sich bellend mit den Schafen unterhält. Erst auf Callums Rufen horcht er auf und kommt ein bisschen widerwillig zum Auto spaziert. Sein Herrchen hilft ihm auf die Rückbank.

»Magst du Kartoffelbrei?«, fragt Callum, als wir erneut losfahren.

»Ja«, antworte ich. »Ich mag Kartoffelbrei sehr gern.«

# Kapitel 7

## »Es gibt lecker Reste.«

### CALLUM

Kann man einem Gast eigentlich *Bubble and Squeak* anbieten? Ich habe nämlich nur noch Reste im Kühlschrank, aber vollmundig angekündigt, dass ich uns Abendessen mache.

»Soll ich dir helfen?«, fragt Ian und dackelt mir in die Küche hinterher.

»Du kannst mir helfen, indem du Haggis ablenkst, damit er nicht die ganze Zeit bettelt oder versucht, mir Zutaten zu stehlen«, schlage ich vor.

»Komm, Haggis«, ruft Ian meinem Hund zu. »Wir gehen ins Wohnzimmer und spielen.«

Ich wünsche ihm im Geiste viel Spaß bei dem Versuch, mit der Pelzwurst zu spielen. Wahrscheinlich wird er sich zum Hampelmann machen und Haggis sieht dabei zu. Das ist nämlich das übliche Prozedere mit diesem stinkend faulen Tier.

»Was gibt es denn eigentlich zu essen?«, ruft Ian nach einer Weile aus dem Wohnzimmer herüber. Dumpfe Geräusche künden davon, dass er sich mit Haggis auf dem Boden herumrollt. Eventuell auch nur er alleine.

»Lass dich überraschen!«, gebe ich zur Antwort. Es gibt lecker Reste. Ein paar Kartoffeln, ein bisschen Gemüse, ein Rest Bratensoße, alles zu einem leckeren Gericht verklöppelt. Aber ja, ein bisschen spärlich, um einen Gast zu bewirten. Andererseits bin ich auch kein Restaurant.

Nebenbei fühle ich mich immer noch mies, weil er sich meinetwegen die Knie so böse aufgeschürft hat. Dabei war ich mir wirklich sicher, dass ich die Hindernisse niedrig genug aufgebaut habe. Ich wollte doch nicht, dass er sich verletzt! Nicht einmal, als ich ihn noch von seinem Vorhaben abbringen wollte.

Das Essen quiekt in der Pfanne und wirft Blasen, weshalb es ja auch *Bubble and Squeak* heißt.

»Es riecht gut!«, ruft Ian von nebenan.

*Sei nur nicht zu enttäuscht, Pünktchen.* Spontan beschließe ich, noch ein paar Spiegeleier dazu zu braten, damit das Mahl nicht ganz so karg aussieht. Soll ich jetzt noch eine Kerze anbrennen? Blödsinn. Das ist doch kein Candle-Light-Dinner.

»Essen ist fertig!«, rufe ich, während ich das Tablett ins Esszimmer trage.

Ian und Haggis erscheinen in stiller Eintracht in der Tür. »Das ist ja mein Lieblingsessen!«, quiekt ersterer wie das Essen in der Pfanne und seine Augen werden riesig vor Gier.

»Was, *Bubble and Squeak* ist dein Lieblingsessen?« Wer hätte das gedacht ...

»Ja!« Er reibt sich die Hände voller Vorfreude. »Ach Mann, ich habe das schon so lange nicht mehr gegessen. Ich freue mir gerade ein Loch in den Bauch. Und das stopfe ich jetzt mit *Bubble and Squeak*, yay!«

Wow, das ... wow. Ich habe noch nie jemanden erlebt, der sich so über ein Resteessen freut. »Was gibt dir denn der alte Ramsay so zu essen?«, frage ich vorsichtig.

»Meistens Sandwiches und Dosensuppen«, erwidert Ian, während er zappelig vor Aufregung am Tisch Platz nimmt.

»Wir haben selten einen Sunday Roast, weshalb eigentlich auch nie Reste für *Bubble and Squeak* übrig sind.«

»Kein Wunder, dass du so mager bist.« Kopfschüttelnd nehme ich Platz. »Ich habe nachher auch noch Eis, wenn du willst.«

»Eis?« Seine Augen werden noch größer und ich habe wieder Angst, dass die Prothese herausfällt und in die Bratensoße plumpst. »Hast du gerade Eis gesagt? Hab' ich den Sturz vorhin nicht überlebt und bin jetzt im Himmel?«

»Wenn das der Himmel wäre, dann würde ich wohl kaum hier sitzen«, gebe ich zurück und muss grinsen. »Ich komme in die Hölle. Und dann steigt der Teufel von seinem Thron, senkt demütig sein Haupt und spricht: *Willkommen zurück, Meister.*«

Ian zieht eine Grimasse, die seine Sommersprossen auf der Nase zu einem großen Fleck werden lässt. »Ja, das denke ich auch. Leute quälen kannst du ziemlich gut.«

»Halt' die Klappe und iss.«

»Aber wenn ich die Klappe halte, geht ja das Essen nicht rein.«

»Und du wunderst dich, dass ich dich mit Freuden foltere?«

Er grinst frech und fängt endlich an zu essen. Inhaliert die Restepampe wie Haggis eine Kaustange. Schmatzt wie ein kleines Schweinchen am Trog. Hat Bratensoße am Mundwinkel kleben und lächelt selig vor sich hin. Ich halte das nicht aus. Wenn er nachher noch Eis isst, muss ich, glaube ich, rausgehen. Mein Blick fällt auf die Uhr. Verdammt, da war doch was heute!

»Wir können das Eis dann drüben im Wohnzimmer essen«, schlage ich vor. Ich will den Kleinen jetzt nicht rausschmeißen. Aber wie schaffe ich es nachher, meinen Pilcher-Film anzusehen, auf den ich mich seit Wochen freue, und mich gleichzeitig mit Ian zu unterhalten? Es ist der erste Teil von *Shades of Love* und dort geht es schließlich um einen schottischen Laird und dessen Familie. Vielleicht sollte ich mir doch irgendwann mal die DVD-Kollektion zulegen …

»Also, ich will dir wirklich nicht zur Last fallen«, beteuert Ian. »Aber bei der Aussicht auf Eis kann ich so schlecht *nein* sagen. Als Kind gab's auch immer Eis, wenn ich mir wehgetan habe.«

»Du dürftest demnach praktisch nur von Eis gelebt haben?«, schlussfolgere ich und hebe eine Braue.

Er grinst schon wieder. Das ist zu viel Niedlichkeit auf zu wenig Mensch verteilt. Ich will sein *Daddy* sein. Nein, will ich nicht! Ich drehe nur gerade durch. Eilig stelle ich das Geschirr in die Spüle und bedeute Ian mit einem Wink, mir ins Wohnzimmer zu folgen.

»Du wolltest mir doch ein bisschen über die Theorie erzählen«, erinnert er mich und nimmt auf dem Sofa Platz. Haggis quetscht sich prompt auf seinen Schoß.

»Aye, Theorie«, wiederhole ich gedankenverloren und schalte den Fernseher an.

Rosamunde hat noch nicht begonnen. Es bleibt also noch genug Zeit, um einen Eisbecher vorzubereiten. Einen richtig großen Eisbecher mit ganz viel Sahne, an dem er lange, lange isst. Denn solange er kaut, ist er beschäftigt und kann nicht sprechen. Und ich kann ganz lässig nebenbei meinen Schnulzenfilm schauen. Nur für den Fall, dass ich dabei weinen muss, muss ich mir noch irgendetwas einfallen lassen. Ich gehe in die Küche, um alles vorzubereiten. Mit einem Schoko-Vanille-Erdnuss-Karamell-Erdbeer-Smarties-Sahne-Eisbecher bewaffnet trete ich den Rückweg ins Wohnzimmer an – und stelle mit Entsetzen fest, dass nicht Rosamunde, sondern irgendein Fußballspiel läuft.

»Ich hab' mal umgeschaltet«, verkündet Ian ganz arglos. »Da ging gerade so eine Schnulze los.«

*O Gott.*

»Äh ... aye. Hier ist dein Eisbecher.« Ich stelle den monströsen Kalorienturm vor ihn hin und reiche ihm den Löffel.

»Du bist ja irre!« Er sticht mit dem Löffel in das Sahnehäubchen, das kein Häubchen ist, sondern eher eine sowjetische Schapka. »Das schaffe ich nie alleine. Wollen wir das zusammen essen?«

»Nein, nein, iss du nur. Lass dir Zeit.« *Am besten anderthalb Stunden, denn so lange geht der Film.*

»Na gut.« Er stopft sich einen großen Löffel voll Eis mit Sahne in den Mund. »Hu kannf mir ja infwifen von her Heorie erhählen! Waf auch immer hu hamib meinf.«

»Mit vollem Mund spricht man nicht«, versetze ich, drehe den Ton etwas leiser und schalte zufällig und ganz nebenbei wieder auf Rosamunde Pilcher um. Ich weiß selbst nicht einmal so genau, was ich ihm da eigentlich erzählen wollte. »Also, die *Highland Games* ...« Ach, da ist Balnaird House. Schön! Und diese Bilderbuchfamilie. Das riecht förmlich nach Intrigen. Ich–

»Die *Highland Games*?«, unterbricht Ian meine Gedanken.

»Hä? Ach so, aye. Die *Highland Games* ... haben eine lange Tradition.«

Wo kommt dieser Amerikaner her? Ah, eine Homestory des Aird-Clans in einem Hochglanzmagazin. Warum schaut er so komisch? Erkennt er jemanden?

»Callum?«

»Was?« Ich drehe mich zu Ian herum. Er hat Schokoeis am Mund und Sahne an der Nasenspitze. Ich überlebe das nicht.

»Du unterbrichst immer wieder und bringst kaum einen Satz zum Ende. Ist alles okay?«

»Aye, alles in Ordnung.« Aus dem Augenwinkel beobachte ich, wie der Amerikaner zum Telefonhörer greift. Wen will er anrufen? Das Telefon klingelt in Schottland!

»Du willst die Schnulze gucken, oder?«

»Quatsch, die läuft da zufällig«, versetze ich mit hoffentlich glaubwürdig gespielter Entrüstung.

»Das hast du letztens auch schon gesagt, und dann habe ich *Stolz und Vorurteil* auf deinem Couchtisch gefunden. Zufällig läuft da gar nichts, ich hatte ja vorhin schon umgeschaltet, aber du hast wieder zurückgeschaltet. Ich hab' das gemerkt. Jetzt gib es doch wenigstens zu.«

Verdammt. Ich fliege auf. Ich war doch zu unvorsichtig. Hätte wie letztens auf die Wiederholung warten sollen. »Hör zu«, knurre ich und hebe drohend meinen Zeigefinger in seine Richtung. »Solltest du irgendjemandem davon erzählen oder das hier gegen mich verwenden, dann muss ich dich leider töten.«

Das klang offenbar nicht überzeugend genug, denn Herr Pünktchen isst unbeirrt weiter sein Eis und starrt mich nachdenklich an. »Ich sag's keinem. Aber das ist doch auch nichts Schlimmes. Ich hätt's nur nie von dir gedacht. Wir können den Film gerne schauen, wenn du willst. Ich halt' auch meine Klappe.«

»Danke.«

Mein Herz klopft aufgeregt. Das ist es gar nicht mehr gewohnt, denn im Laufe der Jahre hat es Rost angesetzt. Dieser sommersprossige Rotschopf fordert mir wirklich alles ab. Ich kann mich, obwohl er wirklich die ganze Zeit brav die Klappe hält und nach dem Eisbecher sogar noch eine Tüte Chips vertilgt, kaum auf den Film konzentrieren. Als jedoch der Abspann läuft und ich einen zaghaften Blick auf Ian riskiere, muss ich feststellen, dass er eingeschlafen ist. Mit dem Kopf auf die Sofalehne gebettet, liegt er in Embryonalstellung neben mir. Und nun? Was mache ich jetzt? Wecken? Nein. Das wäre, wie über ein frisch-beschneites Feld zu trampeln. Aber wenn ich ihn jetzt die ganze Zeit angaffe, ist das ein bisschen psycho, oder? Erst einmal braucht er eine Decke. Dummerweise liegt er auf meiner Sofadecke drauf. Haggis liegt neben ihm unterm Couchtisch.

So leise wie möglich schleiche ich aus dem Raum, gehe hinauf ins Schlafzimmer und hole eine Decke von dort. Wieder unten angekommen, breite ich sie vorsichtig über ihn. Ich glaube, er sabbert auf meine Sofalehne. Na gut, ein bisschen zuschauen darf ich. Er merkt es ja nicht. Er merkt sowieso überhaupt nichts. Wie niedlich er ist, in was er sich so alles verrennt, und meine leise Verzweiflung sowieso nicht.

Nach einer stillen Ewigkeit leuchtet das Display meines Handys auf. Ich habe es extra auf lautlos gestellt. Ich schleiche aus dem Wohnzimmer und schließe vorsichtig die Tür hinter mir, bevor ich den Anruf annehme.

»MacTavish Taxi?«, flüstere ich unterdrückt in den Hörer.

»Hallo? Callum?«

»Aye, Ewan. Ich kann nicht so laut reden. Soll ich Schnapsdrosseln abholen?«

»Genau. Eine Fahrt ins Dorf raus nur. Drei Touristen zur Pension von Sarah Atchison.«

»Alles klar. Bin gleich da.«

Spätestens jetzt sollte ich Ian wecken, ihn mit in mein Auto verladen und zusammen mit den Schnapsdrosseln nach Hause bringen. Aber ich lasse ihn liegen. Bin ja gleich wieder da. Und Haggis passt derweil auf ihn auf.

Ich beeile mich, die Touristen zu ihrer Pension zu bringen. Es sind Italiener und sie singen auf der Fahrt *Auld Lang Syne*, oder besser gesagt: Auldä langä sainä. Mein schottischer Nationalstolz leidet still vor sich hin, aber ich wünsche ihnen trotzdem noch einen schönen Urlaub, bevor ich mich auf den Rückweg mache. Mit Schrecken erkenne ich, dass es halb eins morgens ist. Wie lange habe ich eigentlich dagesessen und Ian beim Schlafen angestarrt? Bin ich zwischendurch selbst eingenickt? Vielleicht wird er zu Hause schon vermisst. Unwillkürlich muss ich mir vorstellen, wie der alte Ramsay in der Dunkelheit kauert und wartet, dass sein Enkel zurückkommt.

Zurück zu Hause, öffne ich leise die Haustür und trete ein. Ich will keinen Krawall machen, weil ich nicht weiß, ob mein Gast immer noch schläft. Haggis kommt in den Flur getapst und schaut mich misstrauisch an. Ich ziehe meine Schuhe aus und betrete das Wohnzimmer. Ian sitzt auf der Couch, der Blick ziemlich schlaftrunken, die eine Gesichtshälfte zerknautscht wie ein altes Stück Frischhaltefolie.

»Wo warst du denn?«

»Ich ...« Scheiße, warum bleibt mir auf einmal die Stimme weg? »Da waren Touristen, die musste ich zu Sarah Atchisons Pension bringen.«

»Du hättest mich wecken können. Ich war ganz verwirrt und habe mich gefragt, ob du vielleicht schon zu Bett gegangen bist. Wollte aber nicht bei dir im Haus rumschleichen.«

»Tut mir leid. Ich wollte dich nicht stören.«

Er gähnt herzhaft und richtet sich schwankend auf. »Dann gehe ich mal nach Hause.«

»Du kannst auch über Nacht bleiben, wenn du willst. Ich habe ein Gästezimmer mit einem richtigen Bett.« *Du Idiot,*

*was redest du da? Biete ihm an, ihn nach Hause zu fahren!*
*Du bist doch keine Pension mehr!*

Er lässt sich zurück auf das Sofa plumpsen. »Ich will dir nicht zur Last fallen. Hab ja schon dein ganzes Eis aufgegessen, beim Filmgucken gestört und mich auf deiner Couch zu wohl gefühlt.«

»Eben«, erwidere ich, ziehe meine Jacke aus und setze mich zu ihm. »Jetzt kommt's auch nicht mehr drauf an, ob du bis morgen bleibst. Bus fährt keiner mehr, ich will heute nicht noch mal raus und mache auch mein Handy aus. Im Dunkeln laufen lasse ich dich nicht.«

»Na gut.« Er kratzt sich an seinem zerzausten Schopf. »Aber morgen früh muss ich echt los, sonst macht sich mein Grandad Sorgen. Ich bleibe selten nachts weg.«

»Ich stelle den Wecker. Möchtest du vielleicht etwas trinken?«

Er nickt. »Hast du vielleicht einen Whisky oder sowas?«

Augenblicklich bildet sich ein Kloß in meinem Hals. »Nein, sowas habe ich nicht da.«

Verwirrt blinzelt er mich an. »Echt jetzt? Ein stolzer Schotte, der keinen Single Malt im Haus hat? Oder willst du mir einfach keinen abgeben?«

»Du bist ganz schön frech«, gebe ich zurück und verschränke die Arme. »Abgesehen davon, dass ich dir wahrscheinlich wirklich keinen abgeben würde, habe ich tatsächlich keinen da. Ich habe nur Wasser, Tee und selbstgemachte Limonade.«

»Limonade klingt gut. Also, wenn du mir welche abgeben willst. Mein Mund ist ganz trocken.«

Ich nicke und gehe in die Küche, um ihm ein Getränk zu holen. »Warum wolltest du jetzt einen Whisky trinken?«, erkundige ich mich bei meiner Rückkehr ins Wohnzimmer.

»Ach, na ja ...« Er hebt die Schultern. »Meine auf-

73

geschürften Knie pochen so hässlich und ich kann jetzt bestimmt nicht mehr gut einschlafen. Ich dachte, das hilft mir vielleicht dabei.«

»Ich würde sagen, eine Schmerztablette hilft da besser. Schmerz im Alkohol zu ertränken, ist immer eine blöde Idee«, gebe ich kopfschüttelnd zurück und stehe nochmals auf, um ihm eine zu holen. Irgendwie wird das gerade alles unnötig kompliziert. Ich hätte ihn doch lieber nach Hause fahren sollen.

Zu meiner Erleichterung wird er jedoch sehr schnell wieder müde, nachdem er die Tablette genommen hat. Ich beziehe schnell das Bett im Gästezimmer und schon kurze Zeit später ist Ian wieder im Land der Pünktchenträume, zusammen mit Haggis, der sich zu seinen Füßen eingerollt hat und schnarcht.

Ich beneide die beiden. Denn dass ich heute Nacht schlafen kann, bezweifle ich stark.

# Kapitel 8

»Ab heute wird ohne Schlüpfer trainiert.«

## IAN

Wie kann es sein, dass ich in diesem Gästezimmer besser geschlafen habe als in meinem eigenen Bett? Liegt es daran, dass die Matratze neuer ist als meine alte Auflage? Oder an dem lebendigen Fußwärmer namens Haggis? Man weiß es nicht. Aber laut Handy ist es schon halb acht durch, und so langsam sollte ich mich mal auf den Nachhauseweg begeben. Oder zumindest Grandad telefonisch Bescheid geben. Aber erst mal muss ich Pipi. Ich war gestern Abend schon mal hier auf dem Lokus, daher weiß ich noch, wo er sich befindet. Gang vor, dann links. Ob Callum schon wach ist?

Die Badezimmertür steht halb offen und ein leise schrubbendes Geräusch ist zu hören. Ich werfe einen verstohlenen Blick hinein. Und werde fast zur Bröselgardine. Callum steht vor dem Waschbecken, seitlich, und putzt sich die Zähne. Er trägt Socken. Und sonst ... *nichts*. Bei den Bommeln des Highlanders! Ist das noch ein Penis oder schon eine Salatgurke? Im Rückwärtsschleichgang entferne ich mich von der Tür und muss mich gegen die Wand lehnen. Mein Kopf hat die Temperatur von Lava angenommen. Hilfe! Wenn ich mir vorstelle, von so einem Ding gepfählt zu werden – halt, warum stelle ich mir das überhaupt vor? Das ist Callum! Nicht Willie! Aber Willie ist noch ein bisschen größer und stärker. Wenn sein Willie - danke für diese blöde Assoziation, Callum! – im Verhältnis dazu steht ... wie soll ich denn damit fertig werden? Wer trainiert mich denn *darin*? O Gott, o Gott ... ich merke gerade, dass mein Plan viel zu viele Lücken hat. Über die Zeit nach den *Highland Games*, wenn sich Willie hoffentlich für mich interessiert, habe ich noch gar nicht nachgedacht. Soll ich zu Hause an einer Salatgurke üben? Oder *mit* einer Gurke? Zum Glück ist meine Hosenkarotte gerade zu panisch, um strammzustehen. Obwohl früher Morgen ist und ich gerade einen nackten Mann in Socken gesehen habe. Einen gut aussehenden nackten Mann, ich geb's ja zu. Wenn er fünfzehn Jahre jünger wäre, würde ich vielleicht sogar auf ihn stehen, also zumindest äußerlich. Charakterlich macht er mir eher Angst. In einem Moment schaut er Rosamunde Pilcher, im anderen Moment steht er mit der unsichtbaren Peitsche hinter mir und lässt mich über Bretter hüpfen.

»Callum?«, rufe ich vorsichtig. »Bist du da drin?« *Natürlich bist du da drin, aber ich muss ja so tun, als hätte ich dich nicht gesehen.*

Der aufgedrehte Wasserhahn ist zu hören; einen Moment später, wie Wasser ins Waschbecken gespuckt wird. »Ja, ich bin hier. Musst du rein?«

»Ich muss pinkeln und mein Auge saubermachen.«

»Sofort.« Es dauert noch einen Moment, bis er aus der Tür tritt, aber immerhin hat er seine Monstergurke in eine Boxershorts verpackt. »Guten Morgen übrigens.«

»Ja ... guten Morgen.«

*Starr ihm nicht so auf den Schritt, du Depp.*

»Gut geschlafen?«

»Ja, sehr gut, vielen Dank.«

»Prima. Mach dich frisch und dann komm runter, ich bereite schon mal das Frühstück zu.«

Bevor ich dagegen protestieren kann, schiebt er mich ins Badezimmer und schließt die Tür. Na schön, dann bleibe ich eben noch zum Frühstück. Vom Klo aus rufe ich meinen aufgebrachten Grandad an, um ihn zu beruhigen und ihm zu sagen, dass er sich nicht sorgen muss und ich nur bei einem Freund übernachtet habe. Er lässt sich allerdings sehr schnell besänftigen, als ich ihm berichte, dass ich gleich noch ein kostenloses Frühstück bekomme.

Ich entschließe mich spontan, mein Auge lieber doch erst zu Hause zu reinigen. Meine Hände sind noch immer zu zittrig von dieser Gurkensichtung und ich habe Angst, dass ich das Auge ins Waschbecken fallen lasse und es zerbricht. Ich komme mir ja selber albern vor, aber mit so einer Art von Begegnung habe ich einfach nicht gerechnet. Eilig wasche ich mein Gesicht und spüle mir den Mund aus. Ein Blick in den Spiegel zeigt mir das Grauen. Dort, wo mal meine Frisur war, wohnt jetzt ein überfahrenes Eichhörnchen, das sich nicht wieder zum Leben erwecken lässt. Meine Knie feuern immer noch, aber es ist nicht mehr so schlimm wie gestern.

Ich gehe hinunter in die Küche, wo es schon wieder verdächtig nach Gebratenem riecht. Bekomme ich nach dem Luxus-Abendessen gestern etwa auch noch ein warmes Frühstück? Ist Callum noch im Pensions-Modus von früher, als seine Mutter noch mit hier gewohnt hat und sie Touris beköstigt haben? Ich sollte hier einziehen. Aber ich glaube, ich wäre so ziemlich der Letzte, den er hier einziehen lassen würde. Er ist mehr so der Einsiedlertyp, das war er schon immer. Zumindest, seit ich ihn kenne.

»Was gibt es denn Schönes?«, erkundige ich mich und versuche, über Callums Schulter in die Pfanne zu spähen.

»Haggis.«

»Deinen *Hund?*«

»Wohl kaum.« Der pelzige Haggis kommt demonstrativ zur Küche herein und bellt.

*Ürgs.* »Ich frühstücke eigentlich lieber Porridge«, gestehe ich.

Callum wirft mir einen seltsamen Blick über die Schulter zu. »Ist ja eklig. Heute wirst du jedenfalls Haggis frühstücken. Wer ein strammer Schotte werden will, muss auch wie einer essen.«

»Die meisten Schotten frühstücken auch keinen Haggis mehr«, erwidere ich. »War vielleicht zu deiner Zeit noch so, vor etwa zweihundert Jahren.«

»Halt den Mund oder ich nähe ihn dir zu«, knurrt er. »Geh ins Esszimmer und setz dich an den Tisch. Es wird gegessen, was auf den Tisch kommt.«

Mit eingezogenem Kopf gehorche ich und schleiche hinüber ins Esszimmer. Der Tisch ist bereits eingedeckt. Haggis habe ich zuletzt im Januar zur *Burns Night* im Pub gegessen, zu Ehren des schottischen Dichters Robert Burns. Ist also schon eine Weile her. Wenig später erscheint Callum vollbeladen mit Essenstellern.

»Soll ich was tragen helfen?«, frage ich.

»Das wäre nett. Aber lass nichts fallen.«

*Ja, reib nur Salz in meine Wunden, Mistkerl.*

Völlig unfallfrei trage ich das Tablett mit der Teekanne und den Tassen ins Esszimmer und möchte Callum am liebsten trotzig die Zunge herausstrecken. Wir nehmen Platz. Ich bin ein wenig überfordert mit meinem Frühstücksteller, eigentlich immer noch satt von dem Eis und den Chips gestern, aber ich gebe mir Mühe, meinen Gastgeber nicht zu beleidigen und brav alles aufzuessen. Mir ist schlecht. Aber mein Teller ist immer noch mehr als halbvoll. Ich hätte wirklich lieber Porridge gegessen. Oder Toast. Einfach einen ... sag mal, isst Callum da etwa einen Marmeladentoast?

»Frühstückst du etwa gar keinen Haggis?«, frage ich argwöhnisch.

Callum beißt herzhaft in seinen Toast und blättert weiter in der Tageszeitung. Welcher Mensch liest denn heutzutage noch Zeitungen aus Papier? Ach ja, richtig: die *alten* Leute wie mein Großvater zum Beispiel. »Ich esse nie Haggis zum Frühstück«, erklärt er beiläufig. »Liegt mir zu schwer im Magen.«

Mir bleiben vor Schreck die Schafsinnereien im Halse stecken. »Ist nicht dein Ernst, oder? Ist das jetzt etwa wieder eine deiner demütigenden Trainingseinheiten, die mich irgendwas lehren sollen? Bist du extra los und hast Haggis gekauft, nur um mich zu ärgern?«

»Ich hatte noch eine Dose da«, erwidert er und trinkt einen Schluck Tee. »Ich esse manchmal abends welchen.«

Igitt. Dosenhaggis. Kein Wunder, dass der nur nach Fett und Pfeffer schmeckt. »Bei dir kann man ja nicht mal eine Frühstückseinladung annehmen, ohne misstrauisch zu werden«, versetze ich und will seufzen, aber stattdessen hebt es mich und ein bisschen Haggis mit Magensäure sprudelt meine Speiseröhre hinauf. »Ich weiß nicht, ob die Schafe mir heute beim Training applaudieren werden, wenn ich einen von ihnen im Magen habe«, murmle ich und kämpfe gegen meine Übelkeit.

Endlich legt Callum die Zeitung weg und schaut mich an, wenn auch stirnrunzelnd. »Du willst heute trainieren?«

»Na klar, warum denn nicht? Ich muss erst morgen Nachmittag wieder arbeiten und will die freie Zeit nutzen. Das heißt, wenn *du* Zeit hast.«

»Muss ich dir erst gegen deine Knie treten, um dich daran zu erinnern, dass du sie dir gestern verletzt hast?«

»Pfff.« Ich winke ab. »Aufgeschürfte Knie hat jedes Kind und legt sich damit auch nicht erst mal drei Tage jammernd ins Bett. Ich mache neue Pflaster drauf, ein bisschen Verband, vielleicht noch ein Paar Knieschoner, dann geht das schon.«

Callum schüttelt den Kopf. Er wirkt fassungslos. »Ich weiß nicht so richtig, ob du verdammt zäh oder einfach nur völlig bescheuert bist. Wahrscheinlich ist beides irgendwie zutreffend. Aber ich bin mir nicht sicher, ob ich das unterstützen sollte.«

»Das tust du doch schon die ganze Zeit.« Ich schiebe meinen Teller von mir, auch wenn er noch halbvoll ist und ich mir wie ein ziemlich unhöflicher Gast vorkomme. »Vielen Dank für den Platz in deinem Gästezimmer und das ganze Essen. Ich würde dich ja weiterempfehlen, aber das willst du sicher nicht. In fünfzehn Minuten fährt der nächste Bus, den werde ich nehmen. Wenn du magst, können wir uns heute Nachmittag wieder treffen.«

Er stößt einen langen, zischenden Atemzug aus. »Dann polster deine Knie gut, Pünktchen. Es wird hart.«

Mein haggisgemästeter Magen drückt vorwurfsvoll, als wir bei der Schaf-Arena ankommen. Ob die riechen können, dass ich gehäckselten Kollegen gefrühstückt habe? Wenn ja, werden sie Rache üben? Über den Zaun springen und mich niedertrampeln? Spätestens dann wäre es praktisch, wenn ich laufen und springen könnte, ohne hinzufallen. Also werde ich mich heute ganz besonders anstrengen. Ich habe extra nochmal zwei Schmerztabletten genommen, damit meine Knie Ruhe geben.

»Ich habe Stangen mit«, verkündet Callum und öffnet den Kofferraum. »Ein paar Stempel, einen langen Ast und eine alte Fahnenstange. Für den Slalomlauf. Hilfst du mir mal?«

Ich gehe zu ihm hinüber und helfe, die Stangen aus dem Auto zu holen und sie im Anschluss an die Spring-Hindernisse in den Boden zu bohren. Erhöhter Schwierigkeitsgrad! Vielleicht muss ich mir einfach vorstellen, um Willies Stange Slalom zu laufen. Sofort fliegen meine Gedanken wieder zu einer gewissen Salatgurke und mir wird heiß vor Peinlichkeit. Wie soll ich Callum jemals wieder ohne Vorbehalte gegenübertreten? Nach *dieser* Sichtung?

»Also, mach dich warm und dann geht's los«, weist er mich an. »Ich habe in zweieinhalb Stunden eine Fahrt nach Inverness.«

Ich mache ein paar Kniebeugen, was eine schlechte Idee ist, weil ich das Gefühl habe, dass dadurch meine Schürfwunden wieder aufreißen, auch wenn diese dick gepolstert sind. Meine Beine sehen vermutlich aus wie Lollipops, und sobald ich mich bewege, leistet leider auch mein Kilt keinen Sichtschutz mehr. Es ist zum Mäusemelken. Also, los geht's. Ich will ja frohen Mutes sein. Aber leider legt es mich schon in der ersten Runde wieder lang, bevor ich überhaupt nur in die Nähe des Slaloms komme. Scheiße. Meine Knie lassen sich durch die Polsterung kaum richtig anwinkeln. Auch die zweite und dritte Runde laufen nicht besser, obwohl mir Callum sogar ein paar Techniken vorführt, wie ich am besten Anlauf nehme und ab welcher Stelle ich abspringen sollte. Es nützt nichts. Heute ist einfach nicht mein Tag. Ach, machen wir uns nichts vor:

Eigentlich ist nie mein Tag. Ich bin eine wandelnde Katastrophe.

»Es wird furchtbar werden«, bekenne ich geknickt. »Ich werde nur hinfallen und alle werden meine Unterhose sehen.«

Callum nickt düster. »Ich kann den Anblick dieser weißen Feinrippdinger schon jetzt kaum noch ertragen. Komm her.«

Mit hängenden Schultern gehe ich zu ihm hinüber.

»Zieh sie aus«, fordert er.

»Ich soll *was*?«

»Feinrippbuxen ausziehen.«

»Aber warum?«, frage ich entsetzt und hüpfe einen Schritt zurück.

»Dann sieht man sie nicht mehr, wenn du hinfällst.«

»Sehr komisch.« Ich verschränke meine Arme. »Dann sehen alle meinen nackten Hintern und das will ich noch weniger.«

»Siehst du?« Er verschränkt ebenfalls die Arme und lächelt diabolisch. »Deshalb wirst du lernen, zu springen, ohne hinzufallen und deine Kehrseite zu entblößen.«

»Ich ziehe doch jetzt nicht meinen Schlüpfer aus!«, protestiere ich.

»Doch. Ab heute wird ohne Schlüpfer trainiert. Oder ich helfe dir nicht mehr.«

»Das ist Erpressung!« Leise fluchend ziehe ich meine Unterhose aus. »Du bist wirklich schlimmer als der Teufel aus deinem Uralt-Witz.«

»Jammer nicht. Ein echter Schotte trägt sowieso nichts unter seinem Kilt. Gib mir die Buxen.«

»Was willst du damit?«

»Ich glaube, ganz zu Anfang hatten wir mal vereinbart, dass du nicht immer jede Anweisung hinterfragst.« Er reißt mir den Schlüpfer aus der Hand, geht damit hinüber zu der Fahnenstange, die Teil unseres Parcours ist, und hängt ihn daran auf, dass er wie ein weißes Fähnchen im schottischen Wind flattert.

Mir wird kalt um die Eier. Ich kann förmlich spüren, wie sich meine Geschlechtsorgane ins Innere meines Körpers verziehen. »Und wenn ich auf die Klöten falle? Das tut doch weh! Ich habe Angst, mich selbst zu kastrieren.«

»Davor schützt dich auch eine Lage Feinripp nicht«, gibt Callum trocken zurück und setzt sich wieder auf den Klappstuhl.

Haggis trottet zur Fahnenstange, rennt einmal im Kreis und gibt schließlich auf, als er merkt, dass er dadurch nicht an meine Unterhose kommt.

»Du kannst sie wiederhaben, wenn du fünf erfolgreiche Runden gemacht hast oder eben, wenn ich nachher fort muss. Bis dahin bleibt sie an der Stange hängen. Damit du weißt, wofür du kämpfst.« Er grinst und ich hasse ihn aus tiefstem Herzen.

Fünf unfallfreie Runden also. Ich muss das schaffen. Ich muss, ich muss! Als es mich das erste Mal hinlegt und der Wind mir den Kilt vom Arsch pustet, singt Callum »I saw a man in the moon« und die Schafe lachen mich aus. Ich mache weiter. Aber es will einfach nicht klappen. Irgendwo bleibe ich immer hängen, und diese Hindernisse sind noch nicht annähernd so hoch wie die, über die ich bei den *Highland Games* springen muss. Wie soll ich das jemals schaffen? Das ist unmöglich. Beim verflixten Highlander, ich kann nicht mal Slalom laufen, ohne an irgendeiner Stange hängen zu bleiben! Es ist sinnlos! Und Callum trainiert mich wahrscheinlich nur, weil er sich auf meine Kosten amüsieren will.

»Dein kleiner Popo ist genauso weiß wie deine Unterhose«, ruft er mir zu, als ich mal wieder stolpere und die Wiese küsse.

Wütend rapple ich mich auf. Meine Knie brennen wie Feuer und auch der Rest meines Körpers tut kaum weniger weh. Meine Motivation ist gerade an ihrem Ende und nicht einmal der Gedanke an Willie baut mich auf. Der interessiert sich sowieso nicht für einen wie mich. »Hör endlich auf, so dumm zu grinsen!«, brülle ich Callum an.

»Sag mal, Pünktchen, was ist denn das für ein Ton?«, erwidert er stirnrunzelnd, steht auf und verschränkt die Arme.

»Nenn mich nicht Pünktchen!«, schreie ich und weiß selbst nicht, was gerade mit mir los ist. »Ich hasse das!«

»Dann lass deine verdammten Sommersprossen zu Hause!«, donnert er zurück.

»Du bist ein Arschloch!« Ich stampfe mit dem Fuß auf wie ein Dreijähriger, und genauso fühle ich mich auch gerade. »Ich will meinen Schlüpfer zurück!«

»Dann hol ihn dir doch!«, fordert er mich mit einer unwirschen Geste auf. »Und dann halt' den Mund und setz dich ins Auto. Ich bringe dich nach Hause und dann war's das mit unserem Training. Dann bin ich eben ein Arschloch, aber keins, das seine Freizeit für dich opfert.« Sichtlich wütend klappt er den Campingstuhl zusammen und wirft ihn in den Kofferraum.

Ich fühle mich beschissen, aber ich sage nichts. Ich schäme mich zu sehr. Noch nie bin ich jemanden derart angegangen wie ihn gerade. Was ist nur mit mir los? Ich habe das Gefühl, dass in den letzten Wochen nichts mehr in meinem Kopf stimmt. Gar nichts. Ich könnte heulen. Aber ich verkneife es mir, bis mich Callum vor meinem Zuhause absetzt.

# Kapitel 9

»Von Kuchen wird mir immer schlecht.«

## CALLUM

Mir ist wieder eingefallen, warum ich Menschen hasse. Sie sind laut, verletzend und stehlen meine Zeit. Ich habe nicht umsonst meine Klingel deinstalliert. Auf keinen Fall hätte ich aufmachen dürfen, als Ian vor ein paar Wochen hier vor der Tür stand. Dann wäre ich nie auf die dumme Idee gekommen, ihm zu helfen, er wäre nie auf meinem Sofa eingeschlafen und ich hätte schon gar nicht seine kreideweiße Kehrseite zu sehen bekommen. Diesen kleinen Vollmond, der mir leider nicht mehr aus dem Kopf geht. Ich fühle mich wirklich absolut beschissen, in jeder Hinsicht.

War ich zu hart zu ihm? Habe ich ihm falsche Hoffnungen gemacht, was die *Highland Games* angeht? Vielleicht war die Nummer mit dem Schlüpfer doch eine Spur zu heftig. Hintergedanken hatte ich dabei selbstverständlich keine. Überhaupt keine. Ich würde nie! Vielleicht ein bisschen. Aber trotzdem. Er hat mich *Arschloch* genannt. Ist richtig ausgerastet. So eine Reaktion hätte ich ihm gar nicht zugetraut. Wahrscheinlich ist ihm der ganze Druck, der in den letzten Wochen auf ihm lastet – und den er sich vor allem selbst gemacht hat! –, einfach zu viel geworden. Und meine Reaktion, gleich alles abzubrechen, war womöglich auch überzogen. Aber ich war einfach verdammt sauer. Vielleicht sollte ich nochmal mit ihm reden.

Oder es doch lieber sein lassen. Das war von Anfang an eine verrückte Idee und ich habe mich nur darauf eingelassen, weil ... ja, warum eigentlich? *Weil das Kerlchen Biss hat. Und weil du ihn* – Schnauze, innere Stimme! Was immer du gerade sagen wolltest, das hat damit gar nichts zu tun. Ich bin doch nicht bescheuert. Also, nicht *so*.

Nachdenklich betrachte ich auf meinem Rückweg von meiner Fahrt nach Inverness die vorbeiziehende Landschaft. Den Loch Ness im dämmrigen Abendlicht, die Ruinen von Urquhart Castle. Und dann die steilen Ufer. Über dem See hängen wie so oft Nebelschwaden, die wie Geister aus einer anderen Welt oberhalb der dunklen Wasseroberfläche schweben. Wenn ich ein Seemonster wäre, würde ich mich vermutlich auch hier verstecken. Es ist schön hier, wenn auch immer voller Touristen, die nach Nessie suchen. Vor zwei Jahren wollten hier sogar welche ein UFO fotografiert haben, das sich dann als Reflexion einer Lampe in der Fensterscheibe herausgestellt hat. Nur Irre hier. Es ist besser, wenn ich es in Zukunft wieder so halte wie bisher: Ich bleibe allein. Ohne Gesellschaft. Heute Abend fange ich an. Theoretisch.

Denn als ich zu Hause in Lochnalyne vor meiner Einfahrt halte, um das Tor zu öffnen, sehe ich ein Häufchen Elend im Hof kauern. Eins mit Rucksack. Die ersten Regentropfen platschen auf meine Windschutzscheibe. Ich steige aus.

»Was machst du hier?«, rufe ich zu Ian hinüber, während ich das Tor öffne.

»Will mit dir reden«, gibt er zur Antwort. »Bitte.«

Unwillkürlich stoße ich ein langgezogenes Seufzen aus, steige wieder in mein Auto und parke es im Hof. »Dann komm eben mit rein, wenn es sein muss.«

Wie lange hat der hier schon gewartet? Die Regentropfen verwandeln sich in einen Schauer. Und Ian wirkt in der Tat wie ein begossener Pudel. An der Tür werden wir von Haggis begrüßt.

»Was machst du hier, Ian?«, frage ich noch einmal, obwohl er mir die Frage eigentlich schon beantwortet hat.

»Ich wollte mich bei dir entschuldigen«, erklärt er. »Es war schlimm, wie ich mit dir geredet habe. Ich schäme mich so sehr und ich kann heute Nacht nicht schlafen, wenn wir das nicht klären. Ich habe auch etwas mitgebracht.« Er nimmt seinen Rucksack von den Schultern und öffnet ihn. Holt eine Tupperdose heraus. Und eine Flasche Whisky.

*Worst case.*

»Das ist nicht nötig«, versetze ich schnell. »Pack das wieder weg.« Mein Herz hämmert. Mein Stresslevel ist auf hundert.

»Das ist ein zehn Jahre alter Tomatin. Mehr konnte ich mir leider nicht leisten. Und ich habe Brownies gebacken. Ich hoffe, du magst welche.«

»Ich – wirklich, das ist nicht nötig. Wir können gerne reden, aber ... ohne das Zeug.« Meine Kehle ist wie zugeschnürt und öffnet sich erst wieder ein wenig, als er sowohl die Flasche, als auch die Tupperdose zurück in seinen Rucksack steckt. Er wirkt gekränkt. Ich fühle mich beschissener als je zuvor. Aber ich kann nichts riskieren, nicht mal um des lieben Friedens willen. Es wäre fatal. »Komm mit«, bitte ich ihn.

Er zieht seine Schuhe und Jacke aus und folgt mir ins Wohnzimmer. Den Rucksack nimmt er mit.

»Setz dich«, bitte ich. »Willst du ein Wasser?« Meine Hände zittern.

»Ein leeres Glas wäre schön. Wenn du keinen Whisky willst, ich kann einen vertragen.«

*Bleib ruhig, Callum, alter Knabe. Ganz ruhig.* Ich hole ein Glas aus dem Schrank und stelle es ihm hin. Mir selbst gieße ich ein Glas Wasser ein.

Ian schenkt sich ein. Ich beobachte die bernsteinfarbene Flüssigkeit, die in das Glas rinnt und rieche ihren charakteristischen, bei dieser Sorte süßlich-malzigen Geruch mit einem Anflug von Rauch. Er nimmt einen Schluck Whisky, als müsse er sich erst Mut antrinken, bevor er zu sprechen beginnt: »Also, ich meine es wirklich ernst. Es tut mir leid. Sehr, sehr leid. Ich bin sonst nicht so. Verzeih mir bitte. Es ist okay, wenn du mich nicht mehr trainieren willst. Macht sowieso keinen Sinn. Ich wünsche mir nur, dass alles zwischen uns wieder in Ordnung ist.«

»Es war vielleicht alles ein wenig viel auf einmal«, murmle ich und klammere mich an meinem Wasserglas fest. »Ich bin dir nicht mehr böse.«

»Gott sei Dank.« Ian holt erneut die Tupperdose aus seinem Rucksack, nimmt den Deckel ab und stellt sie einladend auf den Wohnzimmertisch. »Nimm dir doch bitte ein Stück«, fordert er mich auf und greift sich selbst eines heraus. »Ich habe sie extra für dich gebacken. Was Süßes als Friedensangebot.« Er lächelt mich aufmunternd an.

Ich stocke. Ein Brownie. Einen Brownie könnte ich vielleicht essen. *Nein, kannst du nicht, Idiot! Du weißt nicht, was da drin ist. Aber danach zu fragen, würde alles offenbaren.* Meine Finger schweben über der Tupperdose. Ich ziehe sie wieder zurück.

»Magst du keine Brownies?«, fragt Ian bestürzt.

Etwas schnürt mir die Luft ab. »Doch«, flüstere ich, obwohl es das Einfachste gewesen wäre, einfach *nein* zu sagen. Ich habe das Gefühl, dass ihn alles kränken würde, was ich antworten kann. Einfach alles. »Von Kuchen wird mir immer schlecht.« Ein kläglicher Versuch der Ausrede.

»O Gott.« Ian wird eine Spur blasser, auch wenn das fast unmöglich ist. »Ich weiß, was es ist.« Er schluckt heftig, sein Adamsapfel zeichnet sich deutlich ab. »Du ekelst dich, oder? Du ... du findest es eklig, weil ich es gebacken habe.«

»Was?« Diese ungeheuer blödsinnige Aussage reißt mich aus meiner Trance. »Pünktchen, ich würde mich *nie* vor irgendetwas ekeln, was du gemacht hast!«, erkläre ich nachdrücklich. Wie um alles in der Welt kommt er nur auf so etwas?

Er blinzelt mich an und schielt dabei, weil sich das künstliche Auge nicht richtig mitbewegt. »Aber warum möchtest du denn dann nichts von mir annehmen?« Er klingt so traurig.

*Sag's ihm, Callum.*

Aber ...

*Sag's ihm.*

»Ich bin ...« Meine Stimme versagt.

»Diabetiker?«, ergänzt Ian fragend.

Mir entschlüpft ein kleines, irres Lachen. »Ich bin trockener Alkoholiker«, stoße ich in einem einzigen, langen Atemzug hervor. *Verdammt. Jetzt ist es raus.*

Ians Brownie fällt ihm aus der Hand und klatscht auf den Wohnzimmertisch. »Zum verflixten Highlander ... und ich Volltrottel sitze hier mit einem Whisky!«

»Du konntest es ja nicht wissen. Ich gehe damit nicht hausieren.«

Er kippt den Whisky zurück in die Flasche, verschüttet dabei ein bisschen und packt sie wieder in den Rucksack. Ich hole Küchenpapier, um das kleine Missgeschick aufzuwischen. Der Geruch verursacht wie immer ein kleines Flattern in meinem Magen, aber über den Punkt, an dem ich die Küchentücher ausgesaugt hätte, bin ich längst hinweg. Sie landen im Müll, wo sie hingehören.

»An den Brownies ist kein Alkohol«, erklärt Ian. »Wirklich gar keiner. Nur Mehl, Zucker, Butter, Kakaopulver und Eier.«

Ich nicke, zögere noch einen Moment und nehme mir dann ein Stück. Automatisch rieche ich erst daran, bevor ich hineinbeiße. »Schmeckt gut.«

»Danke.« Ian scheint der Appetit vergangen zu sein, wodurch auch mir der Bissen förmlich im Halse stecken bleibt. Verurteilt er mich? »Bist du deswegen so sozialinkompatibel?«, fragt er mich ernst und ohne Spott, aber ich muss trotzdem ein wenig lachen.

»Du meinst, weil ich nie irgendwo mitmache? Nirgendwo mitfeiere, keine Einladung auf ein Bier oder einen Single Malt annehme? Aye. Ich meine, ich bin an sich kein geselliger Mensch, aber solche Situationen sind für mich unerträglich. Ich möchte nicht jedem erzählen müssen, dass ich Alkoholiker bin. Daher hoffe ich, dass du es für dich behältst.«

»Selbstverständlich!« Er wirkt beinahe entrüstet. »Das geht niemanden etwas an. Wie lange bist du schon trocken?«

»Im vergangenen Frühjahr waren es zwölf Jahre.«

»Wow! Da kann man sagen, dass es sicher ist, oder?«

Ich lächle traurig und schüttle den Kopf. »Kann man nie. Ich war schon mal trocken und wurde dann doch wieder rückfällig. Meinen ersten Entzug hatte ich mit zarten achtzehn Jahren. Damals hat mich ein ziemlich einschneidendes Erlebnis dazu gebracht, mein Trinkverhalten zu überdenken.«

»Erzählst du es mir?«, fragt Ian und beißt doch wieder in seinen Brownie.

»Nur, wenn du versprichst, mich nicht auszulachen«,

fordere ich, obwohl ich ganz genau weiß, dass er es tun wird. Jeder, der die Geschichte kennt, lacht darüber.

Er hebt die Hand zum Schwur. »Ich verspreche hiermit feierlich, dass ich nicht lachen werde.«

»Damals habe ich noch in Aberdeen gewohnt und gerade meinen Führerschein gemacht. Ich habe immer einen Grund gefunden, um zu trinken, aber wenn ich aufgeregt war, wurde es besonders schlimm. Mein Fahrlehrer musste mich manchmal wieder nach Hause schicken. Jedenfalls kündigte sich hoher Besuch in der Fahrschule an: Prinz Philip.«

»Prinz Philip?« Ian hustet einen Kuchenkrümel aus, der ohne Umschweife von Haggis gefressen wird. »Der Mann der Queen?«

»Genau der. Ich habe natürlich wie üblich versucht, meine Aufregung in Whisky zu ertränken. So stand ich hackedicht und taumelnd neben meinem Fahrlehrer. Und der Prinzgemahl bemerkte das und ließ einen Spruch ab, der noch heute um die Welt geht. Er sagte zu meinem Fahrlehrer: *Wie schaffen Sie es, die Einheimischen lange genug vom Alkohol fernzuhalten, damit sie die Prüfung schaffen?* Damals habe ich gelacht, aber als ich wieder nüchtern war, bin ich vor Scham fast gestorben.«

»Er hat das *deinetwegen* gesagt?« Ian stopft sich hastig Brownies in die Backen, um sich vom Lachen abzuhalten.

»Ja. Danach habe ich mein Verhältnis zum Alkohol gründlich überdacht, einen Entzug gemacht und dann meinen Führerschein. Meine Mutter und ich sind kurze Zeit später nach dem Tod meines Vaters, der nebenbei gesagt auch ein Alkoholproblem hatte, hierhergezogen. Ich blieb fast sechs Jahre trocken. Die *Highland Games* und das Training dafür haben mir sehr dabei geholfen, deshalb war es durchaus ernstgemeint, als ich sagte, dass sie mehr als nur Sportspiele sind. Aber irgendwann habe ich mir eingebildet, ich könnte wieder kontrolliert trinken und bin dann schnell wieder in alte Gewohnheiten zurückgefallen, weil ich mit manchen Dingen nicht fertig wurde. Ich bin erst wieder zur Besinnung gekommen, als meine Mutter einen Herzinfarkt hatte.«

»Das ist traurig«, bekennt Ian und sieht auf einmal gar nicht mehr so aus, als ob er lachen müsste.

»Nein. Manche Dinge sind einfach dumm gelaufen und ich war nicht vernünftig. Wo sind eigentlich deine Eltern? Ich kannte sie mal flüchtig, aber sie wohnen schon lange nicht mehr hier, oder?«

Er schüttelt den Kopf, zieht seine Knie an den Körper und umklammert sie mit seinen dünnen, sommersprossigen Armen. »Sie wohnen mit meinem jüngeren Bruder in Glasgow, seit ich elf bin. Mein Dad hat dort einen guten Job bekommen. Aber ich wollte nicht mit. Ich hing zu sehr an Lochnalyne und meinem Großvater.«

»Du hingst am alten Ramsay?«, hake ich erstaunt nach.

»Ja. Ich weiß, er ist furchtbar geizig, aber er war immer viel geduldiger mit mir als meine Eltern, auch wenn sie ihn mit bitteren Vorwürfen überschüttet haben, nachdem ich mein Auge verloren hatte. Und ich wollte von meinem Loch Ness nicht weg, auch wenn ich es hier oft schwer hatte und habe.«

»Ich verstehe das. Ich habe auch manchmal überlegt, nach Aberdeen zurückzugehen. Manches wäre dort sicher einfacher als hier. Aber ich hänge an diesem Nest hier.« Ich lehne mich zurück und verputze den letzten Bissen meines Brownies. »Weißt du, ich finde es gut, dass du dich nicht aufgibst. Dass du immer wieder aufstehst, auch wenn es dich noch so oft hinlegt. Vielleicht haben wir das gemeinsam. Ich finde dich sogar viel mutiger als mich. Du stehst zu dir. Gib das nicht auf, ja?«

Er knetet seine Hände. »Heißt das, du hilfst mir weiter?«

»Ja. Du hast doch gesagt, ich soll dir in den Hintern treten, wenn du aufgeben willst. Und ich habe *dir* gesagt, dass ich fest trete. Das kann mich eben auch mal zum Arschloch machen.« Ich muss lächeln. »Lass das Biest raus, Pünktchen. Du wirst es brauchen bei den Wettkämpfen.«

»Grrr.« Ian ballt die Fäuste und grinst. Ich will ihn in Schokolade tunken und essen. »Jawohl. Aufgepasst, hier kommt das Pünktchen-Biest.«

Er tut so, als hätte er Krallen. Ich haue ihm eins auf die Hände, damit er mit dem nervösen Fuchteln aufhört.

»Sind die Brownies eigentlich lecker?«, will er wissen.

»Sehr lecker«, bestätige ich und nehme mir noch einen.

Er legt eine Hand an sein Kinn, an dem wie im restlichen Gesicht allenfalls ein bisschen blonder Flaum, aber kein echter Bart wächst. »Vielleicht kann ich Willie welche backen und sie ihm dann schenken.«

»Klar.« Natürlich. Willie. Wem auch sonst? Mittlerweile bekomme ich Brechreiz, wenn dieser Name fällt, aber ich sage nichts. Muss Liebe schön sein, wenn man dafür sogar Kuchen backen möchte. »Bevor wir weiter trainieren, möchte ich aber trotzdem, dass du erst mal ein paar Tage deine Knie verheilen lässt. Du kannst mich in der Zwischenzeit trotzdem besuchen und wir können wirklich mal über die Theorie sprechen. Ich gelobe auch, nicht nebenbei Rosamunde Pilcher zu schauen.«

»Okay. Und ich bringe nie wieder Whisky mit.« Er kratzt sich am Kopf und schaut unschlüssig auf seinen Rucksack. »Was mache ich jetzt damit? Angerissen kann ich ihn ja schlecht zurückgeben.«

»Gib ihn deinem Großvater«, schlage ich vor. »Ich sollte

das als trockener Alki zwar nicht sagen, aber: Vielleicht wird er dann mal ein wenig lockerer.«

# Kapitel 10

## »Das sind nur alte Staubfänger.«

### IAN

Theorie ist wichtig. Man muss sie kennen, um in der Praxis alles richtig zu machen. Ich glaube zwar nicht, dass bei den *Highland Games* Wissen abgefragt wird, aber es kann ja nichts schaden, welches zu haben. Und Callum hat leider recht: Meine Knie brauchen eine Pause. Die Schürfwunden sind wieder aufgerissen und eitern ein bisschen. Nicht schön.

Seit ich weiß, dass Callum trockener Alkoholiker ist, hat sich mein Blick auf ihn ein wenig verändert. Ich freue mich, dass er so viel Vertrauen zu mir hatte, um mir das zu erzählen. Und so albern es klingt, aber ich bin auch stolz auf ihn, dass er nun schon so lange abstinent ist. Die Flasche Whisky habe ich tatsächlich meinem Grandad gegeben. Der hat zwar geschimpft wie ein Rohrspatz, aber nach einem Gläschen war er mir gar nicht mehr so böse.

»Ich hätte mir selbst keinen gekauft«, hat er gestanden, »aber es ist doch schön, wieder mal einen zu trinken.«

Außerdem wollte er endlich mal wissen, wen ich denn da neuerdings ständig besuche. Als ich ihm gesagt habe, dass es sich dabei um Callum MacTavish handelt, der mich trainiert, hat er behauptet, gar nicht zu wissen, wer das sei. Das halte ich sogar für möglich, denn Callum tritt aus

Gründen, die ich ja jetzt kenne, so selten in Erscheinung, dass man seine Existenz schon mal vergessen kann.

Mit dem Bus fahre ich ins Dorf hinunter. Ich habe Knabberkram im Gepäck und ganz genau auf die Zutatenliste geschaut. Ich will ja nicht versehentlich für einen Rückfall verantwortlich sein. Das hätte ich vorgestern beinahe schon geschafft. Oder ist Knabberkram doch doof? Es ist Mittag. Das ist doch eher was für abends. Aber heute Abend muss ich arbeiten. Warum ist das Leben so ein Minenfeld?

Als ich bei Callum ankomme und er mir nach einem Klopfen die Tür öffnet, schlägt mir eine Wand aus Essensgeruch entgegen. Ich fühle mich irgendwie schlecht, weil er mich kostenlos trainiert und auch noch ständig durchfüttert.

»Komm rein«, bittet er. »Ich habe einen Stew auf dem Herd, der zieht seit gestern durch.«

»Ach, das riecht gut. Aber du musst mir bitte sagen, wenn ich dir dafür Geld schulde.«

»Geld?« Callum hebt eine Braue und kratzt sich an seinem Bart. »Sehe ich aus wie dein Großvater? Ich würde dich nicht zum Mittag einladen, wenn ich keine Lust hätte, dich zu bewirten.«

»Danke dir. Das ist lieb. Ich habe Cracker mit. Ich hoffe, du kannst Cracker essen.«

»Pünktchen.« Er streckt eine Hand aus, als wolle er mir damit über den Arm streichen, zieht sie aber im letzten Moment zurück. »Du musst mich jetzt nicht mit Samthandschuhen anfassen.«

»Na gut«, erwidere ich. »Ich bin nicht so geübt im Umgang mit Alkoholikern.«

»Was ein weiterer Beweis dafür ist, dass du kein echter Highlander bist.« Er grinst boshaft. »Saufen wird hier großgeschrieben. Du gehst praktisch jeden Tag mit Alkoholikern um, gerade im Pub.«

Nach dem Essen setzen wir uns ins Wohnzimmer, weil es draußen leider mal wieder regnet. Callum hat meine Cracker in eine Schüssel gegeben und sie vor uns hingestellt.

»Also«, beginnt er. »Was weißt du über die Geschichte der *Highland Games*?«

»Nichts«, gestehe ich.

Er gibt einen brummenden Laut von sich. »Das dachte ich mir. Ursprünglich hielt man sie auf den großen Treffen, den *Gatherings* der Highland-Clans ab. Eigentlich reicht die Geschichte sogar noch weiter zurück, bis zu den Kelten. König Malcolm Canmore soll im elften Jahrhundert die ersten Spiele ins Leben gerufen haben. Wir blicken also auf eine lange Geschichte.«

»Und die wurden nur zum Spaß abgehalten?«

»Nein.« Callum steckt sich einen Cracker in den Mund und isst ihn auf, bevor er weiterspricht. »Sie waren ursprünglich dazu gedacht, die stärksten und mutigsten Männer auszuwählen, die den Clans zu Ruhm und Ehre verhelfen sollten.«

»Herrje. Und heute treten solche wie ich an.«

»Nun, du bist mutig«, erwidert er. »Und durchaus schnell. Am Rest arbeiten wir noch.«

»Aber warum sind es teilweise so seltsame Disziplinen? Gummistiefelwerfen, Holzstämme, Tauziehen und solche Sachen, warum nicht Fechten oder so?«

»Das hat damit zu tun, dass den Schotten nach zahlreichen Aufständen gegen ihre Besatzer das Tragen von Waffen verboten war. Um trotzdem kampffähig zu bleiben, nahmen sie Alltagsgegenstände zur Hand. Mistgabeln, Stiefel, Steine, Seile und so weiter.«

»Schlau.«

Er grinst. »Natürlich sind wir schlau. Denkst du, dumme Leute überleben in so unwirtlichen Gegenden wie den Highlands?«

»Aber wie sind die *Highland Games* außerhalb der Highlands eigentlich so berühmt geworden? Ich habe gehört, dass die Deutschen sie lieben.«

»Das hat wiederum mit Queen Victoria zu tun. Die mochte Schottland ja sowieso, und sie hat die Spiele letztendlich auch anderswo populär gemacht. 1920 kam sogar die Königin Wilhelmina von den Niederlanden zu Besuch, um sich die *Highland Games* anzusehen.«

»Wahnsinn.« Mein Herz klopft vor Stolz. »Ich habe das Gefühl, Teil von etwas Großem zu sein, wenn ich da mitmache, auch wenn die Spiele von Lochnalyne klein sind und ich sicher nichts gewinnen werde. Wie musst du dich da erst fühlen als Rekordhalter? In welchen Disziplinen hast du eigentlich gewonnen?«

»Viermal Gold im Hammerweitwurf, viermal im Steinstoßen, je zweimal im Gummistiefelweitwurf, Axtzielwerfen und Tauziehen, sowie einmal im Solo Piping.«

»Das macht fünfzehn Pokale! Der helle Wahnsinn!« Ich bin erschüttert vor Ehrfurcht. »Wo bewahrst du die denn alle auf?«

»In einer alten Kiste auf dem Speicher.«

»Aber warum denn? Du solltest sie ausstellen!«

Er winkt ab. »Das sind nur alte Staubfänger. Und es ist alles verdammt lange her. Ich bin nicht mehr der Kerl von damals. Und so viele Muskeln habe ich auch nicht mehr.«

Nachdenklich mustere ich Callum. Ob ich wohl damals so in ihn verliebt gewesen wäre wie in Willie, wäre ich älter? Vielleicht. Aber an Willie finde ich ja nicht nur seine Pokale so toll, sondern vor allem seinen Mut. Der regenbogenfarbenste Highland-Games-Champion, den wir je hatten. Und wenn ich antrete ... ach du meine Güte, darüber habe ich ja noch gar nicht nachgedacht. Wenn ich antrete, dann bin ich der zweite offen schwule Teilnehmer! Dann bin ich auch ein kleiner Regenbogenstar. Das ist ja der Knaller! Und das unterscheidet mich und Willie von Callum. Ob ich mir wohl auch einen regenbogenfarbenen Kilt zulegen sollte?

»Was starrst du mich so an?«, fragt Callum misstrauisch.

»Sorry.« Reflexhaft bedecke ich mein rechtes Auge. Das mit der Prothese.

»Was soll das?« Er zieht meine Hand weg. »Ich meinte nicht dein künstliches Auge. Du warst gerade irgendwie weggetreten.«

»Ich habe nur darüber nachgedacht, dass ich dieses Jahr der zweite offen schwule Teilnehmer der *Lochnalyne Highland Games* bin. Und was für eine Ehre und Verantwortung das ist.«

Callum nickt mit einem bedeutungsschwangeren Gesichtsausdruck. »Die Zeiten haben sich ziemlich geändert. Sei froh.«

»Wie meinst du das?«

Er zuckt mit den Schultern. »Dass heute eben vieles anders ist. Die Leute sind toleranter, man kann offener mit allem umgehen, muss sich nicht verstecken. Man kann im rosa Kilt auftreten, ohne, dass die eigene Männlichkeit angezweifelt wird.« Er stiert vor sich hin und lacht leise. »Wer weiß, vielleicht kann man als Mann sogar irgendwann Rosamunde Pilcher schauen, ohne ausgelacht zu werden.«

»Du klingst irgendwie traurig.«

»Ach was.« Er steht auf, wirkt fast hektisch. Der Cracker, den er zwischen den Fingern zerdrückt hat, liegt zerbröselt auf dem Couchtisch. »Bist du musikalisch? Soll ich dir mal das Lied vorspielen, mit dem ich damals den Solo Piping Contest gewonnen habe?«

Was ist auf einmal los mit ihm? Er wirkt komisch, so wie vorgestern Abend, als ich den Whisky dabei hatte. Was macht ihn denn gerade so nervös? »Ich glaube, Haggis muss mal raus«, bemerke ich leise und zeige auf den Hund, der nervös im Kreis läuft.

Callum wirft ihm einen Blick zu, als hätte er ganz vergessen, dass er einen Hund besitzt. »O je. Der Kerl hat Druck. Komm, Dicker.« Er öffnet die Terrassentür und Haggis erleichtert sich draußen am Zaun. Ich folge den beiden.

»Alles in Ordnung bei dir?«

»Klar, was fragst du denn so komisch? Alles gut.«

»Ich wollte dich nicht beleidigen wegen den Pilcher-Filmen oder so. Ich war damals nur überrascht. Ich hätte eher darauf getippt, dass du Thriller oder Actionfilme schaust.«

»Die schaue ich auch. Aber eben nicht nur.«

»Vielleicht können wir ja mal zusammen eine Schnulze ansehen. Wer weiß, womöglich gefällt sie mir am Ende sogar.«

»Vorsicht, Suchtgefahr.« Er lächelt und klingt fast wieder wie der alte Callum.

»Was fasziniert dich denn so an diesen Filmen?«

»Das Drama. Und dass am Ende doch alles irgendwie gut ausgeht. Ein bisschen heile Welt eben. Am liebsten mag ich die Filme, die hier in Schottland spielen.«

»Wahnsinn. Du musst doch ein Traummann für viele Frauen sein. Du schaust gerne Liebesfilme und kannst kochen. Wenn du allgemein noch etwas freundlicher und wohlhabender wärst, könntest du glatt der nächste *Bachelor* sein.«

»Gott bewahre!«, ruft er und klaubt Haggis' Häufchen mit einer Tüte auf. »Ich würde mich eher im Loch Ness ersäufen.«

»Lieber nicht. Du wirst noch gebraucht.« Ich hole mein Handy aus der Hosentasche und schaue auf die Uhr. »Ich muss leider gleich zur Arbeit.«

Callum nickt. »Ich muss nachher noch eine Gruppe englischer Touristen nach Kyle of Lochalsh fahren. Bin also bis in die Nacht unterwegs.«

»Na dann. Von einer Nachteule zur anderen: Einen guten Arbeitstag.«

Es ist kurz nach zwei Uhr nachts. Der letzte Gast hat gerade das *White Boar* verlassen und wir räumen noch auf, bevor wir Feierabend machen.

»Ist dir aufgefallen, dass du heute gar nichts umgeworfen hast?«, brüllt Jamie.

Ich überlege. Gehe den Abend im Geiste nochmal durch und stelle fest, dass er recht hat. »Stimmt. Verrückt, oder?«

»Kommt bestimmt von deinem - Scheiße, verreck doch! - Training«, meint Murray und vollführt eine Geste mit seinem Kochlöffel. Ich bin immer wieder fasziniert davon, wie ruhig er beim Kochen selbst wird. Er hat sich noch nie geschnitten. Jedenfalls nicht, dass ich es mitbekommen hätte.

»Dabei springe ich die ganze Zeit und falle meistens auf die Fresse. Ist nicht so, dass ich Tablett tragen übe oder so«, gebe ich zurück.

»Was willst du im Bett tragen?«, fragt Jamie und legt die Hände hinter die Ohrmuscheln.

»Deine Hörgeräte!«, rufe ich. »Warum trägst *du* sie nie?«

»Weil ich dann auch Sachen höre, die ich gar nicht hören will!«

Ich seufze. Ein bisschen verstehe ich ihn ja. Ich wollte meine Prothese am Anfang auch nicht, aber dann hat man mir gesagt, dass sich mein Gesichtsschädel verformen könnte, wenn ich sie nicht trage, weil ich mich noch im Wachstum befand.

»Ich glaube, das Springen ist gar nicht der – Scheiße, Scheiße, verreck dran! – springende P-Punkt. Sondern dein Selbstbewusstsein. Man tritt dann – verreck dran! – man tritt dann sicherer auf, allgemein.«

»Ja«, erwidere ich. »Das könnte sein.«

»Du und Callum, ihr hängt viel zusammen ab«, stellt Jamie fest. »Findest du ihn cool, so privat?«

»Er ist nett«, gebe ich zur Auskunft. »Kann gut kochen. Aber auch ganz schön fies sein.«

»Ja. So – verreck dran! – so kennt man ihn.«

»Kennst du ihn näher?«, will ich von Murray wissen. »Also von früher oder so?« Sie müssten ungefähr im gleichen Alter sein.

»Also kennen ist zu viel gesagt. Ich kann mich noch an die – Scheiße! – an die Zeit erinnern, als er bei den *Highland Games* mitgemacht hat. Da haben wir durchaus mal gequatscht. Aber dann – Scheiße, verreck dran! – dann hat er ja damit aufgehört.«

»Weiß man, warum?« Zu mir hat Callum gesagt, dass er aufhören wollte, weil es am schönsten war, aber irgendwie stellt mich diese Erklärung nicht zufrieden.

»Es gab Gerüchte, aber ich weiß nicht, ob die stimmen.«

»Was denn für Gerüchte?« Hatten die eventuell etwas mit seiner Trinkerei zu tun?

»Das sag' ich nicht. Das waren sehr – Scheiße, verreck

dran! – sehr persönliche Gerüchte. Frag ihn doch selbst, wenn du gut mit ihm kannst.«

Na toll. Warum müssen Leute immer gerade dann verschwiegen sein, wenn ich neugierig bin? Aber Murray hat recht, ich sollte Callum selber fragen. Seinen Alkoholismus hat er mir ja schließlich auch gestanden. Ich komme mir furchtbar vor, weil ich so viel über seine Leichen im Keller wissen möchte, aber ich hänge gerade fast jeden Tag mit ihm ab. Fühlt sich an wie Gewohnheitsrecht.

Ich packe meinen Rucksack und mache mich auf den Weg nach Hause. Um die Uhrzeit fährt kein Bus mehr und ich muss laufen. Früher hat es mich gegruselt in der Dunkelheit, aber inzwischen macht mir das nichts mehr aus. Und wenn ich nach dem Fußmarsch endlich zu Hause angekommen bin, falle ich meistens todmüde ins Bett, ohne erst viel zu grübeln.

Wie immer komme ich auf meinem Weg an Callums Haus vorbei. Im Hof brennt Licht und er steigt gerade aus seinem Auto aus. Einen Moment zögere ich, dann bleibe ich stehen. »Gerade erst vom Kyle of Lochalsh zurückgekehrt?«, rufe ich ihm zu.

Erschrocken fährt er herum. »Ian! Ja, gerade erst. Es war noch hell, als ich die Touristen abgeladen habe, also bin ich selbst noch kurz geblieben und habe mir mal wieder Eilean Donan angeschaut, jedenfalls von außen.«

»Bei der nächsten Fahrt musst du mich mitnehmen. Ich war das letzte Mal dort im Rahmen eines Schulausflugs in der achten Klasse.«

»Also letzte Woche?«, stichelt er. Ich sehe sein Grinsen im Scheinwerferlicht.

»Sehr witzig. Ist schon eine Weile länger her. An den Moray Firth würde ich auch mal wieder wollen, Delfine schauen.«

»Ich kann dich hinfahren«, bietet er an. »Das kostet dann allerdings ordentlich Geld.«

»Davon habe ich leider wenig. Aber ich werde mit Sparen anfangen.«

»Soll ich dich für den Anfang erst einmal nach Hause fahren?«

Ich winke ab. »Mach dir keine Umstände. Ich habe sowieso kein Geld einstecken.«

»Dafür will ich nichts.« Er kommt zum Hoftor und öffnet es wieder. »Spring rein.«

Irgendwie doch ein bisschen dankbar gehe ich zum Auto und steige auf der Beifahrerseite ein. »Weißt du, dass Taxifahrer für einen Ex-Alkoholiker mindestens genauso eine seltsame Berufswahl ist, wie Kellner für einen tollpatschigen Einäugigen? Stell dir vor, du wirst rückfällig. Dann kannst du ja gar nicht mehr fahren.«

»Genau das ist ein Grund, warum ich mir ausgerechnet das ausgesucht habe. Wann immer mich doch mal wieder die Lust auf Alkohol überkommt, denke ich daran, dass ich auf einen Schlag meine ganze Existenz verlieren würde. Keine Taxifahrten, kein Geld. Kein Geld, kein Haus. Und so weiter. Außerdem hat es sich damals angeboten, als wir die Pension im Haus hatten. Ich hatte für meine Berufswahl also ganz ähnliche Gründe wie du.«

»Und was hast du vorher gemacht?«

»Vorher habe ich studiert. Schiffbau.«

»Du wolltest Schiffsbauingenieur werden?« Ich bin erstaunt.

Er nickt. »Wollte ich. Wurde dann aber nichts. Ich habe das Studium abgebrochen.«

»Durch dein Alkoholproblem?«

»Ja und nein. Das Studium war Teil meines Problems. Ich bin mit dem Leistungsdruck nicht zurechtgekommen, habe wieder mehr getrunken, und so weiter. Also habe ich irgendwann das Handtuch geworfen und etwas aus dem einzigen Schein gemacht, den ich besaß. Meinem Führerschein. Das mag für manche ein Abstieg sein, aber für mich ist es etwas Gutes. Es überfordert mich nicht, aber hält mich in der Spur.«

»Ich bin stolz auf dich«, bekenne ich, diesmal laut.

Callum wirft mir einen amüsierten Seitenblick zu. »Wie bitte?«

»Wirklich. Ja, ich weiß, von einem wie mir klingt das doof. Aber du bist ein Taxifahrer, zu dem ich aufschaue.«

Er lacht.

»Das ist nicht komisch«, setze ich nach. »Mir imponiert sowas. Was denkst du, warum ich Willie so bewundere? Ja, auch weil er gut aussieht, aber vor allem wegen seiner Stärke. Er riskiert was und geht seinen Weg. Würde ich auch gerne.«

»Aber das tust du doch schon, Pünktchen. Du willst bei den Wettkämpfen antreten. Du bist trotz aller widrigen Umstände Kellner und die meisten Gäste mögen dich. Das ist doch nicht nichts. Du gehst deinen Weg auch, und das sehr mutig.« Er räuspert sich. »Und dein Lob macht mich verlegen. Danke.«

Ich lächle. Es ist nicht mehr weit bis zu meinem Zuhause. »Warum hast du damals wirklich wieder mit dem Trinken begonnen? Was war der Anlass?«, erkundige ich mich vorsichtig. »Nur, wenn du es verraten magst. Murray hat heute gemeint, dass es damals Gerüchte gab, aber er wollte nicht näher darauf eingehen.«

Callum schweigt. Das ist okay. Ich sterbe innerlich vor Neugier, aber ich kann es akzeptieren. Ich erzähle ja auch nicht jedem, wie ich mein Auge verloren habe. Für manche Dinge schämt man sich vielleicht einfach.

Mein Haus kommt in Sicht. Wir halten an, ich schnalle mich ab und steige aus. »Vielen Dank, dass du mich gefahren hast. Morgen wieder gegen Mittag?«

Er schüttelt den Kopf. »Leider nicht. Ich werde bis zum späten Nachmittag unterwegs sein. Aber übermorgen zum Frühstück sieht es gut aus, wenn du willst.«

»Sehr gern.«

»Ian?«, ruft er leise, als ich Anstalten mache, die Autotür zuzuschlagen.

»Ja?«

»Ich habe damals wieder mit dem Trinken angefangen, weil ... nun ja, weil man in Lochnalyne vor fünfzehn Jahren eben noch nicht wie ein Willie Burns als Highland-Games-Champion im regenbogenfarbenen Kilt auftreten konnte.« Er langt nach der Autotür und schließt sie, bevor ich etwas erwidern kann. Fährt einfach so davon.

Und lässt mich hier stehen, mitten in der Nacht, in meiner vollkommenen Verwirrung.

# Kapitel 11

*»Soll ich etwa auch noch Sex
mit dir trainieren?«*

## CALLUM

Was habe ich getan? Warum um alles in der Welt habe ich mich in einer sentimentalen Sekunde in dieser Nacht zu so einer Äußerung hinreißen lassen? Ich weiß es nicht. Aber etwas in mir wollte es Ian unbedingt sagen. Zumindest andeuten. Genau wie mit meinem Alkoholismus. Vielleicht habe ich einfach zu viele Jahre mit niemandem mehr geredet. Und Pünktchen – nun ja, er versteht mich. Er ist mir in manchen Dingen gar nicht so unähnlich und er hat in seinem Leben eindeutig gelernt, Menschen nicht zu verurteilen für das, was sie sind oder was sie zu sein scheinen. Wer ist schon stolz auf einen Taxifahrer? Aber vor allem ist er etwas, was ich auch bin. Und leider auch der dämliche Tripper-Willie.

*Wir sind schwul.*

Eine Sache unterscheidet mich dann jedoch wieder von den beiden: Ich bin nicht out. Und ich hatte eigentlich auch nicht vor, das in diesem Leben noch zu ändern. Aber seit gestern – nein, eigentlich schon seit mehreren Tagen –, stelle ich diese Entscheidung in Frage. Lebt es sich vielleicht freier, wenn man nicht versuchen muss, alles Mögliche vor der Welt zu verbergen? Aber macht es nicht auch verletzlicher? Und würde ich das aushalten? Ich fürchte, das würde ich nicht. Ich bin in meinem Leben schon an einfacheren Dingen gescheitert. Vielleicht hasse ich diesen Willie Burns genau deshalb so besonders, obwohl ich ihn gar nicht kenne. Ich bin froh, dass es für junge Leute heutzutage einfacher ist, aber mir ist diese Sache zu groß. Dennoch ist da das Bedürfnis, mich vor *irgendjemandem* zu outen. Vor jemandem, der mich versteht. Vor Ian. Falls er überhaupt begriffen hat, was ich mit meiner Anspielung gemeint habe. Und wenn ja, kann er mir dann noch neutral gegenübertreten? Ich habe ihn per Messenger gefragt, ob es bei unserer Verabredung zum Frühstück bleibt. Er hat zugesagt. Jetzt sitze ich am gedeckten Tisch und warte auf ihn.

Als es an der Tür klopft, springe ich auf wie von der Tarantel gestochen, haste zum Eingang und reiße sie auf.

»Ein Paket für MacTavish«, verkündet der Postbote und wirft mir einen verunsicherten Blick zu, weil ich vermutlich ziemlich düster aus der Wäsche schaue. »Ist ganz schön schwer. Da hebt man sich ja einen Bruch.«

»Da ist Hundefutter drin«, erkläre ich und quittiere die Entgegennahme des Pakets mit einer Unterschrift.

»Und das gibt es nicht im Ladengeschäft zu kaufen?«

»Doch, aber dort trägt es mir keiner bis an die Tür.«

Der Postbote zieht eine säuerliche Miene und macht sich von dannen. Während ich das zugegebenermaßen wirklich schwere Paket ins Haus zerre, kommt Ian.

»Guten Morgen.« Er wirkt schüchtern. Fast verunsichert. Verschränkt die Hände niedlich vor seinem Schritt.

»Guten Morgen«, grüße ich so locker wie möglich zurück. »Komm rein. Frühstück ist schon fertig.«

»Gibt es wieder Haggis?«, fragt er und zieht eine kleine Grimasse. Die Sommersprossen in seinem Gesicht tanzen Lambada.

»Nein. Ich habe heute sogar Porridge gemacht.«

»Porridge!« Er vollführt einen Hüpfer und rast an mir vorbei ins Esszimmer. Ich gehe inzwischen in die Küche und hole das restliche Essen.

»Wie geht es deinen Knien?«, erkundige ich mich.

»Schon viel besser«, erklärt er und reibt sich beim Anblick des gedeckten Frühstückstisches die Hände. »Jetzt ist da allerdings so ein blöder Schorf drauf, der juckt wie die Hölle.«

»Bloß nicht kratzen«, ermahne ich ihn vorsorglich. »Sonst reißt es wieder auf.«

»Ich weiß.«

Ist es verrückt, dass ich gerne seine Augen beobachte? Das linke erscheint immer so hektisch und unruhig wie ein kleiner Ping-Pong-Ball, obwohl es sich wahrscheinlich nicht mehr bewegt als jedes andere normale Auge auch. Aber das rechte Auge, das aus Glas, bewegt sich nur ein bisschen mit. Wahrscheinlich wirkt das linke nur deshalb so hibbelig. Das linke Auge ist Ian, das rechte bin ich. Warum denke ich eigentlich einen solchen Schwachsinn?

»Vielleicht können wir am Wochenende wieder trainieren«, schlage ich vor. »Wenn du noch willst.«

Er rührt seinen Porridge um, kostet einen Löffel voll und schließt für einen Moment vor Genuss die Augen. »So lecker. Ich würde sehr gerne wieder trainieren, wenn du möchtest.«

Bilde ich mir das ein, oder wirkt seine Leichtigkeit genauso aufgesetzt wie meine? Je länger wir hier sitzen, desto mehr verfestigt sich dieser Eindruck. Wir halten so viel oberflächlichen Smalltalk wie nie zuvor. Soll ich ihn noch einmal auf vorgestern Nacht ansprechen? Ihn fragen, ob er begriffen hat, was ich ihm damit sagen wollte?

»Also Callum, ich konnte jetzt zwei Nächte nicht richtig schlafen«, beginnt er unvermittelt.

*Prima. Ich auch nicht.* »Warum nicht?«

Er seufzt und lässt seinen Löffel in den Porridge klatschen. Ein paar Sprenkel und ein etwas größerer Fladen landen auf seinem moosgrünen T-Shirt – das hervorragend zu seinen Haaren und Augen passt, aber das ist ein anderes Thema – und er putzt sie hastig mit einer Serviette ab. »Also ...« Er beißt sich auf die Unterlippe und wirft mir einen beinahe schuldbewussten Blick zu. »Ich *muss* einfach wissen, was du vorletzte Nacht gemeint hast, als du mich nach Hause gebracht hast. Das mit dem regenbogenfarbenen Kilt. Ich kann nicht schlafen, ehe ich nicht weiß, ob ich dich falsch verstanden habe. Und wenn es doch das ist, was ich denke, dann muss ich dich etwas fragen.«

»Wie hast du die Äußerung denn verstanden?«, frage ich und finde mich feige, weil ich damit gerade versuche, ihm mein eigenes Outing in den Mund zu legen. Damit *ich* die Worte nicht aussprechen muss.

»Versprichst du, dass du mir nicht böse bist, wenn ich mich völlig vertue? Ich will dich ja nicht beleidigen oder so.«

Ich nicke ihm aufmunternd zu. *Du solltest es selber sagen, Depp.* Aber meine Kehle bleibt wie zugeschnürt.

»Also, zu meiner Rechtfertigung muss ich erst mal sagen, dass ich lange darüber nachgedacht habe. Hab' so ein paar Dinge hin und her überlegt, und dann ist mir aufgefallen, dass du zum Beispiel gar keine Frau oder Freundin hast, obwohl das natürlich auch andere Gründe haben kann. Und dann deine Fernsehvorlieben! Okay, okay, das ist Klischee vom Feinsten, aber welcher–«

»Ich bin schwul«, unterbreche ich sein Gestammel. *Outing Nummer zwei innerhalb von ein paar Tagen.*

Ian schluckt heftig. »Das weiß niemand, oder?«

»Nein.«

»Aber die Gerüchte damals ...«

»Die drehten sich darum, ja. Ich geriet in Panik. Natürlich habe ich auch damals nicht im Mittelalter gelebt, auch wenn du manchmal so tust. Aber vor fünfzehn Jahren war vieles noch anders. Die Menschen, die damals so jung waren wie du jetzt, sind in einer anderen Zeit großgeworden. Die Strafbarkeit homosexueller Handlungen wurde abgeschafft, als ich vier war und du noch längst nicht geboren. Als ich zehn war, wurde Margaret Thatcher Ministerpräsidentin. Kennst du die berühmte *Clause 28*? Sie setzte damals durch, dass Homosexualität nicht gefördert werden durfte. In allen Bereichen des öffentlichen Lebens waren nur noch negative Berichte über Schwule und Lesben erlaubt. Es war ein Thema, über das man den Mund zu halten hatte. Man redete einfach nicht darüber, so bin ich aufgewachsen, und so dachten auch meine Eltern.«

»Wussten sie denn, dass du schwul bist?«, fragt Ian bestürzt. Seine Augen sind riesig.

»Ich habe es ihnen angedeutet, als ich siebzehn war. Mein Vater konnte damit überhaupt nicht umgehen und trank mehr als je zuvor. Ich fühlte mich mitschuldig daran, lebte meine Wünsche aber trotzdem eine Weile in der Szene aus. Als wir dann hierherkamen und irgendwann die Gerüchte losgingen, konnte ich das kaum ertragen. Ich wollte das meiner Mutter nicht antun, weil es uns schon so viel Unglück beschert hat. Ich zog mich zurück und ertränkte meinen Kummer wieder im Alkohol. Ein Kreislauf.«

»Das heißt also, dass du getrunken hast, weil du mit deiner eigenen Identität nicht zurechtgekommen bist?«

»Na ja ... aye. Kann man wohl so sagen. Ich habe damals

nicht geahnt, dass sich in kurzer Zeit so viel ändern würde für unsereins. Ein Jahrzehnt später durften wir plötzlich heiraten. Es ging alles so schnell. Aber ich bin, fürchte ich, irgendwo auf der Strecke geblieben. Umso mehr bewundere ich Menschen wie dich und – ich sag's nicht gern - auch Willie, die den Mut besitzen, zu sich zu stehen. Ich hatte ihn nie.«

»Bei mir war das jetzt auch nicht direkt Mut«, gesteht Ian kleinlaut. »Es war mehr so: Ich habe eh schon meinen Ruf als komischer Kerl weg, dann ist es auch egal, ob alle wissen, dass ich schwul bin. Ich hatte nie was zu verlieren, weil ich nichts besessen habe.«

»Dabei besitzt du doch ganz viel«, erwidere ich und klopfe mir auf die Brust. »Da drin.«

Er rührt in seinem Porridge und lächelt. »Danke. Du auch. Du solltest zu dir stehen, finde ich. Ich glaube, niemand hier würde dich heute mehr dafür verurteilen. Die Leute sind aufgeklärt.«

Ich schaufle gedankenverloren Zucker in meine Teetasse. Dann fällt mir etwas ein. »Du wolltest mich doch etwas fragen, falls deine Annahme zutrifft. Was war das?«

»Ach ...« Er zieht die Schultern hoch. »Ist nicht so wichtig.«

»Jetzt komm schon. Ich habe deine Neugier befriedigt, jetzt befriedige du meine.«

»Ich wollte dich eigentlich um etwas bitten. Aber vergiss es. Es ist zu peinlich.« Seine Haut unter den Sommersprossen wird roter als seine Haare. »Und dumm.«

»Warum?« Aus irgendwelchen Gründen muss ich lachen. »Worum wolltest du mich denn bitten? Soll ich jetzt etwa auch noch Sex mit dir trainieren?«

Die Tatsache, dass sein Gesicht noch roter wird, lässt mich ahnen, dass ich mit meiner eigentlich als Scherz gemeinten Bemerkung auf der richtigen Fährte bin. Das ist doch aber nicht sein Ernst, oder?

Er rührt verlegen in seinem Porridge. »Ich bin leider sehr unerfahren. Und wenn das wirklich was wird mit mir und Willie, dann ...« Er schluckt. »Ich will mich dann auch nicht so dämlich anstellen, weißt du?«

*Das wird doch sowieso nichts mit euch,* will ich ihn anschreien, aber was gibt mir das Recht dazu? Ich kenne Willie nicht, weiß nicht, wie er tickt. Vielleicht weiß er jemanden wie Ian sogar zu schätzen. Besser wäre es für ihn. »Bist du noch Jungfrau?«

»Nein, nein!«, versichert er hastig. »Aber ich hab' halt noch nicht so viel ausprobiert. Fummeln eben. Ich könnte ein bisschen an meinen Skills arbeiten.«

»Und du hast gedacht, da ich der nächste verfügbare Schwule bin und wir sowieso schon zusammen trainieren, kann ich auch diese Aufgabe gleich noch übernehmen?«

»Also ... ja«, gibt er zu. »Das klingt noch bescheuerter, wenn man es ausspricht. Ich weiß es. Aber ich frag's trotzdem: Würdest du mit mir schlafen, Callum?«

»Nein!«, rufe ich entrüstet und springe auf, obwohl meine niederen Instinkte natürlich sofort über diese niedliche Katastrophe herfallen würden. »Ian! Bist du noch ganz bei Trost? Warum zum Teufel sparst du dich nicht für deinen Willie auf?«

»Ich will ihm keine lahme Nummer bieten, wenn es denn wirklich mal so weit kommt.«

»Wenn er ein guter Kerl ist, dann wird er Geduld mit dir haben und dir alles zeigen. Ich komme mir gerade ein bisschen benutzt vor.«

»Nein, so sollst du das nicht verstehen!«, fleht er. »Du bist einfach der Einzige, dem ich vertraue. Ich würde sonst nie jemanden um so etwas bitten, dazu wäre ich viel zu schüchtern. Allein der Gedanke macht mir Angst. Selbst die Vorstellung, mit Willie zu schlafen, macht mir Angst, obwohl ich es mir ja wünsche. Aber bei dir hätte ich komischerweise keine.«

»Ich werde nicht mit dir schlafen, Pünktchen«, erkläre ich kategorisch. *Klopf mich bloß nicht weich, Süßer.* »Das ist meine letzte Ansage.«

»Okay.« Sein Porridge muss inzwischen kalt sein. »Es tut mir leid, dass ich dich gefragt habe. Du musst mich für vollkommen bescheuert halten.«

»Stimmt, aber das tue ich nicht erst seit heute, also mach dir darüber keinen Kopf.« Mein eigener Kopf hingegen schwirrt. Hat er das gerade wirklich gefragt? Wirklich, *wirklich*?

»Und einen blasen dürfte ich dir auch nicht?«

»*Ian!*«

»Sorry ...« Er duckt sich ein wenig. »Und wenn es jetzt nicht wegen Willie wäre oder zum Üben, sondern einfach so – würdest du dann ...?«

»Kannst du bitte endlich mit diesen Fragen aufhören? Nein, ich würde auch dann nicht mit dir schlafen oder mir von dir einen blasen lassen.« *O doch, das würde ich, und wie ich das würde!* »Auf keinen Fall.«

»Warum denn nicht?« *Nein, nicht diese Stimme! Nicht dieser Hundewelpenblick!* »Ekelst du dich vor mir? Ist es das?« Alarmstufe Rot. Mit diesem Satz kriegt er mich *immer.*

»Was hast du denn nur immer mit deinem Ekel?«, fahre ich auf. Meine Finger machen sich selbständig und wandern nach unten. »Warum sollte sich irgendein Mensch auf der Welt vor dir ekeln?«

»Viele mögen meine roten Haare nicht.«

»Wir sind hier in Schottland, ein Sechstel der Bevölkerung ist rothaarig, also rede keinen Blödsinn.«

»Und mein Auge ...«

»Ist aus Glas und an Glas ist nichts eklig.«

»Callum?«

»Aye?«

»Warum hast du gerade deine Hose geöffnet?«

»Habe ich das?« Ich blicke an mir herab. Meine Jeans rutscht über meine Hüften bis zu den Knöcheln. Oh. Wann hat hier eigentlich mein Unterbewusstsein die Kontrolle übernommen? »Nun ja, also ... nehmen wir an, du dürftest mir tatsächlich einen blasen. Würdest du danach Ruhe geben?« *Zieh deine Hose wieder hoch, du Idiot. Das grenzt ja schon an Missbrauch Schutzbefohlener.*

»Versprochen.« Ian steht auf. In seiner Jeans zeichnet sich eine kleine Beule ab. In meinem Hirn öffnet sich eine Schleuse und lässt das ganze Blut wie aus einem Staudamm in Richtung Tal rauschen. Dieses eine Mal gönne ich mir. Quasi als Bezahlung für meinen Einsatz als Trainer. Aber dann nie wieder. Herrgott!

»Gehen wir rüber ins Wohnzimmer«, fordere ich ihn auf und watschle mit heruntergelassener Hose voran. Haggis folgt uns. Den hatte ich nicht auf dem Radar. »Warte.« Ich kehre um und fülle den Fressnapf meines Hundes – noch immer mit Hose unten –, damit er für ein Weilchen beschäftigt ist. Ian und ich verkrümeln uns eilig ins Wohnzimmer und schließen die Tür hinter uns. »Ich bin frisch geduscht«, erkläre ich. »Soll ich mich trotzdem nochmal waschen?«

»Ist nicht nötig, denke ich.« Verlegen kratzt sich Ian am Kopf. Eigentlich ein idealer Zeitpunkt, um wieder zur Besinnung zu kommen. Aber das erste Mal seit Jahren übernimmt mein Schwanz das Kommando.

Ich lasse mich in den Sessel plumpsen. »Dann mal los.« *Wie romantisch. Wird er bestimmt in guter Erinnerung behalten.*

Er kniet sich vor mich hin und nimmt nach einem Moment eingehender Betrachtung meinen halbsteifen Schwanz in die Hand. Ich zucke zusammen.

»Hab' ich was falsch gemacht?«, fragt er erschrocken.

»Nein. Mach es so, wie du es für richtig hältst. Punktevergabe erfolgt im Anschluss. Hast du überhaupt schon mal jemandem einen geblasen?«

»Natürlich.« Er hält sich an meinem Geschlechtsteil fest wie an einem Schalthebel. Wichst ihn ein bisschen. So ist es brav. Viel kann ja nicht schiefgehen.

Doch, kann es. Der angenehme Moment, als meine Eichel zwischen seine süßen Lippen gleitet, verpufft, als er seinen Mund zu einer Art Vakuum formt und seinen Kopf angestrengt auf und ab bewegt. In welchem schlechten Porno hat er das denn gesehen? Es ist irgendetwas zwischen autsch und furchtbar. Der Junge hat in seinem ganzen Leben noch nie einen Schwanz gelutscht. Ich glaube, der hat noch nicht mal eine Banane gegessen.

»Nicht so schnell«, ermahne ich ihn. »Mehr Gefühl.« Das wäre dann also unsere erste Blasestunde, und die ist ausdrücklich *keine* Übung für den Solo Piping Contest.

Jetzt saugt er mich im Schneckentempo. Es fühlt sich ein bisschen an, als hätte man den Schwanz in einer Portion *Haggis, Neeps and Tatties* stecken. Nicht, dass ich das jemals probiert hätte. Zumindest nicht nüchtern. Bei der Technik komme ich eventuell Richtung Silvester zum Orgasmus. Vielleicht aber auch erst Ostern 2024. Ich stelle mir vor, wie ich einkaufen und das Auto waschen gehe, während er noch immer an mir nuckelt. Demonstrativ nehme ich die Fernsehzeitschrift zur Hand und blättere darin herum. Ah, morgen Abend kommen die *Dornenvögel*. Das muss ich sehen. Kommt heute auch etwas Schönes? Hm. Alles voller Quizshows. Schaut wirklich noch irgendein Mensch auf dieser Welt nervige Quizshows? Ich kann mir das nicht vorstellen. Eine gute Dokumentation würde ich mir auch gerne mal wieder anschauen. Vielleicht über–

»Callum?« Ach. Ian hat aufgehört, meinen Schwanz zu lutschen. Hab' ich gar nicht gemerkt. »Warum liest du jetzt Zeitung?«

»Um mir die Zeit zu vertreiben.«

»Bin ich wirklich so schlecht?« Er lässt die Schultern hängen.

Ich lege die Zeitung beiseite und beuge mich zu ihm nach vorn. Er tut mir leid. Ich bin schon wieder viel zu gemein zu ihm. »Jetzt beantworte mir die Frage noch einmal wahrheitsgemäß: Hast du schon mal jemandem einen geblasen?«

Betreten schüttelt er den Kopf. Wusste ich es doch. »Kannst du mir erklären, wie man es richtig macht?«

»Erklären kann man so etwas schlecht.« Einen Moment zögere ich noch, aber bei uns sind sowieso schon Hopfen und Malz verloren. »Ich kann's dir zeigen.«

»Zeigen?«

»Aye.« Es sollte wirklich *dringend* jemand kommen und mich schlagen. »Platzwechsel.«

Er scheint nicht so recht zu verstehen, also zerre ich ihn mit mir in die Höhe, drehe ihn herum und drücke ihn in den Sessel.

»Willst du–?«

»Dir etwas demonstrieren«, erkläre ich.

Er schluckt, aber protestiert nicht. Ich gehe vor ihm auf die Knie und öffne seine Hose. Ich habe mir dieses Szenario zugegebenermaßen schon öfter vorgestellt. Nicht erst, seit wir trainieren. Sondern schon vorher. Ich habe da so eine kleine Vorliebe für zarte, rothaarige Kerle. Brav hebt er seinen Po an, als ich ihm die Hose ein Stück herunterziehe. Seine Schenkel zittern. Nur leicht, aber ich merke es. Lege meine Hände darauf und fühle die weiche, hellblonde Behaarung. »Entspann dich«, raune ich ihm zu und gewähre mir endlich einen Blick in seinen Schoß. Seine Schambehaarung ist etwas dunkler als die Haare auf seinem Kopf.

Hübsch.

Ich umfasse seinen halbschlaffen Schwanz, der sich sofort wieder stramm aufrichtet. Er passt hervorragend in meine Hand. Ich drücke leicht zu. Die Spitze wird dunkel. Ich küsse sie. Lecke über den Schaft, spüre ihn zucken. Ian stößt ein kleines Keuchen aus. Sein Atem wird schneller und er krallt sich in die Sessellehnen, als ich seine Schwanzspitze in meinen Mund gleiten lasse. Ich sauge langsam. Nicht lahm, wie er vorhin, sondern mit Gefühl. Will ihn schmecken. Gott, wie köstlich. Ich bin ein skrupelloser Drecksack. Aber er hat mich darum gebeten, einer zu sein, also was soll's. Meine Zunge gleitet um seine Eichel, stupst an den Schlitz. Ich schmecke Salz und irgendwie auch Süße. Nehme ihn tiefer in den Mund, lasse ihn wieder herausgleiten. Prüfend werfe ich einen Blick nach oben. Ian hat sich zurückgelehnt und die Augen geschlossen, die Hände noch immer auf den Sessellehnen. Genieß es, Kleiner. Wir werden das vermutlich nicht nochmal machen. Ich widme mich seinen Hoden, lecke sie, ziehe sie in meinen Mund und frage mich, für wen er sie eigentlich rasiert.

»Callum«, stöhnt er unterdrückt.

Meinen Namen. Er sagt meinen Namen.

Ich gleite den Schaft wieder hinauf und nehme ihn

erneut in den Mund. Bearbeite ihn sanft, aber nachdrücklich.

»Callum?« Er klingt ein bisschen panisch.

Ich blicke auf und Bruchteile von Sekunden später
spritzt mir etwas Warmes ans Kinn. Ups. Das ging schnell.
Ian wirkt erschrocken.

»Entschuldige«, bittet er verlegen.

»Warum? Das war doch das Ziel.« Ich widerstehe der
Versuchung, sein Sperma mit der bloßen Hand von
meinem Kinn zu wischen und davon zu kosten, aber ich
glaube, das würde ihn überfordern. Stattdessen nehme ich
ein Taschentuch zur Hand und mache mich sauber.

»Danke. Es war schön. Soll ich mich jetzt revanchieren?«

»Ian ...« Mir wird eng ums Herz. Das ist gerade alles so
falsch. »Es geht doch hierbei nicht ums Revanchieren.«

»Worum dann?«

»Um den Genuss. Die Hingabe. Die guten Gefühle.«

Er nickt, aber ich habe den Eindruck, dass er nicht so
ganz begreift, was ich damit meine.

Auf einmal kann ich den Gedanken nicht mehr ertragen,
dass sich irgendein grober Willie an ihm vergreift und vielleicht ungeduldig ist und ihm am Ende sogar wehtut. Er
sollte seine ersten Erfahrungen mit jemandem machen, der
zärtlich und einfühlsam ist. Und da ich für andere nicht
garantieren kann, muss ich das wohl doch selbst übernehmen.

# Kapitel 12

»Hast du meinen Penis eine Babykarotte genannt?«

## IAN

Mein Kopf ist hochrot. Das merke ich. Er kocht nämlich, und auch meine Ohren glühen. Und ... mein Penis. Der glüht noch nach. Da nützt auch der schottische Wind nichts, der mir unter den Kilt pustet.

*Hilfe!*

Ist das wirklich passiert? Ich fühle mich, wie aus einem verrückten Traum erwacht, während wir zur Schaf-Arena fahren. Gar nicht wie ich selbst. Ich würde nie einfach jemanden fragen, ob ich ihm einen blasen kann, vor allem nicht Callum! Aber ich hab's gemacht. Genauso wie ich vor ein paar Wochen einfach bei ihm angeklopft und gefragt habe, ob er mich für die *Highland Games* trainieren kann. Und er hat's gemacht! Beides. Und ich ... wenn ich jemals einen Schwanz so lutschen kann wie er, dann liegt mir Willie zu Füßen. Ich bin nach ungefähr zwei Sekunden gekommen. Mir hat noch nie jemand einen geblasen! Es war unglaublich. Aber nun? Jetzt ist alles so komisch. Wir haben uns auf der Fahrt zur Schaf-Arena kaum unterhalten. Haggis steht am Zaun und begrüßt seine wolligen Freunde, aber ich weiß nicht so richtig, wie ich mich verhalten soll.

»Alles klar, Pünktchen?«, fragt Callum und holt den Klappstuhl aus dem Kofferraum.

»Ja ... na ja.« Ich räuspere mich. »Denkst du, wir können je wieder normal miteinander umgehen nach dieser ... *Sache*?«

»Du meinst, weil ich dir einen geblasen habe?«

»Nicht so laut!«

Er stellt den Klappstuhl ab und hebt die Hände. »Wer soll uns denn hören? Die Schafe?«

»Zum Beispiel.«

»Also erstens, Pünktchen, wolltest *du* ja das Blasetraining. Ich habe mich lediglich dazu bereiterklärt, dir dabei zu helfen. Zweitens, warum sollte man danach nicht normal miteinander umgehen können? Millionen von Männern können das. Willst du das zu Willie dann auch sagen, dass du ihm nicht mehr in die Augen sehen kannst, weil er deine Babykarotte im Mund hatte?«

Willie! O Gott. Allein die Vorstellung ... Moment mal! »Hast du meinen Penis etwa gerade eine *Babykarotte* genannt?«

»Ja, habe ich. Na los, dafür verdiene ich eins auf die Mütze!« Er dreht mir eine lange Nase und rennt los.

Wütend folge ich ihm. Babykarotte? Geht's eigentlich noch? Boshaft lachend springt er über die Hindernisse. Ich springe hinterher. Wenn er denkt, er kann mich beleidigen, dann hat er sich geschnitten. Ich bin so sauer! Plötzlich bleibt er stehen und ich renne in ihn hinein.

»Hoppla!«, ruft er und fängt mich auf.

»Du gemeiner Mistkerl! Weißt du, wie verletzend das ist, dass du nach so einer Situation jetzt über meinen Penis lachst? Ich–«

»Du bist die ganze Runde gesprungen und Slalom

gelaufen, ohne einmal hinzufallen oder irgendwo hängenzubleiben«, unterbricht mich Callum.

»Was?« Ich blicke mich um. »Oh. Tatsächlich.«

»Zur Belohnung darfst du mir jetzt sogar eine scheuern. Auch wenn ich gar nicht verstehe, warum du so wütend bist.«

Ich boxe ihm gegen die Brust. »Wegen der Karotte.«

»Warum? Ich habe gerne dran geknabbert.«

»Callum!«

»Ist ja gut. Wir müssen es nicht wieder machen, wenn du nicht willst. Aber ich erinnere noch einmal daran, dass es *deine* Idee war.«

»Blöde Idee, oder?«

»War's so schlimm?«

Zögerlich schaue ich zu ihm auf, meine Faust noch immer auf seiner Brust. »Es war der Wahnsinn. Ich hätte nie gedacht, dass es sich *so* gut anfühlt. Was du da mit deiner Zunge gemacht hast ...« Verlegen beiße ich mir auf die Lippe. Ich sollte nicht so viel schwafeln.

»Zugegeben, es war auch für mich nett, mal wieder einen anderen Menschen anzufassen und nicht nur mich selbst. Ist eine Weile her.«

»Ehrlich gesagt: Ich kann mir schon vorstellen, das nochmal zu probieren. Aber ich habe Angst, dass wir damit alles zwischen uns kaputt machen.«

»Was denn zwischen uns?«, fragt Callum und legt den Kopf schräg. Seine Augen kommen mir heute noch blauer vor als sonst. Sie wirken so weich und fröhlich in seinem sonst eher strengen Gesicht.

Ich suche nach dem richtigen Wort. »Unsere Freundschaft?«

»Ach, Pünktchen.« Er umfasst meine Hand auf seiner Brust, drückt sie kurz und schiebt sie dann von sich weg.

»Du und ich, wir wissen doch beide, dass sich unsere Wege nach den *Highland Games* wieder trennen. Du hast dann hoffentlich deinen Willie und vielleicht sogar einen Pokal, und ich meine Ruhe.«

»Ich würde aber gerne mit dir befreundet bleiben«, wende ich ein.

»Das glaube ich dir sogar«, erwidert er und lächelt. »Ich hänge auch gern mit dir herum, so ist es ja nicht. Aber ich habe dir ein paar Jährchen an Lebenserfahrung voraus und sehe die Dinge realistisch. Wir würden uns nach den Wettkämpfen vielleicht noch zwei, dreimal verabreden, und dann verliefe es sich im Sande. Machen wir uns nichts vor: Du bist Anfang zwanzig, ich werde demnächst vierzig. Gegen dich bin ich wirklich ein alter Sack. Du wirst Freunde in deinem Alter finden, vielleicht durch Willie, aber vielleicht auch einfach so durch die *Highland Games*, und mit denen wirst du lieber rumhängen wollen. So ist es normal.«

Nein! So will ich das nicht. Warum macht mich das gerade so traurig? »Und was machst du dann?«, frage ich leise.

»Ich sitze zu Hause mit Haggis auf dem Sofa und schaue Rosamunde Pilcher.« Er schenkt mir ein aufmunterndes Lächeln. »Und das ist völlig in Ordnung so.«

Ein Knoten bildet sich in meinem Inneren. Er tut weh, irgendwie. Callum hat nie den Eindruck gemacht, als sei er besonders gesellig, aber seit wir uns regelmäßig treffen, werde ich den Eindruck nicht los, dass zumindest ein Teil seiner Einsamkeit nicht selbstgewählt ist. Es gibt, glaube ich, nur wenige Menschen, die wirklich immer alleine sein wollen. Vielleicht schaut er solche Filme, in denen es um Liebe, Familie und Freundschaft geht, weil er sich tief in seinem Inneren danach sehnt. Aber er klingt so abgeklärt.

Vielleicht ist er schon öfter enttäuscht worden. Ich will keiner von denen sein, die ihn hängen lassen, wenn sie ihn nicht mehr brauchen. Mir ist unsere Freundschaft wichtig. Auch wenn er mich am Anfang ausgelacht hat, letztendlich hat er mich und meine Träume ernstgenommen. Er unterstützt mich, hilft mir. Das vergesse ich ihm nicht. Und dass er mir einen geblasen hat, auch nicht. Himmel, hat sich das gut angefühlt. Ich würde das am liebsten jeden Tag tun. Aber ist das unter Freunden nicht seltsam? Andererseits, warum sollte es seltsamer sein, als zum Beispiel mit einem Fremden? Noch bin ich ja nicht mit Willie zusammen. Dadurch ist es auch kein geistiges Fremdgehen, finde ich. Oder doch? Ich bin überfordert mit meinem Leben!

Es wird ein merkwürdiges Training. Ich falle insgesamt nur zweimal hin und schaffe etliche Runden unfallfrei, sogar in einer wirklich guten Zeit. Callum lobt mich überschwänglich, aber ich werde das doofe Gefühl in meinem Inneren irgendwie nicht los. Bin ich ein schlechter Mensch? Benutze ich Callum? Wo ist die Grenze zwischen Benutzen und sich helfen lassen? Ich will mich irgendwann bei ihm revanchieren für alles, was er für mich tut. Mir muss nur noch einfallen, wie ich das am besten mache.

»Noch eine Runde und dann machen wir für heute Schluss«, ruft Callum mir zu. »Es scheint, als ob der Knoten geplatzt ist, oder? Morgen erhöhen wir dann die Hindernisse.«

»Das wird mir bestimmt wieder einen schönen Dämpfer versetzen«, erwidere ich mit einem gequälten Grinsen. »Hast du heute eigentlich noch Fahrten?«

Er nickt. »Zweimal nach Inverness, und dann kommt sicher zwischendurch noch etwas rein. Am Wochenende ist ja immer etwas mehr los.«

»Ich bin heute bestimmt auch wieder bis in die Morgenstunden im Pub.«

Er mustert mich nachdenklich und lächelt. »Vielleicht kommt ja Willie.«

*Ja. Vielleicht.* Der Einzige, der auf der Rückfahrt ins Dorf Geräusche von sich gibt, ist Haggis. Er wüffelt leise vor sich hin, als hätte er schlechte Laune. Ob er was merkt? Callum scheint wiederum keine schlechte Laune zu haben, also zumindest nicht schlechter, als man es von ihm gewohnt ist. Zu Hause setzt er mich ab und fährt davon. Mir bleiben noch drei Stunden, bis ich zur Arbeit muss. Zeit, um nochmal zu duschen und einen klaren Kopf zu bekommen.

»Na, wie läuft das Training?«, ruft Grandad aus dem Wohnzimmer, während ich mich durch den halbdunklen Flur taste.

Ich strecke den Kopf zur Wohnzimmertür hinein. »Läuft super. Hast du schon gegessen? Soll ich dir die Zeitung vorlesen?«

»Wenn du Zeit hast, *my wee bonnie.* Gegessen habe ich schon. Warst du wieder bei diesem Callum?«

»Ja, war ich.«

»Ihr geht doch aber nicht miteinander ins Bett, oder?«

»Grandad!«, rufe ich entsetzt.

»Was denn? Man wird doch wohl mal fragen dürfen.«

»Aber eine Antwort brauchst du nicht erwarten«, gebe ich säuerlich zurück.

»Ich hoffe doch nur, dass du mal jemanden findest, *my wee bonnie.* Mit dreiundzwanzig war ich schon zwei Jahre verheiratet und hatte deiner Großmutter zwei stramme Söhne gemacht.« Er reicht mir die Zeitung.

Ich rolle mit den Augen. Also, zumindest mit dem einen. »Du warst aber auch nicht schwul. Hier stehen die Männer nicht unbedingt Schlange, und schon gar nicht bei mir.«

»Warum eigentlich nicht? Dein Karottenkopf leuchtet so hell, dass ihn eigentlich auch der letzte warme Bruder auf den äußeren Hebriden sehen müsste.«

»Vielleicht schreckt ihn genau das aber auch ab.«

Er schnaubt. »Also ich hatte ja seinerzeit den gleichen Rotschopf wie du und die Frauen haben ihn geliebt. Ein echter Schottenkopf, wenn du mich fragst. Welche Haarfarbe hat dein Callum?«

»Braun. Und er ist nicht *mein* Callum, wir sind nur Freunde.« Ich schlage die Zeitung auf. »Welchen Teil soll ich dir vorlesen?«

»Die Klatschspalte, bitte. Wenn ich von dir schon nichts erfahre, dann vielleicht über andere Leute. So eine Zeitung ist etwas Feines. Man erfährt die Neuigkeiten und kann sich dann damit kostenlos den Arsch abwischen.«

»Grandad, Druckerschwärze ist wirklich nicht gut für den Hintern.«

»Aye, aye. Wenn du nicht weißt, was gut für den Arsch ist, wer dann?«

»Das ist nicht witzig!«, begehre ich auf. »Das kann Krebs verursachen. Ich kaufe uns extra Klopapier von meinem Geld, für das *ich* arbeiten gehe.«

»Na, wenn du dein sauer verdientes Geld für's Scheißen ausgeben willst, dann mach, was du für richtig hältst. Ich bleibe bei der Zeitung. Es gibt nichts Schöneres, als sich am Ende eines anstrengenden Tages den Arsch mit Boris Johnsons Visage abzuwischen.«

Na schön, jetzt muss ich doch lachen. Der alte Mann macht mich fertig. Und ich liebe ihn wie verrückt, auch wenn er nur alle zwei Tage das Warmwasser anstellt und ich leider keine Ahnung habe, wie man es selbst an- und ausstellt. Meine Eltern haben auf mein Outing nicht direkt ablehnend, aber eher verhalten reagiert und fanden es, ich zitiere: »Schade«. Grandad hingegen meinte nur: »Du bist per Kaiserschnitt auf die Welt gekommen, du hattest es einfach noch nie mit Muschis.« Damit war die Sache für ihn erledigt. Das war seine Art, Toleranz und Akzeptanz für mich auszudrücken.

»In Drumnadrochit wurde ein Blumenkübel vor einem Restaurant gestohlen«, lese ich vor. »Mitten am Tag.«

»Die werden auch immer dreister«, brummt mein Großvater. »Hat man die Halunken wenigstens erwischt?«

»Nein. Die Polizei ist für Hinweise dankbar, steht hier. Es war ein Blumenkübel mit einer Nessie-Figur darin.«

»Warst du etwa der Dieb?«

»Ich? Wieso denn ich?«

»Weil du doch immer alles haben musst, was mit Nessie zu tun hat. Nessie-Plüschtiere, Nessie-Bettwäsche, Sammelfiguren, Pyjamas ...«

*Urghs.* Meine Plüsch-Nessie und meine Nessie-Bettwäsche sind meine dunkelsten Leidenschaften. »Also wenn, dann würde ich mir selbst so einen Blumenkübel basteln, aber doch keinen klauen.«

»Steht in der Promi-Spalte vielleicht mal wieder etwas von dieser Kim Kardashian?«

Ich stöhne auf. Was für mich Nessie ist, ist Kim für meinen Opa. »Nein, da steht nichts. Wenn du nicht so knauserig wärst, könntest du dir ein Tablet kaufen, ihr auf Instagram folgen und jeden Tag Bilder von ihr anschauen.«

Er grunzt. »Mit diesem Instagram kann ich mir nicht den Hintern abwischen.«

Ich gebe auf, lese ihm noch zwei, drei Artikel vor und plaudere noch ein wenig mit ihm, bevor ich mich verabschiede und duschen gehe. Beim verflixten Highlander, ich traue mich gar nicht, meine eigene Nudel anzusehen. Sofort muss ich wieder daran denken, wie Callum sie im

Mund hatte. Was sie zum Aufwachen bringt und mich zum Verzweifeln. Einerseits möchte ich mehr davon. Andererseits sollten wir das lieber sein lassen ... oder? Ich meine, es ist doch ziemlich verrückt, dass ich die ganze Zeit an Sex mit Callum denke, aber beim Gedanken an Sex mit Willie vor lauter Panik in eine Papiertüte atmen muss.

Später bei der Arbeit bin ich mit meinen Gedanken auch die ganze Zeit woanders, sodass ich laufend etwas verschütte und nicht mitbekomme, wenn Gäste nach mir rufen. Ausgerechnet heute ist aber auch mein Chef da und macht mich dafür so rund, dass ich fast in Tränen ausbreche. Ich weiß auch nicht, was mit mir los ist. Ich habe irgendwie Sehnsucht danach, mit Callum zu sprechen. Er schafft es immer, mich aufzubauen. Sogar dann, wenn er eigentlich die Ursache meines Frustes ist.

Als ich auf dem Heimweg an seinem Haus vorbeikomme, sehe ich, dass in seinem Wohnzimmer noch Licht brennt. Warum ist er noch wach? Es ist halb drei am Morgen. Gegen dreiundzwanzig Uhr hat er ein paar Pub-Gäste nach Hause gefahren und ich habe ihn nur kurz am Eingang gesehen, aber ansonsten hatte er zumindest von unserer Seite aus nichts zu tun. Es gibt allerdings noch andere Lokalitäten im Ort, die seine Dienste in Anspruch nehmen, also wer weiß.

Ich komme mir wieder einmal wie ein Schwerverbrecher vor, als ich sein Gartentor öffne. Es ist nie verschlossen. Aber hier gibt es selten Einbrüche. Alles zu abgelegen und Touristen steigen selten in Häuser ein. Ich spähe durch die Scheibe wie damals beim ersten Mal, als ich ihn aufgesucht habe, um nach Hilfe zu fragen. Diesmal rufe ich ihn aber nicht an, sondern klopfe. Wie von der Tarantel gestochen springt er vom Sofa auf und fährt herum. Ich winke ihm schuldbewusst von draußen zu. Er fasst sich ans Herz, als hätte selbiges gerade eine Attacke gehabt, und zeigt mir einen Vogel, bevor er aus dem Wohnzimmer verschwindet und an die Tür kommt.

»Du kannst doch einen alten Mann nicht so erschrecken«, erklärt er atemlos, als er mir öffnet. »Was ist denn los? Soll ich dich nach Hause fahren?«

Ich schüttle den Kopf. »Nein, ich ... eigentlich wollte ich dir nur gute Nacht sagen. Weil ich gesehen habe, dass du noch wach bist. Tut mir leid.«

Er wirkt verwirrt, was ich ihm nicht verdenken kann. Wahrscheinlich komme ich ihm wie ein irrer Stalker vor. »Komm doch kurz rein«, bittet er mich.

»Schon okay, ich will dich nicht länger behelligen«, wiegle ich ab.

»Nein, komm rein. Ich habe noch etwas von deinem Knabberkram herumstehen. Den sollten wir essen, bevor sich Haggis darüber hermacht.«

»Ach, das darf natürlich nicht passieren.« Ich lächle. Aber ich will fast heulen.

# Kapitel 13

»Das Herzkissen gehört
natürlich meinem Hund.«

## CALLUM

Ich lasse in letzter Zeit zu viele kleine Jungs in mein Haus.
Gut – eigentlich immer nur denselben. Aber trotzdem.
Warum kann ich so schlecht nein sagen, wenn er vor
meiner Tür steht? Warum gehe ich sogar noch einen
Schritt weiter und bitte ihn herein, wenn er mich eigentlich
nur etwas fragen oder mir »gute Nacht« sagen möchte? Tief
im Inneren weiß ich, warum es so ist. Aber es wäre
ungesund, weiter darüber nachzudenken. Wie ich es Ian
schon gesagt habe: Nach den *Highland Games* werden sich
unsere Wege trennen. Er ist so sehr in diesen Willie verliebt, dass er seit Wochen trainiert und bereit ist, sich
schlimmstenfalls vor allen zu blamieren. Er ist so sehr in
ihn verliebt, dass er nicht merkt, dass ich ...

»Wo sind denn die Cracker hin?«, fragt er und glotzt in
die leere Schüssel.

»Haggis!«, rufe ich. Monsieur Pelzwurst tut so, als würde
er schlafen, aber ich sehe die Krümel an seiner Schnauze.
»Dich kann man wirklich keine zwei Sekunden mit etwas
Essbarem alleine lassen, oder?«

Ian kichert. Ich möchte ihn augenblicklich zum Cracker
umfunktionieren und an ihm knabbern. »Warum bist du
denn noch wach?«, will er wissen.

»Ich war nicht wach. Ich war auf dem Sofa eingeschlafen, aber dein Klopfen hat mich geweckt.«

»Wirklich?« Er klingt zutiefst bestürzt. Seine Augen werden riesig und ich habe mal wieder Angst um den Halt seiner Prothese.

»Nein. Ich konnte ehrlich gesagt nicht schlafen.«

»Warum nicht?«

»Weil ich über vieles nachdenke.«

»Worüber?«

»Darüber, dass ich schon verdammt lange alleine bin, zum Beispiel«, gestehe ich.

»Ich bin schon mein ganzes Leben lang alleine, wenn's dich tröstet«, erwidert er und faltet die Hände um seine Knie.

Ich versuche mich an einem aufmunternden Lächeln. »Aber bald vielleicht nicht mehr.«

»Vielleicht. Ich hoffe es ja. Aber ich habe einen Spiegel.«

»Und was zeigt der dir?«

»Einen Kerl, den keiner haben will«, erwidert er seufzend.

*Doch. Ich würde dich haben wollen. Aber ich bin nur ein alter Ex-Säufer und du verdienst einen Champion.* »Das ist seltsam«, gebe ich zur Antwort. »Meiner zeigt mir immer genau das Gleiche.«

Ian blickt auf und mustert mich nachdenklich. »Du könntest sicher einen Partner finden, wenn du out wärst. Aber wenn keiner weiß, dass du Männer magst, wird auch keiner davon bei dir klopfen.«

»Da hast du wohl recht.« Etwas unbehaglich ziehe ich die Schultern hoch. »Aber der Zug ist für mich inzwischen abgefahren.«

»Also *so* alt bist du dann auch wieder nicht«, gibt er entrüstet zurück und entlockt mir damit ein Lachen.

»Wenn du das sagst.« *Mir reicht es vorerst, ein bisschen von dir und dem zu träumen, was wir gestern Vormittag gemacht haben.*

Noch immer hält Ian seine Knie umklammert und stiert vor sich hin. »Was machen wir nun?«

»Wie meinst du das?«

Er schluckt. »Mit unserer Einsamkeit. Ich muss laufend an gestern denken«, gesteht er leise. »Mal fühlt es sich grundfalsch an, dann wieder so richtig, dass ich es gleich wieder tun möchte. Aber was du gesagt hast, bringt mich so ins Grübeln. Dass du denkst, dass ich dich danach vergesse und einfach weiterlebe. Ich werde dich nie vergessen. Du warst der erste Mann, mit dem ich irgendwie intim geworden bin.«

»Und ich fühle mich geehrt. Jetzt mach dich bitte nicht verrückt.«

»Okay. Ich habe immer Angst, dir zur Last zu fallen. Vielleicht möchtest du ja nach den *Highland Games* auch gar nichts mehr mit mir zu tun haben und bist froh, dass endlich alles vorbei ist. Aber wenn ich bei dir bin, dann fühle ich mich nicht mehr so allein. Weil da jemand ist, der so ähnlich tickt, wie ich.«

»Du denkst, ich ticke so wie du?«, versuche ich mich kläglich an einem Scherz. »Im Gegensatz zu dir ticke ich schon noch ganz richtig.« Er wirft mir einen so erschütterten Blick zu, dass ich lospruste. Ich nehme die Fernbedienung zur Hand und schalte die Wiederholung von *Shades of Love*, die ich vorhin zu schauen begonnen habe, aus. »Na dann, lass uns raufgehen.«

»Raufgehen?«, fragt er und wirkt irritiert.

»Die Einsamkeit vertreiben. Wenn du möchtest. Es ist Nacht und wir können beide sowieso nicht schlafen.« Ich möchte ihn ja eigentlich nicht bedrängen, aber da ich weiß, dass er letztendlich immer ein wenig gehemmt und überfordert wäre, nehme ich mir die Freiheit, ihn in die richtige Richtung zu stupsen. Ich habe das Gefühl, wir brauchen es gerade beide ganz dringend.

»Okay.« Er steht auf. »Ja, ich schulde dir ja sowieso noch eine Revanche. Mann, jetzt bin ich ganz schön aufgeregt.«

»Musst du nicht sein.« Ich mustere ihn einen Moment nachdenklich. Ich kann nicht leugnen, dass auch ich irgendwie aufgeregt bin. »Komm mit.«

Gemeinsam gehen wir hinauf ins Schlafzimmer. Vielleicht hätte ich ihn gar nicht eingeladen, wenn ich nicht ausgerechnet heute mein Bett frisch bezogen hätte.

»Tolle Bettwäsche«, bemerkt Ian prompt. »MacTavish Tartan?«

»Korrekt.« Ich grinse stolz. »Habe ich selbst genäht.«

»Du kannst nähen? Wow.«

»Ja. Und wusstest du, dass der Begründer des Clan MacTavish Tavish MacCallum hieß?«

»Also bist du Callum MacTavish, der Nachfahre von Tavish MacCallum?«

»Korrekt.«

Ian prustet los. »Das ist cool. Und das Herzkissen dort ist auch süß.«

»Das ... ach, das gehört nicht mir«, erkläre ich eilig.

»Wem denn dann?«

»Haggis. Es gehört Haggis.« *Nein, tut es nicht.*

»Warum liegt es dann in deinem Bett?«

»Weil Haggis manchmal mit bei mir im Bett schläft.«

»Ach so.« Er räuspert sich und bleibt unschlüssig stehen. »Was machen wir jetzt? Soll ich mich ausziehen? Soll ich nochmal versuchen, dir einen zu blasen?«

Ich seufze und mache einen Schritt auf ihn zu. »Ich

würde sagen, wir fangen erst einmal mit der einfachsten Sache an.«

»Und die wäre?«

Anstatt zu antworten, nähere ich mich ihm weiter, bis ich direkt vor ihm stehe. Er blickt zu mir auf, das eine Auge starr, das andere voller Leben. Ich nehme sein süßes Gesicht in meine Hände und senke meine Lippen auf seine herab. Er keucht erschrocken auf, weicht einen winzigen Schritt zurück, aber ich lasse ihn nicht los. Genieße die Weichheit seiner Lippen, spüre seine Nasenspitze an meiner Wange. Stupse ihn mit meiner Zunge an. Er öffnet seinen Mund bereitwillig und schlingt mir die Arme um die Taille. Ich bin verloren. Süchtig nach diesem Jungen. Ich kann nicht anders, auch wenn ich vielleicht sollte. Er schmeckt so süß, wie er ist. Seine neugierige Zunge leckt in meinen Mund hinein. Spielt mit meiner. Geküsst hat er vielleicht schon mal, und wenn nicht, dann ist er ein Naturtalent. Meine Hände liegen immer noch an seinen Wangen, ich streichle sie sanft mit meinen Daumen und ich knabbere ein bisschen an seiner Unterlippe. Sauge daran, lecke darüber und küsse ihn erneut. Kann gar nicht genug davon bekommen. Aber irgendwann, nach einer kleinen Ewigkeit, lasse ich von ihm ab.

Er schöpft Atem. Seine rosigen Lippen sind ein wenig geschwollen und sein Adamsapfel hüpft auf und ab, als er schluckt. »Ich zittere so«, flüstert er. »Ist das normal?«

Ich hebe meine Hand, um ihm zu zeigen, dass auch ich unterschwellig zittere. »Das ist doch gerade das Schöne daran.« Meine Hände gleiten an seine Hüften und tasten unter sein Shirt. »Sag mir, wenn es dir zuviel wird. Sofort. Ohne Zögern.« Ich blicke ihn prüfend an. Er hebt die Arme in einer Geste, die mir offensichtlich bedeuten soll, ihm das Shirt auszuziehen. Langsam schiebe ich den Stoff nach oben, lege nackte Haut frei, ziehe ihm das Kleidungsstück über den Kopf.

Seine Sommersprossen sind überall. Nicht nur im Gesicht und auf den Armen, sondern auch auf den Schultern und der Brust. Erst kurz über dem Bauchnabel verlaufen sie sich und hinterlassen nur noch reine, schneeweiße Haut.

»Es sieht furchtbar aus, oder?«, fragt er zweifelnd.

»Nein. Es ist schön.« *Wunderschön. Wie eine klare Nacht. Jedes Pünktchen ist ein Stern.*

Ich ziehe mein eigenes Shirt aus, damit er sich nicht so nackt vor mir fühlt. Er starrt mich an und schluckt. Klammert sich schüchtern mit der linken Hand an seinen rechten Oberarm. »Du siehst gut aus«, bemerkt er. »Du könntest bestimmt noch beim Hammerwerfen gewinnen oder so.«

»Ach je.« Ich muss lachen. »Da war früher viel mehr Muskelmasse.«

»Darf ich dich anfassen?«

»Natürlich darfst du das.«

Er streckt eine seiner schmalen, blassen Hände nach mir aus und legt sie auf meine Brust. Sie fühlt sich warm und ein bisschen feucht an. Ob er wohl gerade an seinen stattlichen Kerl im rosaroten Kilt denkt? »Warte«, bitte ich und gehe zum Nachtschränkchen. Ich schalte das kleine Nachtlicht an und die große Deckenlampe aus. So ist es sicher angenehmer, obwohl ich persönlich lieber jeden Winkel von ihm sehen möchte. »Komm her zu mir«, bitte ich.

Nach einem kurzen Zögern leistet er meiner Bitte folge. Ich ziehe ihn an mich. Merke, dass er friert und eine Gänsehaut seinen Körper überzieht, und drücke ihn fester an meinen Körper. Seine Haut ist weich und glatt, sein Duft macht mich rasend. Mir platzt gleich die Hose. Ich muss ihn loslassen und sie öffnen. Obwohl ich ihn nicht dazu aufgefordert habe, tut Ian das Gleiche und zieht seine Hose aus. Er trägt wieder diese fürchterlichen, weißen Feinrippdinger. Wahrscheinlich hat er gar keine anderen.

»Komm, wir legen uns ins Bett, da ist es wärmer.«

Nur noch mit Unterhosen bekleidet schlüpfen wir unter die Decke. Ich merke, wie er sich sofort entspannt. Der Kleine mag es also schön warm. Das merke ich mir. Und er küsst offensichtlich gern, denn er hängt schon wieder an meinen Lippen wie ein Ertrinkender. Ich koste ihn ausgiebig. Knabbere an seinem Kinn, gleite abwärts über seinen weichen Hals. Ich muss das in vollen Zügen genießen, denn es ist nur vorübergehend. Er ist so auf seinen Willie fixiert und ich bin ja wirklich viel zu alt für ihn. Aber von so ein paar Nächten kann ich zehren. Ich darf ihn nur nicht überfordern, damit er sich nicht frühzeitig zurückzieht. Andererseits, wenn ihn hier der gleiche Ehrgeiz packt, wie beim Sport ...

»Cal?«, haucht er.

»Aye?« Ich blicke auf.

»Können wir das hier so wie beim normalen Training machen?«

»Wie meinst du das?«, frage ich stirnrunzelnd.

Er beißt sich auf die Lippe und senkt verlegen den Blick. »Na ohne Schlüpfer ...«

Ich lache schallend auf, zerre ihm das hässliche Ding von den Hüften und werfe es weit weg. Und ich hatte gerade noch Angst, ihn zu überfordern?

»Du aber auch«, fordert er.

Noch immer lachend ziehe ich auch meine Boxershorts aus und werfe sie weg. Offensichtlich bin ich an einen kleinen Gierschlund geraten. »Die sollten mal eine neue Disziplin bei den *Highland Games* einführen. Schlüpferweitwurf. Ich würde sofort antreten.«

»Ich würde dich auf jeden Fall anfeuern und dir meine Unterhosen zur Verfügung stellen.«

Langsam werde ich wieder ernst und lasse meine Hand in seinen Schritt gleiten. Die Karotte steht wie erwartet stramm. Ich lege meine Finger darum, mein Daumen gleitet über die feuchte Spitze und reibt ein wenig.

»O Gott«, flüstert Ian und schließt die Augen. Seine blassen Schenkel beben unterschwellig.

»Fühlt sich das gut an?«

»Mächtig gut.« Er bewegt mir seine Hüften entgegen und stößt selbstvergessen in meine Faust, so warm und fest.

Nach einer Weile fasse ich nach seiner Hand und führe sie in meinen Schoß. Er versteht. Schließt die Finger um meinen Schwanz und lässt sie unbekümmert tänzeln. »So ist es gut«, flüstere ich ihm ins Ohr, während ich weiter an ihm herumspiele. »Genau so.«

Sein Griff wird fester, selbstsicherer. Er massiert meine Eichel mit seinen Fingerspitzen. Ich muss mich ziemlich zusammenreißen, denn ich merke, wie lange ich auf dem Trockenen gesessen habe und keinen Sex mehr hatte. Fast schon entrückt stößt Ian weiter in meine Hand, die Augen geschlossen, und immer wieder entkommt ihm ein winziges Stöhnen, das seine Stimme wunderbar warm und heiser klingen lässt. Ich rücke näher an ihn heran, drücke meine Nase in sein schönes, rotes Haar und atme seinen Duft, während ich ihn weiter bearbeite. Und er mich.

»Cal?«, stöhnt er wieder leise. »Ich möchte, dass du zuerst kommst.«

Ich halte inne. »Warum?«

»Weil ich es sehen will und ... und dann selber kommen.«

Kann mich mal eben jemand wiederbeleben? Das ist ja gerade der Hauptgewinn. »Gern«, gebe ich mit belegter Stimme zurück, weil sie mir verreckt.

Er lässt meinen Schwanz los und setzt sich auf meine Schenkel, die Decke wie eine Zeltplane auf seinem Rücken, als wollten wir gleich heimlich nachts im Bett lesen. Seine Miene wirkt so konzentriert, dass ich mir das Lachen verkneifen muss. Er beugt sich nach vorn, legt Daumen und Zeigefinger der einen Hand um meine Schwanzwurzel und die andere Hand um meinen Schaft. Er wird sich nicht lange abmühen müssen, ich bin jetzt schon bis zum Zerreißen gespannt. Kann kaum hinsehen, wie seine Fingerspitzen neugierig mit meinen Lusttropfen spielen. Meine Hüften entwickeln ihr Eigenleben und bewegen sich ihm rhythmisch entgegen.

»Mache ich es richtig?«, will er wissen.

»Frag nicht so viel« keuche ich und starre auf seine Hände, die meinen Schwanz bearbeiten. Wie die Spitze daraus hervorschnellt und wieder verschwindet. Wie Ian mit gespreizten Schenkeln auf mir sitzt, das eigene Glied hart und appetitlich in die Höhe ragend. Das ist noch schlimmer als Eis am Mundwinkel und Sahne an der Nasenspitze. Ich komme so plötzlich und so heftig, dass es ihm bis an die Brust spritzt. Auf diese sommersprossige Sternenhimmelbrust. Scheiße. Da hat sich verdammt viel aufgestaut, es hört gar nicht mehr auf. Die letzte Welle überrollt mich, lässt mich zittern, als würde ich frieren. Ich schaue Ian atemlos an. Er wirkt fast ein bisschen erschüttert.

»Alles okay, Pünktchen?«

»Ja. Wow ...«

Ich setze mich auf und küsse ihn. Pflücke ihm sein leises Staunen von den Lippen. Er legt seine klebrigen Hände an meinen Rücken und streichelt mich unbeholfen. Ich schiebe die Decke beiseite und drücke ihn sanft nach hinten, bis er auf meinen Beinen zum Liegen kommt, die eigenen Beine um meine Hüften geschlungen. Sein Atem geht beschleunigt. Meine Hände gleiten über seine Brust, fühlen die Rippen, spielen an den harten, kleinen Nippeln, rollen sie zwischen den Fingern, kneifen und liebkosen. Obwohl es nicht allzu warm hier drin ist, ist das Haar an Ians Schläfen feucht. Ich setze das Spiel fort, bis er leise winselt, bevor ich endlich wieder seinen Schwanz umfasse. Ich kann nur mit Mühe der Versuchung widerstehen, einen Finger zwischen seine Pobacken gleiten zu lassen. Aber das wäre zu viel für heute. Stattdessen bekommen eben auch noch seine hübschen, strammen Hoden meine Aufmerksamkeit. Ich streichle und knete sie, während ich ihn mit der anderen Hand sanft wichse. Seine Schenkel spannen sich an. Er krallt sich in die Laken und stößt kleine, keuchende Laute aus, die mich schier um den Verstand bringen. Ich spüre das verräterische Zucken in seinem Glied und er kommt. Schlingt seine Beine fester um meine Hüften und bäumt sich auf, ergießt sich schwallartig über meine Hand. Sein süßes Gesicht nimmt einen ekstatischen Ausdruck an, der fast schon brutale Bilder in meinem Kopf entstehen lässt – nämlich, wie ich ihm die Beine gegen den Bauch drücke, mich in ihm versenke und ihn durchnehme, bis er Willie Burns und alle anderen Schotten auf dieser Welt vergisst. Bis auf mich natürlich. Aber der Gedanke verflüchtigt sich so schnell, wie er kam. Ich könnte nie brutal oder grob zu ihm sein.

Er bleibt noch eine ganze Weile vor mir liegen, die Augen mit dem Unterarm bedeckt. »Hab' ich dich vorhin wirklich zum Orgasmus gebracht?«, fragt er, während ich meine Hände mit einem Taschentuch und heimlich ein wenig mit meiner Zunge säubere. Er schmeckt so süß, wie er ist.

»Wonach sah es denn deiner Meinung nach aus?«, erwidere ich und hebe amüsiert eine Braue.

»Ja, schon, aber vielleicht musstest du ja auch die ganze Zeit an jemand anderen denken oder so, damit es ging.«

Ich seufze. »Nein, musste ich nicht. Wer so schönes rotes Haar hat wie du, sollte schon ein wenig selbstbewusster sein. Es ist aber nicht schlimm, wenn man sich dabei jemanden oder etwas anderes vorstellt, was einen erregt«, setze ich nach, weil er höchstwahrscheinlich Willie im Kopf hatte und ich nicht möchte, dass er deswegen Gewissensbisse bekommt.

Er blinzelt mich an. »Verstehe. Ich habe aber auch nicht an jemand anderen gedacht. Ich habe nur deine Hände auf mir gesehen und gefühlt und das hat irgendwie schon gereicht.«

»Oh, ich bin durchaus geschmeichelt, dass du Willie Burns nicht mit in mein Bett genommen hast«, versetze ich und wische ihm lächelnd die Brust von meinem Sperma sauber.

»Das würde ich niemals machen«, erwidert er fest. »Du bist du und er ist er.«

»Ist schon gut, Pünktchen.« Ich strecke mich neben ihm aus und ziehe die Decke über uns. Wir liegen verkehrt herum, mit den Köpfen am Fußende, aber das macht nichts. Denn ich bin der große Löffel und er der kleine. Alles andere ist zweitrangig. »Vielleicht kannst du ja jetzt besser schlafen.« Ich hauche ihm einen verstohlenen Kuss auf den Hinterkopf.

»Ich soll bis morgen bleiben?«

»Willst du jetzt noch los? Ich mach' uns morgen Frühstück.«

»Wenn ich dich nicht nerve, bleibe ich gern.«

»Du nervst doch nicht.«

Er lacht leise und schmiegt sich in meine Arme. »Dass ich dich das mal sagen höre ...« Seufzend schließt er die Augen, dreht sich aber Momente später zu mir um und blinzelt. »Würde es dich stören, wenn ich bis morgen früh mein Auge rausnehme? Ich hab's beim Schlafen nicht so gern drin.«

Ach du Schreck. »Aye, tu das. Muss es irgendwo ... eingelegt werden?«

Er kichert und setzt sich auf. »Es ist ein Auge, kein Gebiss.«

Als er Anstalten macht, die Prothese herauszunehmen, wende ich mich verlegen ab, weil ich nicht weiß, ob er will, dass ich ihm dabei zusehe.

»Mach am besten gleich das Licht aus, dann musst du es nicht sehen«, schlägt er vor und legt die Prothese auf den Nachttisch. »Es ist nicht schön. Ich gehe sie gleich nach dem Aufwachen abspülen und mache sie wieder rein.«

»Nein, Ian. Sieh mich an.« Er dreht sich nicht um. Ich umfasse sein Kinn und zwinge seinen Kopf sanft zu mir. Dort, wo vorher die Prothese war, hängt das Lid jetzt schlaff herunter. Die Augenhöhle wirkt ein wenig eingefallen. Aber nichts daran ist in irgendeiner Weise schlimm oder erschreckend. Er ist hübsch und süß wie immer. Er braucht dazu keine zwei Augen. Ich beuge mich zu ihm nach vorn und gebe ihm einen Kuss auf die Wange. Wir legen uns wieder hin, diesmal richtig herum. Dann schalte ich das Licht aus. »Gute Nacht, Pünktchen.«

»Gute Nacht, Cal.«

Ich freue mich, dass er bald einschläft, denn er hat

seinen Schlaf nötig. Ich selbst liege jedoch bis zum Morgen wach. Seine Nähe macht es mir unmöglich, ein Auge zuzutun. Er ist so warm und weich, aber auch ein wenig kantig, weil er so dünn ist. Irgendwann krallt er sich im Halbschlaf mein Herzkissen und schiebt es sich unter den Kopf. Ich halte ihn fest und streichle ihn, lausche seinem gleichmäßigen Atem. Als es hell wird und die Vögel schon aus voller Kehle penetrant von den Bäumen brüllen, löse ich mich von ihm, denn ich muss dringend pinkeln gehen. Ian schläft noch immer tief und hält das Herzkissen fest umklammert.

*Genau das machst du mit meinem Herzen. Genau das. Du zerquetschst es förmlich und merkst es nicht mal. Das muss aufhören.*

Ich kann nicht anders, als mich zu ihm herabzubeugen und an seinem Rotschopf zu schnüffeln. Es heißt, Rothaarige hätten einen besonderen Eigengeruch. Der hier riecht jedenfalls wie ein verdammter Muffin, und zwar frisch aus dem Ofen. Es ist zum Verzweifeln. Ich stehe auf. Sein Glasauge blickt mich vorwurfsvoll vom Nachttisch an. Aye, ich weiß. Ich sollte nicht. Aber er will doch auch ...

»Callum?«, spricht er mich plötzlich schlaftrunken an. Ich springe vor Schreck fast durch die Fensterscheibe. »Das Kissen riecht gar nicht nach Hund«, murmelt er und lächelt in sich hinein. »Es riecht nach dir.«

»Ist das so viel besser?«, frage ich leise, bekomme jedoch keine Antwort. Er ist wieder eingeschlafen.

143

# Kapitel 14

»Auch eine Schürze
kann sexy machen.«

## IAN

Ich weiß gar nicht, wann ich zum letzten Mal mit einem Lächeln aufgewacht bin. Bin ich das seit meiner Pubertät überhaupt schon mal? Kann mich nicht erinnern. Aber jetzt komme ich aus dem Grinsen gar nicht mehr raus.

Für einen Moment wusste ich erst mal gar nicht, wo ich bin. Und wer. Und wie viele. Alles hat sich so anders angefühlt. Die Bettwäsche an meiner nackten Haut, der fremde und irgendwie doch vertraute Geruch, die Lichtverhältnisse. Dann ist es mir aber wieder eingefallen: Ich bin in Callums Schlafzimmer.

*Bumm.*

Ich erinnere mich wieder. Wow, was für ein Erlebnis! So unerwartet. Ich wollte ihm nur eine gute Nacht wünschen, stattdessen hat er uns beiden eine gute Nacht bereitet.

Und wie schön es war! Ich konnte mich einfach mal entspannen, ohne so viel über alles nachzudenken. Callum sieht mich nie komisch an, nicht einmal, als ich meine Prothese herausgenommen habe. Und er ist so geduldig mit mir und meiner Ahnungslosigkeit. Ich glaube, es ist manchmal doch gar nicht schlecht, sich auf einen älteren Mann einzulassen. Gerade, wenn man so planlos und unerfahren ist wie ich, kann ein erfahrenerer Liebhaber, der den ersten Hormonrausch schon überlebt hat, sehr nützlich sein. Bei Callum muss ich mich nicht klein und hässlich fühlen. Wenn er mich anschaut, verunsichert mich das zwar für den Moment trotzdem, aber ich komme mir nicht mehr so fürchterlich vor, wie meistens sonst. Das bringt mich alles so ins Grübeln. Ich setze mich auf und sehe mich im Zimmer um. Die Morgensonne scheint zum Fenster herein und wie immer muss ich davon niesen. Es ist ein schönes Schlafzimmer, sogar ein bisschen kitschig. Das Bett ist groß und aus dunklem Holz, genau wie der Kleiderschrank. Die Wände und die Gardinen sind hell. Besonders gefällt mir aber die Bettwäsche im Tartanmuster, und auch der Teppich ist dezent kariert. An der Wand hängen zwei Bilder mit gepressten Blumen. Ein Raum zum Wohlfühlen. Wer hätte gedacht, dass der grummelige Taxifahrer Blumenbilder mag? Wahrscheinlich niemand, aber Rosamunde Pilcher würde ja auch keiner in seinem TV-Programm vermuten.

Ich kenne Callum seit ungefähr fünf Jahren, wobei *kennen* zu viel gesagt ist. Wir sind uns regelmäßig im Pub begegnet, wenn wir seine Taxidienste für unsere Gäste in Anspruch genommen haben. Er war nie gesprächig oder gesellig, meistens schlecht gelaunt, aber irgendwann hat er mir einfach den Spitznamen *Pünktchen* verpasst und mich seither kaum anders gerufen. Ich habe mich immer darüber geärgert, weil ich davon überzeugt war, dass es abwertend sein soll wie *Glubschauge*. Aber inzwischen weiß ich ganz sicher, dass er nie wirklich böse Dinge zu mir sagen würde und schon gar keine, die mein Äußeres betreffen. Das *Pünktchen* ist einfach lieb gemeint. Callum *ist* lieb. Man merkt es nur nicht sofort. Er kann es nicht so gut zeigen. Ich hoffe, dass Willie mir auch dieses gute Gefühl geben kann, wenn er erst mal erkannt hat, dass ich mehr als nur ein trotteliger Kellner bin. Und wenn nicht Willie, dann vielleicht irgendein anderer, der mich haben will.

Ich stehe auf, recke und strecke mich und lächle immer noch. Geht irgendwie nicht anders. Da müssen Magneten in der Zimmerdecke sein, die meine Mundwinkel nach oben ziehen. Ich nehme meine Augenprothese in die Hand und verlasse das Schlafzimmer. Dem Geruch nach zu urteilen, der vom Erdgeschoss heraufzieht, darf ich heute wieder wie Gott in Schottland frühstücken. So verwöhnt wurde ich im ganzen Leben noch nicht.

»Cal?«, rufe ich die Treppe hinunter.

»Aye?« Er streckt seinen Kopf zur Küchentür heraus und grinst anzüglich, weil ich splitternackt bin.

»Darf ich bei dir duschen?«

»Klar. Aber nicht zu lange, sonst wird das Essen entweder kalt oder es brennt an.«

»Ist gut.« Ich drehe mich um, um ins Bad zu gehen.

»Netter Hintern, Pünktchen«, ruft mir Callum hinterher.

Meine Ohren glühen, und als ich im Badezimmer einen Blick in den Spiegel werfe, stelle ich fest, dass auch mein Gesicht knallrot ist. Ein bisschen habe ich ja das Gefühl, die Kontrolle zu verlieren, aber auf eine gute Art. Nicht, dass ich vorher allzu viel Kontrolle über mein Leben gehabt hätte ...

Frisch geduscht und leider alt angezogen gehe ich hinunter zum Frühstück. Callum steht am Herd und brät etwas. Er trägt eine karierte Schürze und ich muss zugeben, dass auch eine Schürze irgendwie sexy machen kann, wenn sie an einem ansehnlichen Körper hängt.

»Gut geschlafen?«

»Bestens«, erwidere ich und grinse. »Muss am Hundekissen gelegen haben.«

Er lacht. »Es gibt Eier, Bohnen, Speck und Breakfast Pudding. Tee steht schon da.«

»Man merkt wirklich, dass ihr mal eine Pension hier hattet.« Ich gähne herzhaft und nehme Platz. »Hast du damals auch für die Leute Frühstück gekocht?«

»Mal ich, mal meine Mutter. Eigentlich hat es mir immer Spaß gemacht, die Leute zu bewirten, ihnen ein Zimmer herzurichten und sie ein wenig herumzufahren. Zeitweise habe ich auch geführte Wanderungen angeboten oder Ausflüge in die Umgebung. Aber als Einzelperson ist mir das zu viel, daher habe ich es aufgegeben, nachdem meine Mutter in die Seniorenresidenz gezogen ist.«

»Besuchst du sie manchmal?«

Er wirft mir einen entrüsteten Blick über die Schulter zu. »Natürlich besuche ich sie. Mindestens zweimal die Woche. Meist kann ich es gleich mit einer Fahrt verbinden. Es geht ihr gut, aber sie kann eben keine Treppen mehr steigen und braucht Hilfe im Alltag. Das war in diesem Haus hier nicht mehr zu machen.«

»Ich habe meine Eltern und meinen Bruder zum letzten Mal vor zwei Jahren besucht«, gestehe ich kleinlaut. »Sie kommen meistens zum Boxing Day hierher und laden mich und Grandad nach Glasgow ein, aber wir wissen beide nicht, was wir dort sollen.«

»Mal rauskommen aus dem Dorf«, schlägt Callum vor.

»Und dann? Ist doch alles nur laut und nervig.«

»Stimmt.«

Er richtet mein Frühstück auf einem Teller an und stellt es mir hin. »Danke. Das sieht ja wieder lecker aus. Cal?«

»Hm?«

»Wir müssen das unbedingt wieder tun«, flüstere ich ein bisschen verschämt.

»Was meinst du?«

»Das von heute Nacht meine ich. Ich fühle mich so ... wow.«

Er lässt sich auf seinem Stuhl nieder und ein kleines Lächeln liegt auf seinen Lippen. »Okay?«

»Mein ganzer Körper kribbelt immer noch«, erkläre ich weiter. »Ich kann mich irgendwie auf gar nichts anderes mehr konzentrieren. Ich habe mir nie vorgestellt, dass es *so* ist. Ich weiß gar nicht, ob ich heute trainieren kann in dem Zustand.«

Schmunzelnd pickt Callum mit der Gabel in seinen *Baked Beans* herum. »Wenn du ein bisschen Druck abgebaut hast, dann klappt es auch wieder mit der Konzentration.«

»Das sagst du so einfach«, gebe ich ein wenig unglücklich zurück. »Ich habe das Gefühl, da ist so viel Druck, dass es ein paar Jahre dauern wird, bis der abgelassen ist.«

Er feixt in sich hinein. »Das Gefühl hatte ich in deinem Alter auch immer. Ich bin dir gerne behilflich, ein bisschen davon loszuwerden, wenn du willst. Ich hatte schon fast so lange keinen Sex mehr, wie ich nicht mehr saufe.«

»O Gott!« Ich reiße meine Augen auf und starre ihn an. »Wie hast du das denn ausgehalten?«

Er lacht schon wieder und ich schäme mich ein bisschen. Wahrscheinlich komme ich ihm total notgeil vor. »Also, ich habe zwei gesunde Hände. Und gelegentlich schaue ich auch andere Filme als Rosamunde Pilcher.«

Leider muss ich mir sofort vorstellen, wie er sich selbst befriedigt, und habe schon wieder einen Harten. Was ist nur mit mir los?

Wir frühstücken in Ruhe und beschließen danach spontan, noch bis zum Mittag zur Schaf-Arena zu fahren und ein paar Runden zu üben. Meine Latte hat sich inzwischen zum Glück von alleine wieder verflüchtigt. Nachdem ich drei Runden unfallfrei hinter mich gebracht habe, legt Callum die Hürden höher und das große Hinfallen beginnt wieder von vorn.

»Ist es eigentlich erlaubt, Knieschoner zu tragen beim Wettbewerb?«, frage ich und schaue mir selbige an, die schon ziemlich zerschrammt aussehen, aber meine armen Knie vor weiteren Verletzungen schützen.

»Du kannst auch einen Sturzhelm tragen oder dich in Luftpolsterfolie wickeln, wenn du willst«, erwidert Callum. »Dich nimmt dann halt nur keiner ernst.«

»Mist. Andererseits, wird mich denn überhaupt jemand ernst nehmen, ob nun mit Helm und Knieschonern oder ohne?«

»Ich nehme dich ernst genug, um das hier mit dir zu machen, also gib dir Mühe.«

Haggis bellt einmal, wie um die Antwort seines Herrchens zu untermalen, und trottet dann hinüber zu den Schafen. Callum gießt sich Tee ein, überkreuzt die Beine und nickt mir auffordernd zu.

Also, weitermachen. Nicht aufgeben. Nicht hinfallen. Und vor allem: Nicht aufhören, an mich selbst zu glauben.

»Oh, ein seltener Gast!« Mein Großvater steht in der Tür zum Wohnzimmer, als ich nach Hause komme. »Du lässt dich ja hier kaum noch blicken.«

»Entschuldigung«, bitte ich zerknirscht. »Ich habe im Moment einfach viel zu tun. Das Training, die Arbeit ...«

»Übernachtest du gleich auf der Arbeit, oder warum bekomme ich dich nicht einmal mehr am Frühstückstisch zu sehen?« Er stemmt die Hände in die Hüften und runzelt die Stirn. »Warst du wieder bei diesem Colin?«

»Callum«, berichtige ich ihn, »und ja, stimmt, da war ich.«

»Und wirst du mir endlich mal verraten, was ihr treibt? Ist er ein guter Junge?«

»Wir sind nur Freunde«, betone ich noch einmal und hoffe, nicht rot anzulaufen. *Friends with benefits*, sozusagen. »Er ist ein netter Mann. Mehr als fünfzehn Jahre älter als ich, also ganz bestimmt kein Junge mehr und vor allem kein geeigneter Partner für mich.«

»Du verbringst aber sehr viel Zeit mit ihm. Ist er auch vom anderen Ufer?«

»Grandad!«, rufe ich entsetzt. »Das geht dich nichts an.«

»Wieso denn nicht?«, erwidert er. »Wir leben im einundzwanzigsten Jahrhundert, das ist doch heutzutage alles kein Problem mehr.«

»Denkst du. Aber bis vor ein paar Jahren war das noch anders. Margaret Thatcher und so. Die Leute waren da noch nicht so frei. Es will nicht jeder seine Sexualität an die große Glocke hängen.«

»Ach, die Thatcher.« Er winkt ab. »Ich bin achtundsiebzig Jahre alt, jetzt erzähl du mir nichts davon, wie unfrei die Leute früher waren, während dir noch die Eierschalen hinter den Ohren hervorkrümeln. Ich sag's dir, *my wee bonnie*: Nimm bloß keinen, der nicht den Mumm hat, zu dir zu stehen. Der verdient dich nicht. Verstecken kannst du auch mit dir alleine spielen. Du brauchst keinen Feigling an deiner Seite.«

»Ist gut, Grandad.«

»Ich mein's ernst, Junge. Diese ganze Geheimniskrämerei macht mich zutiefst misstrauisch. Lass' dich ja auf keinen ein, der dich nur im Bett gebrauchen will. Das sind keine guten Männer, sondern Hallodris. Die denken nur an sich und wollen nichts als ihren Spaß. Danach werfen sie dich weg. Deine Großmutter hatte ihr Vergnügen mit so einem. Hat Glück gehabt, dass ich sie genommen habe, obwohl sie Gregory schon im Bauch hatte.«

»Onkel Gregory ist gar nicht von dir?«, frage ich erschüttert. Was tun sich denn hier gerade für dunkle Familiengeheimnisse auf?

Mein Großvater wirkt mindestens genauso entsetzt. »Natürlich nicht! Hast du ihn dir mal angesehen? Von wem soll der denn seine Kartoffelnase haben? Von mir ganz bestimmt nicht. Hab' dem Bengel meinen Namen gegeben und meine Erziehung, damit aus ihm noch was wird. Uneheliche Kinder hatten es damals nicht leicht. Schwanger kannst du ja zum Glück nicht werden. Pass aber trotzdem auf, mit wem du dich einlässt. Du bist ein braver Junge, *my wee bonnie*, aber brave Menschen werden gerne ausgenutzt, ich sag's dir.«

»Ist ja gut, Grandad«, erwidere ich und hebe beschwichtigend die Hände. »Ich bin Callum wirklich nur freundschaftlich verbunden.« Ich lüge ihn nicht gerne an, manche Sachen muss er allerdings echt nicht wissen.

»Aber du wünschst dir mehr?«

»Nein, wie kommst du darauf?«

»Ist so ein Gefühl.«

Vehement schüttle ich den Kopf. »Lieb, dass du so um mich besorgt bist, Grandad. Aber es gibt wirklich keinen Grund. Mir geht es gut.«

Er nickt noch einmal nachdrücklich und geht zurück ins Wohnzimmer. Ich verschwinde nach oben in mein eigenes Zimmer und denke nach über das, was er zu mir gesagt hat.

Bin ich jetzt eigentlich ein Hallodri? Ich gebrauche Callum ja sozusagen fürs Bett. Will nichts als meinen Spaß und ein bisschen was lernen. O Gott, ist auf einmal ein *Bad Boy* aus mir geworden? Ein gewissenloser Verführer?

Plüsch-Nessie, die auf meinem Bett sitzt, sieht aus, als wolle sie mich gleich auslachen. »Vielen Dank«, murre ich. »Du hast wohl gedacht, ich kuschle für den Rest meines Lebens nur mit dir? Vielleicht musst du mich bald teilen. So ein echter Mensch, an den man sich anschmiegen kann, ist etwas ziemlich Tolles. Ganz warme Haut.« Ich seufze.

Dann kommt mir ein anderer Gedanke wegen dem, was mein Großvater gesagt hat. Ist es feige von Callum, sich nicht zu outen, obwohl er ja an Willie gesehen hat, dass einen die Leute dafür zumindest hier nicht mehr verachten? Aber kann man einfach so raus aus seiner Haut, wenn man anders erzogen wurde? Ich kann es mir nicht richtig vorstellen, aber andererseits kann ich mir ja auch nicht vorstellen, wie Menschen mal ohne das Internet klargekommen sind oder so. Mein Outing war kein großes Problem. Aber wenn es so einfach ist, warum bewundere ich dann eigentlich Willie? Weil er es nicht wie ich nur Familie und Freunden einfach mal gesagt hat, sondern öffentlich zelebriert? Ich weiß es ehrlich gesagt selbst nicht so genau. Gibt es bessere und schlechtere Outings? Und würde Willie zu *mir* stehen? Warum denke ich überhaupt, dass er sich irgendwann zu mir herablässt? Gerade war ich noch so motiviert, nicht den Glauben an mich selbst zu verlieren. Jetzt ist irgendwie schon wieder alles Asche.

Der Sex mit Callum hat meinem Selbstbewusstsein einen Boost gegeben, denn ich fühle mich auf einmal begehrt. Und ich habe einen anderen Mann zum Orgasmus gebracht! Andererseits hatte dieser Mann laut eigenen Angaben schon um die zehn Jahre keinen Sex mehr. Da hatte er sicher so viel Druck, dass er wahrscheinlich sogar eine Klobürste mit aufgeklebtem Gesicht bestiegen hätte.

*Meh.*

Ich bin schon noch besser als eine Klobürste. Denke ich.

Also zumindest besser als eine benutzte. Seufzend lasse ich mich auf mein Bett fallen, kuschle mich in die Nessie-Bettwäsche ...

... und fühle die ersten Anflüge von Migräne. Klasse, wer braucht denn sowas jetzt? Habe ich schon die ganze Zeit zu wenig Blut im Hirn und bekomme jetzt Kopfweh davon? Ich nehme eine Tablette und warte, dass die Wirkung einsetzt, aber irgendwie bessert sich nichts, sondern wird eher schlimmer. Toll. Ich glaube, ich muss mich krank melden.

# Kapitel 15

*»Ich nenne dich ja auch nicht einfach Tripper-Willie.«*

## CALLUM

Haben die Leute eigentlich einen Radar dafür, wenn ich es mir gerade gemütlich gemacht habe? Jedenfalls brauchen sie immer genau dann ein Taxi. Als ich allerdings die Nummer des *White Boar* auf meinem Display erkenne, bin ich sofort milder gestimmt, weil ich bestimmt gleich Ian am anderen Ende der Leitung hören werde.

Ich nehme den Anruf an. »Hallo Pünktchen?«

»Hallo?«, brüllt es vom anderen Ende der Leitung, dass ich den Hörer ein Stück von Ohr weghalten muss, um ernsthafte Schäden zu vermeiden. Das ist definitiv nicht Ian.

Ich räuspere mich. »Aye, MacTavish Taxi hier. Was gibt's?«

»Hallo, hier ist Jamie vom *White Boar*! Hier ist ein Fahrgast, der nach Inverness gebracht werden möchte.«

»Okay, ich bin in fünf Minuten da.«

Seufzend lege ich auf und stemme mich unter Ächzen und Stöhnen vom Sofa hoch. Warum hat nicht Ian angerufen? Er hat doch heute Dienst. Er ruft sonst immer an, weil Jamie am Telefon naturgegeben etwas schwieriger ist. Hat er gerade keine Zeit? Oder ist er sauer auf mich? Oder gehemmt, wegen letzter Nacht? Ich bin mir nie sicher, ob er nicht doch mit dem überfordert ist, was wir tun. Ob ich nicht *zu* weit nach vorn presche. Aber eigentlich habe ich das Gefühl, dass es Ian guttut. Allein, wie er heute Morgen mit mir darüber geredet hat ... mal sehen, wie er mir gleich gegenübertritt, wenn ich den Fahrgast abhole. Aber als ich das Pub betrete, ist Ian nirgends zu entdecken.

»Wo ist Pünktchen?«, frage ich Ewan, der gerade aus der Küche kommt.

»Krank«, murrt der. »Hat eine Stunde vor Schichtbeginn angerufen. Jetzt musste ich einspringen. Hab' daher leider keine Zeit zum Plaudern.«

Ohne weiteren Kommentar lässt er mich stehen. Wow. Ich dachte immer, *ich* hätte manchmal schlechte Laune, aber ich glaube, Ewan kann das sogar noch ein kleines bisschen besser. Seine Auskunft bereitet mir allerdings Sorgen. Ian ist krank? Heute Mittag ging es ihm doch noch bestens. Entweder hat ihn ein fieser Virusinfekt heimgesucht oder er hat irgendetwas anderes auf dem Herzen, weswegen er sich verkriecht. Ist etwas passiert? Ist es meine Schuld? Oder hat es etwas mit diesem Willie–

»Hey, Taximann!«, haut mich genau dieser Willie von der Seite an. Allein dafür sammelt er bei mir schon Minuspunkte.

Ich fahre herum und runzle die Stirn. »Mr MacTavish, wenn ich bitten darf. Oder wenigstens Callum. Aber bitte nicht Taximann.« *Ich nenne dich ja auch nicht einfach Tripper-Willie, zumindest nicht, wenn du dabei bist.*

»Okay, Callum, können wir dann jetzt fahren?«

»Aye.« Großartig. Ich vergehe vor Sorge um Ian, würde am liebsten bei ihm vorbeischauen; stattdessen muss ich diesen Blödmann heimfahren, den er anhimmelt. Aber vielleicht ist das eine gute Gelegenheit, um ihm ein wenig auf den Zahn zu fühlen. Auch wenn ich mir dabei vorkomme, als sei ich Ians Vater.

Wir verlassen das Lokal. Er wirkt angetrunken, aber nicht sturzbesoffen. Mit einem Seufzen nennt er mir die genaue Adresse, lässt sich auf dem Beifahrersitz nieder und ich kann zumindest nachvollziehen, was Ian äußerlich an ihm findet. Er ist ein großer, kräftiger Kerl. Stramme Schenkel spannen seine Jeans, er hat einen ordentlichen Bizeps und sichtbare Brustmuskeln. Überhaupt nicht mein Typ – ich mochte es schon immer eher zart – aber ich war selbst mal einer von dieser Sorte. Jahrelange sportliche Inaktivität haben allerdings meine Muskeln schrumpfen und mich ziemlich durchschnittlich werden lassen. Nur an den Armen und an der Brust ist noch ein bisschen was übrig, vom Holzhacken und den Arbeiten rund ums Haus. Auf jeden Fall bin ich noch fitter als mein fauler Hund. Steht Ian eigentlich auf Blond, oder würde er diesen Willie auch heiß finden, wenn er braunhaarig wäre? Und fünfzehn Jahre älter? Mit Bart?

*Also wenn er du wäre, Idiot?*

Manchmal hasse ich meine innere Stimme, weil sie mich immer so ungalant auf meine eigene Dummheit hinweisen muss. Ich habe Ian unverbindlichen Spaß versprochen und sollte mich so langsam selbst einmal daran halten, anstatt in irgendwelchen albernen Gefühlen zu versumpfen. Was muss er aber auch so niedlich sein!

»Du bist also der gefeierte Champion der letzten *Highland Games*«, beginne ich eine Unterhaltung. Ich gehe davon aus, dass man diesen Kerl am ehesten bei seiner Eitelkeit packen kann. »Gedenkst du, deine Titel in diesem Jahr zu verteidigen?«

»Na klar. In diesem und auch in den nächsten Jahren.«

»Toll. Ich war auch mehrfacher Champion bei den örtlichen Spielen.«

»Aha?« Er wirft mir einen skeptischen Seitenblick zu. »Muss lange her sein.«

*Ruhig bleiben, Callum. Du kannst ihn jetzt nicht verprügeln, während du ein Auto lenkst.* »Ja, schon eine Weile.«

»Warum trittst du nicht mehr an?«

»Ich habe auf dem Höhepunkt meiner Wettbewerbskarriere aufgehört, damit sich die Leute an meine Siege und nicht an meinen Abstieg erinnern. Außerdem sollte man irgendwann den jüngeren Leuten Platz machen.«

»Stimmt.«

»Ich finde es ziemlich mutig, wie du auftrittst. Die ganze Sache mit deinem Regenbogenkilt und so. Würde ich mich nicht trauen.« Mich hebt es fast beim Sprechen dieser Worte.

»Soll ich mich lieber schämen oder was?«, gibt er entrüstet zurück.

»Natürlich nicht«, erwidere ich. »Ich meine ja nur. Andere hätten bestimmt Angst vor Diskriminierung.« Ich zum Beispiel.

»Nö. Es ist zweitausendsiebzehn, zumindest hierzulande haben's die meisten Leute kapiert. Du bist der Star, wenn du dich outest. Nicht der Loser. Man muss die Leute schon ein bisschen zur Toleranz schubsen. Klappt aber nicht, wenn man sich versteckt.«

»Bei der aktuellen politischen Lage würde ich mir dessen nicht ganz so sicher sein«, gebe ich zurück.

»Dein Gelaber kommt mir irgendwie komisch vor«, antwortet er mit hörbarem Misstrauen. »Willst du mir unterschwellig drohen? Hast du was gegen Schwule?«

»Nein, selbstverständlich nicht.« *Wenn du wüsstest.*

Ein längeres Schweigen entsteht. Ist gar nicht so einfach,

mit dem Kerl ein Gespräch am Laufen zu halten. »Du bist in letzter Zeit öfter im *White Boar*«, bemerke ich nach einer Weile.

Stirnrunzelnd blickt er mich an. »Sag mal, stalkst du mich oder was?«

»Nein. Ich sehe dich nur öfter, wenn ich Gäste von dort hole, und du fällst ja auf. Ich habe dich und deine Kumpels schon einmal nach Hause gefahren.« Ich räuspere mich. »Ein Freund von mir arbeitet dort. Ian. Der Rothaarige.«

»Der? O Gott.« Willie klatscht sich mit einer Hand an die Stirn. »Kannst du dem mal sagen, dass er sich einen anderen Job suchen soll? Der geht ja gar nicht.«

Ich kralle meine Hände so fest um das Lenkrad, als wollte ich es erwürgen. »Ich finde, er macht seine Sache gut«, bringe ich mit mühsam unterdrücktem Ärger hervor.

Willie schnaubt. »Dann hat er dich noch nie bedient. So eine nervöse Nellie. Vor ein paar Wochen hat er mir mein komplettes Abendessen aufs Shirt geklatscht. Er wirft auch laufend Biergläser um oder gießt daneben, wenn er Wein an einem Tisch einschenken soll. Fremdschämalarm hoch eine Million.«

»Er kann nicht dreidimensional sehen«, erkläre ich dem Kerl, obwohl ich weiß, dass es ihn überhaupt nicht interessieren wird. »Er hat eine Augenprothese.«

»Also ich hab' mal 'nen Einäugigen gekannt, der kam super klar und gar nicht so – sorry – dämlich daher wie der. Klar, du musst ihn verteidigen, er ist dein Freund. Würd' ich auch machen. Aber ich würde dem Freund dann auch sagen, dass er in seinem Job eine Scheißbesetzung ist. Ist ja jetzt auch nicht gerade ein Freundschaftsdienst, ihn da so rumhampeln zu lassen. Gibt doch tausend andere Jobs, wo das mit dem Sehen egal ist.«

»Er sucht die Herausforderung, um seine Schwächen zu

verbessern«, erwidere ich. Ein bisschen noch und ich erwürge nicht nur mein Lenkrad, sondern doch noch Willie.

»Dann soll er das irgendwo machen, wo er keinen damit nervt. Sorry, aber er macht mich manchmal schon sauer, wenn ich ihn nur sehe. Ich finde das auch irgendwo Mitleid heischend, wenn er da immer so auf seinem Auge rumreitet. Mein Gott, ich hab's ihm nicht ausgekloppt, aber soll es ausbaden oder was.«

*Und er ist so in dich verliebt,* geht es mir durch den Kopf. *Er übt alles Mögliche für dich und der Gedanke an dich motiviert ihn, über sich hinauszuwachsen. Du hast ja keine Ahnung, du Vollidiot. Du verdienst es nicht mal, die gleiche Luft wie er zu atmen.*

»Toleranz gilt also nur für sexuelle Orientierungen?« Ich kann mir die Bemerkung nicht verkneifen. »Aber ein gehandicapter Mensch soll sich verstecken?«

»Also, es gibt da schon einen Unterschied. Mit meiner sexuellen Orientierung falle ich keinen zahlenden Pubgästen zur Last.«

Ich schlucke hart an einer Erwiderung. Reden wäre hier umsonst. Der Kerl verdient eins auf die Schnauze. Wie um alles in der Welt soll ich Ian schonend beibringen, dass er sich in das letzte Arschloch verliebt hat, das er in den schottischen Highlands finden konnte? Er wird mir das vermutlich gar nicht glauben, sondern denken, ich sei eifersüchtig und wolle ihm alles schlechtreden. Oh, ich *bin* eifersüchtig. Aber wenn je eine Eifersucht ihre Berechtigung hatte, dann ja wohl diese. Der Rest unserer Fahrt verläuft schweigend, und das ist auch besser so. Jedes weitere Wort würde mich wahrscheinlich die Beherrschung verlieren lassen. Ich setze Tripper-Willie vor seinem Haus ab, er gibt mir ein lausiges Trinkgeld und schlägt grußlos die Autotür zu. Ich mache mich auf den Heimweg.

Es ärgert mich massiv, dass gerade so einer sich als Sinnbild der Toleranz feiern lässt. Die Leute haben doch gar keine Ahnung, wem sie da zujubeln. Mir ist schlecht. Noch schlimmer finde ich allerdings, was das für Ian bedeutet. Er wird am Boden zerstört sein. Alles hinwerfen, sich zurückziehen. Und wenn ich derjenige bin, der ihm die Botschaft überbringt, wird er vermutlich nicht einmal meinen Trost akzeptieren. Apropos zurückziehen: Ich weiß immer noch nicht, was mit ihm los ist. Das sollte ich unbedingt in Erfahrung bringen. Es ist erst kurz nach dreiundzwanzig Uhr, die Chancen stehen gut, dass er noch wach ist. Ich fahre kurz links ran und schicke ihm eine Nachricht:

*Hallo Pünktchen, habe gehört, du bist krank. Was ist los?*

Vielleicht antwortet er mir ja, bis ich zurück zu Hause bin. Tatsächlich vergehen keine zwei Minuten, bis mein Display aufleuchtet und mir eine neue Nachricht anzeigt. Man sollte während des Fahrens zwar nicht aufs Handy schauen, aber ...

*Bin krank :( Geht aber schon besser.*

Ich warte die nächste günstige Stelle zum Anhalten ab und stoppe.

*Was hast du?*

Der Messenger zeigt mir an, dass Ian schon eine Antwort tippt.

*Migräne. Hab mich ins Bett gepackt, bisschen geschlafen, jetzt geht es schon wieder.*

Hm. Migräne? Wirklich Migräne oder eher diese Ausreden-Migräne?

*Und das kam und ging einfach so?*

*Ja, das ist leider immer so. Kann viele Ursachen haben, z.B. Schlafmangel.*

Ist das ein Vorwurf? Ich fühle mich irgendwie schuldig, denn ich habe ihn ja schließlich um ein paar Stunden Schlaf gebracht.

*Training dann morgen ausfallen lassen?*

*Nein!!! :-o Auf keinen Fall. Ich freu mich schon drauf.*

Ich muss unwillkürlich lächeln.

*Aber nur, wenn es dir wirklich wieder gut geht.*

*Wird es! Hält immer nur ein paar Stunden an ;) Morgen ist alles wieder gut.*

*Ok. Habe gleich morgen früh zwei kurze Fahrten, wäre aber etwa ab halb elf vorerst frei. Kann dich direkt auf dem Rückweg abholen kommen.*

*Fein :) Hab morgen frei. Freu mich!*

Ich mich auch, das ahnst du gar nicht.

*Dann gute Nacht Pünktchen und gute Besserung.*

*Gn8 <3*

Er hat mir ein Herzchen geschickt? Ist das so üblich unter jungen Leuten, interpretiere ich da jetzt spontan zu viel hinein? Mein eigenes Herz fühlt sich schon wieder wie das Plüschkissen an, das er heute Morgen im Halbschlaf so fest an sich gedrückt hat. Ich wünschte, er würde *mein* Herz wollen und nicht das von Willie, falls der überhaupt eines hat. Auch wenn ich zu alt bin, nicht hübsch, zu abgewirtschaftet. Auch wenn ich nie einen Whisky mit ihm trinken kann und immer erst fragen muss, welche Zutaten er für seine Brownies verwendet hat. Aber er möchte mich nicht haben. Jedenfalls nicht so.

Ist es egoistisch von mir, jeden Krümel mitzunehmen, den ich ansonsten von ihm haben kann? Vielleicht. Ich werde kaum egoistischer sein als Willie. Ich bewahre ihn eher davor, seine ersten Erfahrungen an einen Idioten zu verschwenden. Auch wenn Willies Ablehnung gegenüber Ian sehr deutlich geworden ist, schließe ich trotzdem nicht aus, dass er ihn für einen Fick benutzen und anschließend auslachen und wegwerfen würde. Der erscheint mir nämlich als ein Typ, der so etwas tut. Und die Geduld, die er benötigen würde, um meinem Pünktchen gerecht zu werden, besitzt er sowieso nicht. Solange Ian also damit einverstanden ist, werde ich mich von meinem gelegentlichen schlechten Gewissen nicht allzu sehr beeinflussen lassen.

Eine ganz andere Frage bereitet mir dagegen viel mehr Kopfzerbrechen: Wie konnte es überhaupt passieren, dass ich mich in Ian Ramsay verliebe? Ich öffne die Galerie auf meinem Handy und rufe das Foto von ihm auf, das ich heimlich von seinem Facebook-Profil heruntergeladen habe. Es ist ein vom Winkel her ziemlich misslungenes Selfie, auf dem er zusätzlich noch einen fürchterlichen, senfgelben Pulli trägt. Man sieht die Ansätze seines immer ordentlich frisierten, karottenroten Haars, und übergroß seine warmen, haselnussbraunen Augen. Das echte und die Prothese sind auf dem Foto kaum zu unterscheiden.

Wie ich mich in ihn verlieben konnte? Blöde Frage. Man muss ihn sich nur mal ansehen. Wie kann irgendjemand, der bei klarem Verstand ist, diese süße kleine Katastrophe nicht wollen?

# Kapitel 16

»Deine Salatgurke macht mir Angst.«

## IAN

»Es ist ziemlich matschig«, bemerkt Callum, als wir am späten Vormittag an der Schaf-Arena eintreffen. »Hat gegossen heute Nacht und sieht auch aus, als wolle es gleich wieder anfangen.«

»So ein Mist.« Ich lasse die Schultern hängen. »Ich werde trotzdem ein paar Runden laufen.«

»Bist du sicher? Du könntest im Matsch ausrutschen und dich verletzen.«

»Ich kann ja langsam machen. Vielleicht mit niedrigeren Hürden. Aber ich will nicht aus der Übung kommen und für die nächsten Tage ist noch mehr ergiebiger Regen angesagt.«

»Na schön, aber sei vorsichtig.«

Als ich mich in die Startposition begebe, bemerke ich, dass Callum mit verschränkten Armen stehenbleibt.

»Willst du nicht deinen Klappstuhl aufstellen? Und wo ist Haggis?«

»Der Klappstuhl sinkt doch ein. Haggis will nicht aus dem Auto heraus, dem ist es heute zu nasskalt. Ich habe die Autotür aufgelassen, falls er doch mal schnell ein Häufchen setzen möchte.«

»So eine Memme von einem Hund.«

Callum grinst. »Ist halt nicht jeder so ein abgebrühter, wetterfester Highlander wie du.«

Ich strecke ihm die Zunge heraus und renne los. Ich sehe das heute einfach als erhöhten Schwierigkeitsgrad. Es geht wirklich beschissen, aber ich falle nicht hin. Also, zumindest nicht für die ersten zwei Runden. Dann doch. Und zwar in das größte Schlammloch auf der ganzen Strecke.

»Pünktchen!« Callum klingt halb genervt, halb verzweifelt, als er zu mir herüberkommt, um mir aufzuhelfen. Haggis kommt angerannt – ich möchte hier ganz besonders betonen, dass er tatsächlich *rennt* – und wirft sich neben mich in den Schlamm. »Na großartig!«, heult Callum auf. »Als ob nicht einer reicht, der sich im Schlamm suhlt. Haggis, raus da!«

Der Hund stellt sich wie immer taub und rollt sich in der Matschpfütze, während ich mich mühsam aufrappele. Ich bin komplett eingedreckt und ziemlich nass, und mir wird sofort ziemlich kalt.

»O Mann, das ist doch nicht wahr jetzt«, schimpft Callum. »Und euch zwei laufende Matschklumpen soll ich jetzt in meinem Auto nach Hause fahren?«

»Das wäre nett, ja«, bitte ich zerknirscht.

»Na schön, ich gehe mal schauen, ob ich noch ein paar alte Decken–« Er rutscht aus und fällt neben Haggis in den Matsch. Letzterer bellt vor Freude und leckt seinem Herrchen über den Bart.

»Willkommen im Club«, murmele ich.

Callum stößt einen Schrei aus. »Gott ist das kalt! Und nass! Und igitt!« Ich reiche ihm meine Hand, aber er ignoriert sie und steht alleine auf. »Mitkommen«, knurrt er. Haggis und ich dackeln ihm ergeben hinterher.

Im Kofferraum hat er zum Glück genügend alte Decken, die zwar voll mit Hundehaaren sind, aber die Autositze vor

166

dem Dreck schützen. Wir fahren zu Callum nach Hause und auf halbem Wege beginnt es heftig zu regnen.

»Also, ich geb's zu, das ist doch eher Wetter für theoretischen Unterricht im Haus«, bemerke ich. *Oder praktischen Unterricht, den man im Haus abhalten kann. Ähem.*

Als wir ankommen, klappern mir inzwischen vor Kälte die Zähne, obwohl Callum im Auto sogar die Heizung angestellt hat. Draußen herrschen sommerliche dreizehn Grad.

»Erst mal raus aus den Klamotten«, befiehlt er, als wir das Haus betreten. Eine angenehme Wärme schlägt uns entgegen. Callum rubbelt Haggis mit einem alten Handtuch ab.

»Ich hoffe, der Dreck frisst sich nicht allzu sehr rein in meine Kleider«, gebe ich unbehaglich zurück. »Grandad erlaubt nur einen Waschtag in der Woche, und der ist erst übermorgen.«

Callum stöhnt auf und fasst sich an die Stirn. »Gib die Sachen her, ich schmeiße sie schnell bei mir in die Waschmaschine und dann in den Trockner. Dann sind sie in ein paar Stunden wieder in Ordnung.«

»Der Kilt darf nicht in den Trockner! Auch wenn das hier nur ein Billigkilt ist und nicht aus echter Wolle. Sonst kann ich ihn nur noch meiner Plüsch-Nessie anziehen.«

Er hebt eine Braue. »Du hast eine Plüsch-Nessie?«

»Ja. Sie begleitet mich, seit ich drei bin. Jetzt kennst du mein dunkelstes Geheimnis.«

»Wenn's weiter nichts ist.« Er lächelt und nickt mir auffordernd zu. »Raus jetzt aus den Klamotten und dann ab unter die heiße Dusche.«

»Kommst du mit?« Ich setze eine möglichst unschuldige Miene auf. »Du bist auch ganz dreckig.« *Und ich auch, in Gedanken.*

Er zieht die Brauen zusammen und verschränkt die Arme. »Ich soll mit dir duschen?«

»Ja, also ... du bist ja voller Schlamm und kommst bestimmt gar nicht alleine an alle Stellen ran. Und ich bestimmt auch nicht an meine.«

Sein dunkles Lachen jagt mir eine Gänsehaut über den Körper, die nicht von der kalten, klammen Kleidung kommt. »Das klingt vernünftig. Wer weiß, in welche Ritzen dir der Schlamm so gekrochen ist.«

Ich nicke eifrig und beginne mich auszuziehen. Auch Callum befreit sich von seinen Klamotten und zusammen gehen wir hinauf ins Bad. Ich starre ihm beim Treppensteigen auf den strammen Arsch, denke an die Worte meines Großvaters und fühle mich wie ein böser Junge. Callum stopft unsere dreckigen Kleider in die Maschine und stellt sie an.

»Hopp hopp unter die Dusche, Dreckspatz.« Er versetzt mir einen kleinen Schlag auf den Hintern und ich hüpfe mit einem Jauchzen in die Duschkabine. Meine Babykarotte steht schon halb stramm.

*Vielleicht will er ja wirklich einfach nur duschen?*

Dieser schreckliche Gedanke löst sich schnell in Luft auf, als Callum das warme Wasser aufdreht und mir einen Schwamm und Duschgel reicht. »Du schuldest mir eine Wäsche.« Er senkt die Stimme um eine Oktave. »Sei gründlich, Pünktchen.«

Brav nehme ich die Utensilien entgegen, schäume etwas von dem Duschgel in dem Schwamm auf und reibe Callums Körper in langsamen, zirkelnden Bewegungen damit ab. Frischer Zitrusduft hüllt uns ein. Ich beginne bei den Schultern, die mir doppelt so breit wie meine eigenen vorkommen und gehe dann zu seinen Armen über, an denen Schlamm klebt. Er streckt sie ein wenig vom Körper, damit ich besser an alle Seiten komme und ich mag es sehr, wie sein Bizeps hervortritt, wenn er sie anwinkelt. Ein starker Kerl. Ich berühre den Muskel und bin beeindruckt von seiner Festigkeit. »Wie bekommt man solche Muckis?«

»Harte Arbeit«, gibt er zurück und lächelt mich seltsam an, wirkt fast ein bisschen abwesend.

»Hm.« Ich ziehe eine Grimasse. »Ich trage fünf Tage die Woche Essenstabletts durch die Gegend, aber meine Arme sind wie Pudding.«

»Dann ist vielleicht zu wenig Essen auf den Tellern.«

Ich grinse und wasche ihn weiter. Jetzt sind die Brustmuskeln dran, die genauso schön ausgeprägt sind wie die Arme. Nicht aufgepumpt, aber definiert. Seine Brustwarzen sind hart und dunkel. Verflixt, ich will an ihnen lecken. Aber erst seife ich sie gründlich ein und spüle sie ab. »Ich glaube, ich muss hier nochmal nacharbeiten ...« Was rede ich da für einen peinlichen Quatsch?

»Du meinst, meine Nippel sind noch nicht sauber genug?«

Ich nicke. »Ich bin noch nicht zufrieden. Hast du schon mal gehört, dass die Zunge so ähnlich wie ein Mikrofasertuch sein soll?« Ich sollte dringend aufhören, zu plappern. Aber Callum gefallen meine dummen Erklärungen anscheinend, denn er geht darauf ein.

»Das braucht eine Demonstration.«

Ich lasse mich nicht lange bitten und beuge mich nach vorn, lecke an einem steifen Nippel und knabbere ein bisschen daran. Schmecke Salz, warmes Wasser und noch einen bitteren Hauch von Duschgel. Callum stöhnt tief und zieht mich näher an sich heran, streichelt meinen Rücken, während ich ihn mit meiner Zunge reize. Sein steifer Schwanz drückt mir warm gegen den Bauch. Ich sauge an der Brustwarze, mag das harte Gefühl an meinen Lippen und das leichte Piksen der Brusthaare. Sanft dreht Callum meinen Kopf ein wenig nach links und dreht sich mir entgegen, damit ich mich auch dem anderen Nippel widme.

»Mach ihn schön sauber«, keucht er.

Eifrig sauge und schlecke ich an ihm herum, lege dabei meine Hände an seine Taille und befühle verstohlen den warmen, festen Körper. Er zuckt unter meinen Berührungen. Der Bauch hebt und senkt sich unter seinen Atemzügen und ich lege für einen Moment einfach ein Ohr an Callums Brust und lausche seinem Herzschlag. Er geht schnell. Wenn auch nicht so schnell wie meiner. Ich würde gerne noch stundenlang an seinen Nippeln lecken, aber ich bin zu gierig nach dem Rest. Nehme den Schwamm wieder zur Hand und seife mich weiter nach unten. Dieser Prügel von einem Schwanz – tut mir leid, ich kann's nicht anders nennen – ragt mir entgegen und ich muss heftig schlucken. Dieses Ding flößt mir einen gehörigen Respekt ein. Den in sich zu haben, wäre kein Sex mehr, sondern eine Pfählung. Aber schön ist er. Und ich werde ihn gründlich reinigen. Sehr gründlich. Mit meinem Schwamm. Und vielleicht sogar mit meinem Mikrofaserlappen, wenn er mich nochmal lässt.

Vorsichtig gleite ich mit dem Schwamm den Schaft entlang. Callum legt den Kopf in den Nacken und seufzt. Ein Lächeln liegt auf seinen Lippen. Das ist der großartigste Waschtag meines Lebens. Mit einer Ecke ziehe ich kleine Kreise auf seiner Eichel, gleite wieder hinab und widme mich seinen Hoden. Er spreizt die Beine ein wenig, damit ich besser herankomme, und ich bin kühn und verteile den Schaum mit meinen Fingern. Seine Hoden ziehen sich unter meiner Berührung ein bisschen zusammen. Ich lege meine Hand um sie, massiere und knete sie vorsichtig, so wie ich es manchmal bei mir selbst mache und wie er es bei mir getan hat. Er lehnt den Hinterkopf gegen die Duschwand und die Sehnen an seinem Hals zeichnen sich so appetitlich ab, dass ich nicht anders kann, als meinen Mund darauf zu drücken. Ich weiß nicht, woher ich diesen Mut nehme. Aber ich fühle so ein tiefes Vertrauen zu diesem Mann, dass ich davon überzeugt bin, dass es nicht schlimm ist, wenn ich irgendetwas falsch mache.

Seine Finger gleiten in mein Haar und er hält meinen Kopf an seinem Hals fest. Selbst in dieser Wolke von Duschgelduft nehme ich seinen herben, männlichen Eigengeruch wahr. Immer wieder lasse ich meine Zunge über die Halskuhle gleiten, lecke das Wasser von der warmen Haut wie ein Verdurstender. Meine Hand gleitet von seinen Hoden hinauf zum Schaft, den ich umfasse und zu reiben beginne. Durch den Schaum flutscht es wie von selbst. Wie das wohl sein muss, einen Partner zu haben, einen Lebenspartner, mit dem man so etwas jeden Tag oder zumindest regelmäßig machen kann? Ich weiß nicht, ob ich je wieder glücklicher Single sein kann. Aber das hier mit einem Fremden zu tun, den ich gar nicht kenne, kann ich mir auch nicht vorstellen. Ich wünsche mir jemanden, dem ich so vertrauen kann wie Callum. Callum, der gerade mit lustvoller Miene in meine glitschige Hand stößt ...

»Ian.« Er schlägt die Augen auf. Sie sind so hellblau, wie der Schnee auf dem Ben Nevis schimmert. »Ich bin jetzt sauber.«

»Aber–«

»Schscht.« Er legt mir einen Zeigefinger auf die Lippen, beugt sich nach vorn und küsst mich.

Seine Zunge stupst mich sanft an und ich öffne meinen Mund für ihn, komme ihm entgegen und schlinge die Arme um seinen Nacken, immer noch mit dem Schwamm in der Hand. Seine Hände legen sich um meine Pobacken und kneten sie gierig, während er den Kuss vertieft. Ich habe mich schon beim letzten Mal gefragt, wonach er schmeckt. Ich glaube, jetzt weiß ich es: Er schmeckt nach *Callum*. Es gibt einfach keinen Vergleich. Was soll ich nur machen, wenn ich irgendwann mal Sehnsucht nach diesem Geschmack habe, aber unsere verrückten kleinen Übungsstunden hier längst vorbei sind? Ich will es mir gerade gar nicht vorstellen. Ich will einfach nur genießen, wie er meine Zunge mit seiner umspielt, wie er mich in die Unterlippe beißt und danach fast entschuldigend darüberleckt.

»Dreh dich um«, befiehlt er und löst sich atemlos von mir.

Ich tue, was er sagt, und drehe mich mit dem Gesicht zur Wand. Er nimmt mir den Schwamm ab und gibt neues Duschgel darauf.

»Du hast überall noch Schlammkrusten. Ich werde zur Nachreinigung auch diesen Mikrofasertrick probieren müssen. Der war gut und effektiv.«

Ein Wonneschauer schüttelt meinen Körper regelrecht durch, obwohl ich ein bisschen enttäuscht bin, dass ich wieder nicht blasen durfte. Callum dreht das warme Wasser auf und es prasselt so angenehm auf meinen Rücken, dass ich ein kleines Stöhnen loslasse.

»Lehn dich mit den Händen gegen die Wand. Genau so.«

Behutsam und doch fest gleitet der Schwamm über meinen Körper, überzieht meine Haut mit weichem Schaum. Dann legt er den Schwamm jedoch beiseite, umfasst mich mit beiden Armen und drück sich an mich.

»Ganzkörperwäsche mal anders«, raunt er in mein Ohr und zieht gleich darauf das Ohrläppchen in seinen Mund, um daran zu saugen.

Ich keuche auf. Sein heißer Atem stößt mir ins Ohr, das warme Wasser rinnt noch immer über unsere Körper und er beginnt, gleitend durch das Duschgel, sich an mir zu reiben. Seine Körperbehaarung prickelt an meiner Haut und ich biege meinen Rücken durch. Was für ein irres Gefühl. Ich will es, aber ich halte es kaum aus, weil sich alles auf einmal so sensibel anfühlt. Callums Hände streicheln mir über den Bauch, zirkeln mit den Daumen um meine Brustwarzen und flutschen hinab in meinen Schoß. Er umfasst meinen Schwanz, während ich spüre, wie sein eigener zwischen meine Pobacken drängt.

*Beim verflixten Highlander, was hat er vor?*

»Callum? Du willst mich jetzt aber nicht ficken, oder?« Ich werfe ihm einen unbehaglichen Blick über die Schulter zu. »Deine Salatgurke macht mir Angst.«

»Meine *was*?« Er starrt mich entgeistert an. Ich reibe beschämt meine Nase an der Schulter.

»Du hast einen ziemlich großen Penis«, erkläre ich und mein Kopf hämmert vor Peinlichkeit. »Ich habe davor ein bisschen Schiss. Mit dem Ding kannst du mich von unten am Zäpfchen kitzeln.«

»O Pünktchen, ich hatte nicht vor, dich jetzt und hier ohne jede Vorbereitung zu besteigen. Aber meine *Salatgurke* hat sich nach ein bisschen Reibung gesehnt und zwischen deinen süßen Hinterbacken gefällt es ihr ausnehmend gut. So wie es deiner Karotte in meiner Hand gefällt, um den bunten Gemüsekorb zu vervollständigen.«

Passend dazu werde ich vermutlich gerade rot wie eine Tomate. »Reiben darfst du«, verkünde ich und strecke ihm meinen Hintern entgegen.

»Großartig.« Er beugt sich wieder zu mir nach vorn, Haut an Haut, und drückt mir zwei, drei Küsse in den Nacken. Hätte ich nicht schon längst eine Gänsehaut, würde ich spätestens jetzt eine bekommen.

Sein Schwanz gleitet wieder zwischen meine Pobacken.

Ich spüre, wie die Eichel über meine Rosette reibt, wie der Schaft vor und zurück gleitet. Es fühlt sich gut an, und noch besser, als Callum sich wieder an mich drückt und weiter meinen Nacken küsst. Im gleichen Rhythmus wie seine Reibung gleitet mein Schwanz in seiner Faust ein und aus. Nicht mehr lange und ich spritze hemmungslos die Wand an. Aber ich habe da noch einen Wunsch ...

»Cal, lass es mich noch einmal versuchen«, bitte ich und meine Stimme klingt wie ein verzweifeltes Wimmern.

Er hält in seiner Bewegung inne. »Was meinst du?«

Ich werfe ihm erneut einen Blick über die Schulter zu. »Ich will vor dir auf die Knie gehen und dir zeigen, dass ich erlerntes Wissen auch anwenden kann.«

Seine Miene wirkt überrascht. Seine Hand gleitet meinen Rücken hinauf und streichelt mir kurz durch die Haare am Hinterkopf. »Okay. Okay ... aber sei gewarnt, ich werde dabei wahrscheinlich kommen. Ich bin jetzt schon hart an der Grenze.«

*Aber genau das will ich doch. Genau das!*

Ich drehe mich um und sinke auf die Knie. Bin auf einmal so aufgeregt, dass ich zittere. Bin eine Bröselgardine. Diesmal will ich es richtig machen. Mit Genuss. Und wenn er mir aufs Gesicht spritzt, dann sage ich auch nicht nein dazu. Ehrfürchtig betrachte ich diese riesige Erektion, die vor meinem Gesicht aufragt. Wasser perlt von der Spitze. Und Lusttropfen. Ich lecke sie ab. Lasse die Spitze in meinen Mund gleiten und sauge diesmal nicht einfach nur dumpf daran, sondern spiele mit meiner Zunge, kreise damit um den Rand der Eichel und stupse den Schlitz an. Callums Schenkel zittern. Ich sauge vorsichtig und weitere salzige Tropfen quellen auf meine Zunge. *Er schmeckt nach Callum.* Mit einer Hand umfasse ich den Schaft und küsse mich daran hinab bis zu den Hoden. Auch hier setze ich meine Zunge wieder ein und verwöhne sie ausgiebig, während mein Daumen die Eichel massiert. Das Zittern der Schenkel wird stärker und Callum gibt Laute von sich, die an ein tiefes Grollen erinnern. Ich glaube, ich mache es richtig. Wieder lasse ich die Spitze zwischen meine Lippen gleiten, lutsche und lecke und koste. Es ist göttlich. Ich wünschte, ich hätte das schon viel früher ausprobiert. Callums Finger gleiten in mein Haar und er führt meinen Kopf in einen Rhythmus, der ihm gefällt. Plötzlich reißt er mich zurück. Sein Schwanz schnappt aus meinem Mund und Momente später klatscht mir die erste sämige Ladung auf die Wange. Spontan strecke ich die Zunge heraus und fange den Rest auf.

*Ich will Callum schmecken. Ich schmecke ihn. Er ist köstlich. Ich will mehr davon. Viel mehr ...*

»Ian«, setzt Callum an und keucht ausgepumpt. »Ian, ich ... ich muss jetzt nachsehen, ob du sauber bist.«

»Was meinst du?«, frage ich verwirrt.

Er reicht mir eine Hand und hilft mir aufstehen. »Ich will etwas mit dir tun, was ich sehr, sehr gern tue.«

»Und was ist das?«

»Komm einfach mit«, fordert er.

Wir verlassen die Duschkabine. Im Gehen zerrt er ein Badetuch vom Haken und führt mich hinüber ins Schlafzimmer, wo es heute überraschend warm ist.

»Ist die Heizung an?«

Er nickt und stößt ein kehliges Lachen aus. »Ich habe vorgeheizt. Ich hatte die leise Hoffnung, dich wieder in meinem Schlafzimmer begrüßen zu dürfen, aber diesmal wollte ich es nicht unter der Decke machen.«

*Ich glaube, nach den Maßstäben meines Großvaters sind wir beide böse Jungs ...*

»Leg dich hin.« Callum wirft das Badetuch aufs Bett. Ich lege mich darauf.

Er kniet sich vor mich hin, packt mich bei den Unterschenkeln und drückt sie nach hinten, bis mein Hintern in die Höhe ragt und meine Füße sich ungefähr auf einer Höhe mit meinen Ohren befinden.

»Du stehst auf Rolle rückwärts?«, frage ich verunsichert.

»O Pünktchen, du bist derart unschuldig und unverdorben, dass ich fast schon Gewissensbisse bekomme. Aber nur fast. Denn das hier ...« Er legt seine Hände an meine Pobacken und zieht sie auseinander. »Das ist viel zu appetitlich.«

*Was, wie, wo?*

Er sammelt Spucke in seinem Mund und lässt sie auf meine Rosette tropfen. Verreibt sie massierend mit zwei Fingern. Und ehe ich weiß, wie mir geschieht, versenkt er sein Gesicht zwischen meinen Backen.

*O. Mein. Gott.*

Er leckt mich, als gäbe es heute nichts mehr zu essen. Seine Zunge macht unglaubliche Dinge an meiner Öffnung, dringt sogar ein Stück ein. Sein heißer Atem und seine feuchte Zunge bereiten mir unbeschreibliche, fast schon elektrisierende Gefühle. Wie kann es sein, dass alles, was er mit mir macht, immer noch ein bisschen geiler ist als das vorher? Mein Schwanz hat ein Leck. Er tropft nämlich wie verrückt und hinterlässt Spuren auf meinem Bauch und zuckt jedes Mal, wenn die Zunge sich tiefer in mich bohrt.

Callum hält kurz inne und betrachtet sein Werk. »O fuck«, murmelt er. »O fuck, Ian.« Er legt seine Daumen an meine Rosette, zieht sie ein Stück auseinander und macht weiter.

Wie von selbst legt sich meine Hand um meinen Schwanz. Ich muss sie nur ungefähr anderthalb mal auf und ab bewegen, bevor ich regelrecht explodiere. Ich höre mich selbst laut stöhnen, während ich komme. Während mir mein Saft auf die Brust spritzt, Callums feuchte Barthaare mich kitzeln und seine Zungenspitze in mir steckt. Es fühlt sich wie eine Welle an, die mich an ein Ufer spült. Danach liege ich zitternd und erschöpft in der Brandung. Callum lehnt sich zurück und ich kann mich ausstrecken.

»Das ging schnell«, bemerkt er amüsiert. »Eigentlich hatte ich vor, dich mindestens eine halbe Stunde zu lecken.«

»Dann musst du mich vorher mindestens zweimal abmelken, fürchte ich.«

O verflixt. Mein Herz rast. Ist das noch gesund? Noch normal? Keine Ahnung. Aber ich fühle mich wie auf Drogen. Callum streckt sich neben mir aus und lässt den Zeigefinger durch die Spuren auf meiner Brust kreisen.

»Zählt das als erster Durchgang?«

Ich blinzle ihn an. »Du willst noch nicht aufhören?«

Er schüttelt den Kopf und lächelt. Er ist wirklich ein hübscher Mann. »Die Wäsche dauert noch ein Weilchen. Und ich fühle mich gerade ein wenig mit der Vorspeise abgefertigt.«

»Und dein Leibgericht ist Arsch?«

»Vom jungen Rotwild, aye.«

Ich kichere und drücke ihm spontan einen Kuss auf den Mund, der ihn ein wenig verdutzt zurücklässt. »Na dann. Auf zum zweiten Gang.«

# Kapitel 17

»Ich hätte dir einen verdammten
Flummi reingestopft!«

## CALLUM

Die Tatsache, dass die *Highland Games* kurz bevorstehen, macht mich mittlerweile nervöser als Ian selbst. Ich sehe ihn noch lange nicht in der Form, dort anzutreten – auch wenn er in den letzten Wochen große Fortschritte gemacht hat –, aber die Zeit drängt und er ist immer noch wild entschlossen. Also ziehe ich mit.

Wir üben an jedem freien Tag bei den Schafen, und wenn noch genug Zeit ist, gibt es im Anschluss stets ein Schäferstündchen. Leider fühle ich mich danach mittlerweile fast so süchtig wie seinerzeit nach Alkohol, nur dass dieser neue Rausch in jeder Hinsicht noch sehr viel befriedigender ist. Ian ist neugierig. Seine flinken Finger sind überall, und wie man seine Zunge an bestimmten Stellen richtig einsetzt, hat er erstaunlich schnell gelernt. Sehr viel schneller als den Hindernislauf. Ab und an fühle ich mich immer noch ein bisschen schäbig, aber je mehr sich unsere gemeinsame Zeit ihrem Ende zuneigt, desto mehr sauge ich im wahrsten Sinne des Wortes jede Sekunde auf, die wir noch miteinander haben. Vielleicht erinnert sich Ian später mal mit positiven Gedanken an mich. So nach dem Motto: »Mit dem hatte ich mal richtig Spaß.«

Heute wollen wir uns einmal genauer das Gelände

ansehen, auf dem die Wettkämpfe stattfinden werden. Die Gegebenheiten des Bodens betrachten und uns einfach etwas besser mit der Umgebung vertraut machen. Als wir allerdings dort ankommen, müssen wir feststellen, dass wir nicht die Einzigen sind, die diese Idee hatten.

»Da ist ja Willie!«, ruft Ian, als sei er ein Fan, der seinen Popstar entdeckt hat. Wie immer, wenn er von ihm spricht, rauscht ein eifersüchtiger Stich in meinen Magen. Daran habe ich mich mittlerweile schon gewöhnt. »Was üben die da?«

»Sieht nach Hammerweitwurf aus«, knurre ich in mich hinein und stelle mir vor, wie ein schmetternder Hammer Tripper-Willie K.O. schlägt.

Ich habe Ian nichts von den scheußlichen Dingen verraten, die der Kerl in meiner Gegenwart über ihn gesagt hat. Ich konnte es einfach nicht. Es hätte ihm nur unendlich wehgetan und seine ganzen Träume und seinen Kampfgeist auf einen Schlag zerstört. Er wird noch genug leiden, wenn dieser Willie ihm nach den Spielen wahrscheinlich einen Korb geben wird, da muss ich nicht schon vorher eine Kerbe reinhauen.

»Ich sag' ihm mal schnell Hallo, okay?«, verkündet Ian.

Ich kann mich nur mit Mühe davon abhalten, mit den Augen zu rollen. »Tu das«, murre ich. »Ich warte hier.«

Fröhlich hüpft er über die Wiese wie Rotkäppchen durch den Wald, und ich werde das dumpfe Gefühl nicht los, dass dieses Rotkäppchen hier gleich von einem Wolf gefressen wird. Mein Arschloch-o-Meter schlägt nämlich kräftig aus, seit dieser eingebildete, aufgeblasene Fatzke durch mein Blickfeld spaziert ist.

Mein Herz zerkrümelt, während ich zusammen mit Haggis beobachte, wie Ian zu Tripper-Willie hingeht und ihn anquatscht. Anhimmelt. Lächelt, schüchtern die Hände hinter dem Rücken verschränkt. Was würde ich für so einen verliebten Blick von ihm geben. Er sagt irgendetwas zu Willie, woraufhin der auflacht. Ziemlich laut. Ziemlich höhnisch. Willie erwidert etwas, aber auch das verstehe ich nicht. Soll ich mich anschleichen und ganz zufällig ein wenig lauschen? Noch während ich mit mir hadere, taumelt Ian einen Schritt zurück, als hätte ihm jemand einen Stoß versetzt. Er ballt seine Fäuste und wendet sich abrupt ab, stapft mit wutverzerrter Miene in meine Richtung. Willie und seine Freunde lachen und blicken ihm kopfschüttelnd hinterher. Was zur Hölle läuft hier gerade? Was haben die zu ihm gesagt? Ians Gesicht ist puterrot. Und als er näherkommt, entdecke ich dicke Tränen seine Wangen hinabkullern.

»Pünktchen?«, frage ich erschrocken und fange ihn ab, halte ihn an den Schultern fest. »Was ist los? Was haben die mit dir gemacht?«

»Er ... Willie ... er hat ...« Er bricht ab, weil er heftig schluchzen muss. »Ich hab' ihm erzählt, dass ich auch bei den Wettkämpfen mitmachen will, wie ... wie er damals im Pub vorgeschlagen hat. Ich dachte ...« Wieder muss er unterbrechen, weil ein Weinkrampf ihn schüttelt. Ich fühle mich gerade ein wenig hilflos. »Ich dachte, er meint das ernst«, fährt er fort, »aber es war wohl nur Spaß. Er hat gesagt, ich soll lieber zu den Paralympics, und ob ich Weitwurf mit meinem Glubschauge machen will.«

»*Was?*« Ich glaube, ich bekomme gleich eine Herzattacke.

»Ja«, schluchzt Ian. »Es tut so weh. Ich bin so unglaublich dumm. Hätte nie gedacht, dass er so einer ist.«

*Darum habe ich von Anfang an gesagt, du sollst es für dich machen und nicht für einen Kerl. Aber ich bin der*

Letzte, der einem verliebten Mann irgendwelche Vorwürfe machen sollte.

»Warte kurz hier«, bitte ich Ian. »Ich bin gleich wieder hier. Ich muss nur eben schnell etwas erledigen.« *Genug ist genug, Willie Burns. Du hast dir eine kleine Abreibung verdient.* Ich lasse den völlig verdatterten Ian stehen und stapfe zu Willie und seinen nicht minder dämlichen Freunden hinüber.

»Taximann!«, begrüßt er mich. »Sorry, hab' deinen Namen vergessen.«

»Oh, ich wollte dir auch nur mal eben etwas sagen.«

»So so, was denn?«

»Dass du ein scheiß Wichser bist. Machst einen auf Kämpfer für die Toleranz im Regenbogenkilt, aber nennst einen sehbehinderten jungen Mann *Glubschauge.* Was stimmt mit dir nicht? Oder hast du einfach nur Schiss, nicht mehr der einzige schwule Superstar bei den Games zu sein? So oder so: Du bist so erbärmlich, dass ich kotzen könnte. Und meinen Namen brauchst du dir nicht merken. Ich geb' dir etwas anderes von mir mit auf den Weg, was du bestimmt nicht vergessen wirst.« Ohne zu zögern, hole ich aus und verpasse ihm den Kinnhaken seines Lebens. Er taumelt rückwärts und wird von seinen dämlichen Freunden aufgefangen. Ist mir egal. Ich wende mich ab, denn ich bin fertig mit ihm.

»Callum?«, krächzt Ian, als ich auf ihn zukomme. Er starrt wie ein Reh ins Scheinwerferlicht. »Was hast du getan?«

»Was nötig war«, grolle ich.

»W – was hast du zu ihm gesagt?«, stammelt er weiter.

»Dass er ein Wichser ist. Macht einen auf Kämpfer für die Toleranz und entblödet sich nicht, sich über einen gehandicapten jungen Mann lustig zu machen, der nur seinetwegen an diesem ganzen Zirkus hier teilnimmt! Und jetzt komm mit.« Ich packe ihn am Ärmel und zerre ihn mit mir. Er stolpert mir widerstandslos hinterher und mein Hund folgt uns, nicht ohne vorher ein Knurren in Richtung Willie Burns und Konsorten zu senden. Mit Nachdruck setze ich das wimmernde Elend namens Ian auf den Beifahrersitz meines Autos, lasse Haggis auf den Rücksitz, steige selbst ein und fahre los, aus dem Dorf hinaus.

Ian schluchzt leise vor sich hin. »Ich bin so dumm. Und so hässlich. Und dumm. Wie konnte ich mir nur einreden, dass Willie sich für mich interessieren könnte, nur weil ich mich bei den blöden Games für ihn zum Löffel gemacht hätte? Ich bin wirklich in jeder Lebenslage ein dämlicher, naiver Trottel und merke es immer erst dann, wenn es schon zu spät ist.«

»Pünktchen.« Ich öffne das Handschuhfach, angle ein Päckchen mit Papiertaschentüchern heraus und reiche es ihm. »Jetzt hör auf, dich wegen diesem Volldeppen fertigzumachen. Er hat dich gar nicht verdient.« Er tut mir leid. Es tut mir weh. Ich habe gelesen, dass Rothaarige auch ein erhöhtes Schmerzempfinden haben. Gilt das vielleicht auch für seelische Schmerzen? Am liebsten will ich ihn in Watte packen und vor der Welt beschützen.

»Ich hätte nie gedacht, dass er so ein Arschloch ist. Ja, er war immer ein bisschen genervt, aber ich dachte, dass das daran liegt, dass ich ihn bekleckert habe. Ich hätte nicht geglaubt, dass er sich über Behinderungen lustig macht. Gerade er.«

»Na ja«, ich zucke mit den Schultern, »nur, weil jemand schwul ist, heißt das nicht, dass er die personifizierte Toleranz ist. Viele tolerieren trotzdem nur sich selbst und ihren eigenen Dunstkreis.«

»Ich hasse dieses Scheißding. Es macht mir immer nur Probleme.«

»Was meinst du?« Ich erkenne aus dem Augenwinkel, wie er sich ins Gesicht fasst. »Pünktchen, was machst du da?«

Er lässt die Fensterscheibe herunter und wirft einen kleinen Gegenstand hinaus.

»Ian?« Ich mache eine Vollbremsung und fahre links ran. »Hast du etwa gerade dein Auge aus dem Fenster geworfen?«

»Ja«, erwidert er und sein Kinn bebt. »Ich will das blöde Ding nicht mehr. Es macht mich hässlich.«

»O Gott!«, rufe ich entsetzt. »O fuckverschissene Scheiße!« Ich stelle den Motor ab und steige aus dem Auto. »Du bist doch wahnsinnig! Absolut wahnsinnig! Du kannst doch nicht einfach dein Auge wegwerfen!« Panisch suche ich den Straßenrand nach der Prothese ab, während Ian im Auto sitzenbleibt und heult und Haggis in sein Gejaule mit einstimmt. Wo ist dieses verdammte Ding? Es muss irgendwo hier–

Ah, da ist es! Zwischen alten, nassen Laubblättern glotzt mich aus dem Straßengraben eine haselnussbraune Augenprothese an. Fluchend steige ich hinunter und klaube sie auf. Sie ist verschmutzt.

»Du kannst froh sein, dass ich es gefunden habe!«, schnauze ich Ian an und lege das Kunstauge vor ihn auf die Armatur. »Sonst hätte ich dir einen verdammten Flummi in deine leere Augenhöhle gestopft! In Giftgrün!«

Er schluchzt noch einmal auf, wickelt die Prothese in ein Taschentuch und leg sie wieder hin. »Ich muss sie erst saubermachen, bevor ich sie wieder einsetzen kann.« Dann zeigt sich zwischen all den Tränen ein Lächeln. »Ein Flummi, also wirklich.«

»Ist doch wahr.« Ich steige wieder ins Auto und fahre los.

»Es gibt einen isländischen Sänger namens Jónsi«, beginnt Ian nach einer Weile unvermittelt, »er ist auf einem Auge blind, wie ich. Er hat mal gesagt, wenn er stereo sehen würde, würde er durchdrehen.«

»Du drehst ja schon mono durch«, murre ich, »soll ich dir das andere Licht auch noch ausblasen, damit du wieder normal in der Birne wirst?«

»Willst du hören, wie ich mein Auge verloren habe? Das richtige?«

»Du hast es aus dem Autofenster geworfen.«

»Nein, ich meine das richtige.«

Ich werfe ihm einen Seitenblick zu. Er wirkt traurig, aber nicht mehr völlig verzweifelt. »Wenn du möchtest, gern.«

»Es ist sehr peinlich.« Er schluckt hörbar. »Ich war zwölf und ein ziemlicher Träumer. Ich hatte keine Freunde, weil alle mich seltsam fanden, weil ich so dusselig war und vielleicht auch nicht immer der Hellste. Also habe ich mich in meine Fantasiewelt geflüchtet. Ich war fasziniert von Nessie, habe mir alles an Informationen besorgt, was man so über sie kriegen konnte. War Dauergast bei Nessieland in Drumnadrochit und habe dort mein ganzes Taschengeld für Bücher und Figuren ausgegeben. Irgendwann war ich davon überzeugt, dass es Nessie wirklich geben muss. Ich habe mir vorgestellt, dass ich sie finde und dass wir Freunde werden. Ich bin stundenlang am Loch Ness entlangspaziert, in der Hoffnung, dass sie sich zeigt. Hatte meine Kamera dabei und habe geduldig gewartet. Ich habe mir ausgemalt, wie sie aus dem Wasser auftaucht und Zutrauen zu mir fasst. Wie es ihr egal ist, wer und wie ich bin.«

Er schnieft und tupft sich mit einem Taschentuch die Nase ab. Mir wird schwer ums Herz.

»Jedenfalls«, fährt er fort, »war ich an diesem Tag wieder auf dem Weg an den See. Und dann wurde ich ein Opfer meiner eigenen Trotteligkeit. Ich bin gestolpert und die Böschung hinuntergefallen. Ein Ast stach mir ins Auge ... er hat's mir regelrecht ausgestochen. Es hat geblutet wie verrückt. Ich lag dort eine Ewigkeit und habe um Hilfe gerufen, bis mich ein Mann gefunden hat, der zufällig gerade mit seinem Boot vorbeikam. Ich wurde per Hubschrauber ins Krankenhaus gebracht. Sie mussten das kaputte Auge rausnehmen.« Er seufzt tief und schaut mich ziemlich zerknirscht an.

»Das ist das Niedlichste und zugleich Traurigste, was ich je gehört habe«, gestehe ich leise. Mein Herz wiegt Tonnen.

»Du meinst wohl eher das Dümmste.«

»Nein«, widerspreche ich entschieden. »Es ist nicht dumm, in der Fantasie nach Freunden zu suchen, wenn man von echten Menschen nur enttäuscht wurde. Du hast deine Nessie, ich habe Rosamunde.« Ich spüre seinen Blick auf mir, aus diesem einen, lebendigen, wunderschönen Auge.

»Du klingst, als seist du auch mal sehr enttäuscht worden.«

»Aye«, gebe ich unbestimmt zurück. »Das Leben geht manchmal seltsame Wege. Aber dann trifft man wieder andere, die einen nicht enttäuschen, sondern überraschen.«

»Danke für deine Freundschaft, Cal.« Ich werfe ihm einen kurzen Blick zu. Er lächelt. »Ich stelle mir vor, ich hätte mich mit einem wie Willie eingelassen. Wäre mit ihm ins Bett gegangen, hätte ihm mein Herz geöffnet. Ich hätte mich so geärgert. Es hat sich zwar jetzt herausgestellt, dass der, in den ich verliebt war, ein ziemliches Arschloch ist, aber dafür habe ich den tollsten besten Freund.«

Mein Herz rutscht mir in die Hose. »Ich bin dein bester Freund?«, frage ich heiser.

»Ja. Ach, keine Angst, das muss nicht auf Gegenseitigkeit beruhen.«

Ich muss schmunzeln. »Du bist so ziemlich mein einziger Freund, Pünktchen, und damit auch mein bester.«

Sein Lächeln wird breiter und er beißt sich auf die Unterlippe. »Das ist schön. Danke.«

Ich seufze innerlich.

*Ich wäre gern viel mehr als nur dein bester Freund, aber wenn es Freundschaft ist, die du jetzt am dringendsten brauchst, dann sollst du sie bekommen. Ich weiß, dass ich eigentlich zu alt für dich bin, aber vielleicht braucht es jemanden mit Lebenserfahrung, um den Schatz zu erkennen, der du bist.*

Natürlich war ich schon mehr als einmal im Leben verliebt, aber so intensive Gefühle wie die, die ich in den letzten Wochen für Ian entwickelt habe, hatte ich noch nie für jemanden. Ich mochte ihn immer, fand ihn immer süß, weil er meinem Typ entspricht, aber sein liebevolles, ein bisschen naives Wesen hat mich bezaubert. Ich möchte ihn vor jedem Willie Burns auf der Welt beschützen, der es wagt, ihn auch nur schief anzusehen.

»Wo fahren wir eigentlich hin?«, will Ian nach einer Weile wissen.

»Zum Moray Firth«, antworte ich mit einem Lächeln. »Sehen, ob wir Delfine entdecken.«

# Kapitel 18

*»Lass uns heimfahren und
Schnulzen gucken.«*

## IAN

Es weht ein kalter, schneidender Wind, als wir in dem kleinen Örtchen Chanonry Point in der Nähe von Fortrose am Moray Firth ankommen, aber die Sonne scheint. Ich kann kaum glauben, dass Callum extra mit mir hierhergefahren ist, um mich zu trösten. Aber er ist immer gut zu mir. Er ...
*Er ist mein Held.*

Wie er Willie eine reingehauen hat, um meine Ehre zu verteidigen. Wie er mein Auge aus dem Straßengraben gerettet hat. Wie er versucht, mich zu trösten. Ich muss ihn die ganze Zeit anstarren. Es ist, als hätte mir jemand die Willie-Brille von der Nase gerissen – wer sich jetzt eine Penisbrille vorstellt, sollte sich was schämen! –, und mir die Augen für die Wahrheit geöffnet. Willie ist ein Arschloch. Aber Callum ... Callum ist unglaublich. Er ist klug. Er ist lieb. Er ist schwul. Er bringt mein Herz zum Schlagen und meinen Schwanz zu ganz anderen Sachen. Ja, zum verflixten Highlander, er sieht gut aus! Und er ist fast siebzehn Jahre älter ... und ungeoutet. Renne ich hier gerade von einer unglücklichen Liebe in die nächste? Und bin ich jetzt nur verliebt, weil er mich besser behandelt als Willie? Ich habe keine Ahnung! Ich weiß gerade nur, dass ich seine

Nähe brauche. Dass ich mich an ihm festhalten und nicht loslassen will.

»Sieh mal«, bitte ich Callum, als ich ein großes Warnschild am Strand entdecke. »Hier steht, dass man im ganzen Ort keinen Alkohol konsumieren und auch keine angebrochenen Alkoholflaschen mit sich herumtragen darf. Sonst droht eine Strafe bis zu fünfhundert Pfund.«

»Ach.« Callum studiert das Schild mit gerunzelter Stirn. »Der ideale Wohnort für mich.«

Ich kichere vor mich hin. Ich finde es ja ziemlich stark, dass er darüber noch Witze machen kann. Dann richte ich meinen Blick auf das Wasser und stoße einen Freudenschrei aus, als ich viele, viele Rückenflossen entdecke, die immer wieder aus dem Wasser auf- und abtauchen. »Da sind die Delfine! Sieh nur, wie sie grundeln.«

»Ich glaube, wenn Delfine nach Nahrung suchen, nennt man das nicht *grundeln*«, gibt Callum lachend zurück.

»Wie denn dann?«

»Ich habe keine Ahnung.« Er legt einen Arm um meine Schultern. »Komm, wir gehen runter ans Ufer.«

Ich drücke mich fest an ihn, während wir gemeinsam hinunter an den Kieselstrand laufen. Es herrscht ein buntes Gewimmel im Wasser und wir sind fast allein, nur in einigen Schritten Entfernung steht ein Großvater mit seinem Enkelkind und scheint ihm etwas zu erklären. Callum stellt sich hinter mich und umfängt mich. Ich lehne mich gegen ihn, halte mich an seinen starken Armen fest und lasse mir den Wind ins Gesicht wehen. Ein großer Delfin springt majestätisch aus dem Wasser und taucht wieder unter. »Wow!«, rufe ich.

Callum drückt mir einen Kuss auf die Schläfe. Er ist so zärtlich. Mehr, als man von einem Freund erwarten kann. Am liebsten würde ich ihm sagen, dass ich erkannt habe, dass ich ein Idiot war und die ganze Zeit einem Drecksack hinterhergehechelt habe, einer schönen Illusion, während ein viel besserer Mann direkt vor meiner Nase gestanden hat. Nämlich *er*. Ob er nun fast vierzig, trockener Alkoholiker und ein Schrankschwuler ist oder nicht. Er hat andere Qualitäten, die für mich viel bedeutender sind. Noch lange stehen wir am Strand und beobachten die Delfine, bis wir beide zu frösteln beginnen.

»Wollen wir nach Hause fahren und ich mache uns Tee und Sandwiches?«, schlägt Callum vor.

Ich nicke. »Sehr gern. Lass uns heimfahren und ein paar Schnulzen gucken.«

»Du willst Schnulzen gucken? Ernsthaft?«

»Ja. Mir ist gerade so danach.«

Wir gehen zurück zum Auto und ich schaue hinüber zu dem kleinen, weißen Leuchtturm, der hier am Strand steht, damit die Schiffe sich nicht verirren. Wie viele Leute werden hier wohl stehen und nach den schönen Delfinen suchen und dabei diesen Leuchtturm übersehen, der immer hier ist, bei Wind und Wetter. Ich blicke auf Callum. Ich war einer von den dummen Leuten, die nur nach den Delfinen geschaut haben. Aber jetzt habe ich auch den Leuchtturm entdeckt. Wenn man so ein verirrtes Schiff ist wie ich, dann nützt der mehr als alles andere.

»Danke, dass du mein Auge gerettet hast«, erkläre ich, während wir uns auf den Heimweg machen. »Ich hätte sonst als Pirat mit Augenklappe herumlaufen müssen.«

»Das hättest du eigentlich als Strafe verdient«, versetzt Callum. »Aber bei dir als Pirat hätte ich schon wieder Angst, dass du dir mit deinem Säbel versehentlich selbst etwas abschneidest und dann auch noch stilecht mit einem Holzbein herumlaufen musst.«

»Du bist manchmal so gemein.«

»Du weißt, das ich das nicht ernst meine, oder?«, fragt er mit plötzlichem Ernst in der Stimme. »Wenn ich dich mit meinen Späßen verletze, musst du mir das sagen. Dann höre ich auf.«

»Schon gut«, versichere ich, »ich mag deine Späße. Bis auf die Babykarotte.«

»Ist eigentlich auch eine ziemlich normale Karotte«, gibt er zu und grinst vor sich hin.

*Willst du nochmal knabbern?*, durchfährt es mich, aber ich halte die Klappe. Ich muss mir erst mal selber darüber klarwerden, wohin ich jetzt eigentlich will. Ich weiß nur, dass ich Callum auf gar keinen Fall mehr in meinem Leben missen möchte. Ich schäme mich vor mir selbst dafür, dass es erst diese Beleidigung durch Willie gebraucht hat, damit ich das endgültig erkenne.

»Welche Sandwichsorte ist deine liebste?«, fragt Callum nach einer Weile. »Welche soll ich nachher machen?«

»Ich mag am liebsten Gurkensandwich.«

Er hebt eine Braue und wirft mir einen amüsierten Seitenblick zu. »Ist das etwa gerade eine Anspielung?«

»Hä?« Was meint er? Oh. Ja. Klar. Die *Salatgurke.* »Also, ich meine wirklich nur ein harmloses Sandwich mit Gurkenscheiben, aber der anderen Gurke wäre ich auch nicht abgeneigt.«

Haggis wüffelt vom Rücksitz, als fände er unser Gerede über Karotten und Gurken megapeinlich. Callum grinst dreckig. Dabei fällt mir auf, dass ich nicht eine Millisekunde an Willie gedacht habe, während ich Sex mit Callum hatte. Er hat mich in diesen Momenten gar nicht interessiert. Gut so! Ein bisschen wertvolle Lebenszeit weniger an ihn verschwendet. Aber unter welchem Vorwand fordere ich Callum jetzt Sex ab, wenn ich nicht mehr für Willie üben will? Brauche ich überhaupt einen Vorwand? Ich glaube nicht.

Als wir zu Hause ankommen, fängt es wieder an zu regnen. Und mir fällt auf, dass ich wirklich *zu Hause* dachte, als wir aus dem Auto gestiegen sind. Kein Wunder. Ich verbringe hier in den letzten Wochen mehr Zeit als daheim, sehr zum Unmut meines Großvaters.

»Also, ich gehe in die Küche und bereite den Tee und die Sandwiches vor, und du suchst dir eine Schnulze aus meiner Sammlung aus. Unten links in dem Sideboard, auf dem der Fernseher steht.«

Ich gehe ins Bad, um meine Prothese sauberzumachen und dann mit Haggis ins Wohnzimmer. Neugierig wühle ich mich durch die Sammlung. Da hätten wir eine ganze Reihe verschiedenster Pilcher-Filme. Außerdem *Stolz und Vorurteil, Jane Eyre, Dirty Redheads* – Moment, was ist das denn? Ein Porno! Er meint das ja wirklich ernst mit seinem Kink für Rothaarige. Endlich bin ich mal irgendwo von Natur aus im Vorteil.

»Und, hast du etwas gefunden?«, fragt Callum und betritt mit einem Tablett das Wohnzimmer.

»Also ich schwanke noch zwischen *North & South* und *Dirty Redheads*.«

Beinahe rasselt ihm das Tablett aus den Händen, aber er schafft es gerade noch, es sicher abzustellen. »Wo kommt das denn her?«, fragt er entsetzt und entreißt mir die DVD-Hülle des Pornos.

»Na aus deinem Schrank. Stand zwischen *Jane Eyre* und *The Other Wife*.«

»Das ... ist nicht meins.«

»Nein, schon klar. Das gehört sicher Haggis.«

Wir prusten beide los. »Du willst jetzt aber nicht wirklich einen Porno schauen, oder?«, fragt Callum, als wir uns langsam wieder beruhigen.

»Nein. Ich bin da mehr für praktische Übungen. Ich würde sagen, wir schauen *North & South*.«

»Eine gute Wahl.«

»Kannst du mir vorher einen kleinen Gefallen tun?«, bitte ich ihn.

»Was immer du möchtest.«

»Du hast mir vor einiger Zeit mal angeboten, mir das Lied vorzuspielen, mit dem du beim *Solo Piping Contest* gewonnen hast. Ich würde es jetzt gerne hören.«

Er wirkt überrascht, aber er nickt. »Okay. Dann setz dich hin, ich gehe den Dudelsack holen.«

Aufgeregt nehme ich auf dem Sofa Platz und warte auf ihn. Callum verschwindet nach oben und kurz darauf ist zu hören, wie er das Instrument stimmt. Dann kommt er zurück.

»Ich habe damals ganz klassisch *Amazing Grace* gespielt«, verkündet er. »Ich bin allerdings ein wenig aus der Übung. Also verzeih mir den einen oder anderen schiefen Ton.«

Gespannt lehne ich mich zurück. Und dann beginnt er zu spielen. Ich liebe Dudelsackmusik sowieso und war immer traurig, dass ich nie Talent gezeigt habe, selbst zu spielen. Aber Callum spielt so sauber und gefühlvoll. So wunderschön, dass mir ein bisschen die Tränen kommen. Ich schließe die Augen und denke mich in die Weiten unserer schottischen Highlands, an meinen geliebten Loch Ness und an die Tatsache, Teil hiervon zu sein. Ich bin ein Schotte. Nicht der größte, stärkste und schlaueste von allen, aber ein stolzer. Und der beste aller Highlander steht mir gegenüber und spielt für mich. *Callum MacTavish. Der Nachfahre von Tavish MacCallum.*

»Danke«, krächze ich, als der letzte Ton verklingt. »Es war wunderschön.«

Er lächelt und legt den Dudelsack beiseite. »Hab ich gern getan.«

Wir machen es uns gemütlich. Noch vor ein paar Stunden dachte ich, meine Welt würde zusammenbrechen, aber jetzt liege ich kuschelnd mit Callum auf dem Sofa, schaue eine historische Liebesschnulze und fühle mich besser denn je. Der Regen peitscht gegen das Wohnzimmerfenster, draußen wird es langsam dunkel und wir trinken Tee und essen Sandwiches. Manchmal hält er mich einfach fest, dann krault er mir wieder den Rücken. Die Sache mit Willie erscheint auf einmal ganz weit weg. Gar nicht mehr wichtig. Schon als ich heute Nachmittag auf ihn zugegangen bin, hat es sich nicht mehr wie früher angefühlt. Geweint habe ich am Ende vor allem, weil mich seine Beleidigung so schockiert hat, aber irgendwie gar nicht aus echter Trauer um meinen Schwarm.

Obwohl mir wie verrückt der Bauch kribbelt, weil ich so schön gehalten und gestreichelt werde, fühle ich mich so wohl, dass ich müde werde und wegnicke. Ich wache erst wieder auf, als etwas in mein Ohr schnieft.

*Haggis?*

Ich blinzle und drehe mich um. Oh. Callum schnieft und tupft sich gerade mit einem Taschentuch die Nase ab. »Ist etwas nicht in Ordnung?«, frage ich besorgt.

»Ach, meine Kontaktlinsen drücken.«

»Du trägst doch gar keine.«

Er lächelt. »Stimmt. Mich macht nur diese Stelle immer so traurig, wo er ihr einen Heiratsantrag macht, weil er sie liebt, und sie lehnt ab und sagt, dass sie ihn nicht leiden kann.«

Ich beiße mir auf die Unterlippe. »Wem sagst du das.«

Er räuspert sich unbehaglich. »Verdammt. Daran habe ich gerade gar nicht gedacht. Das war jetzt verdammt unsensibel ...«

»Ist schon gut.« Ich schmiege meinen Kopf an seine Halskuhle und atme seinen unverschämt guten Duft ein. »Die Sache mit Willie habe ich schon fast vergessen.«

»Gut für dich.« Er krault meinen Hinterkopf. Er ist so schön warm. Ich könnte wirklich gerade eine Runde schlafen ...

»Scheiße, ich hab' doch heute Dienst! Ich hab' erst morgen frei und müsste schon seit ungefähr anderthalb Stunden bei der Arbeit sein.« Ich springe vom Sofa wie mit einem Katapult und durchwühle meinen Rucksack nach meinem Handy, um im Pub Bescheid zu sagen, dass ich gleich da bin. Drei Anrufe in Abwesenheit. Vom Pub. Fuck. Und ich hab's nicht gehört.

»Jetzt habe ich ein schlechtes Gewissen, weil ich dich abgelenkt habe«, gesteht Callum. »Aber ich bin irgendwie davon ausgegangen, dass du heute frei hast.«

»Ich hatte das gar nicht mehr auf dem Radar in all dem Chaos. Ich muss jetzt schnell los.« Ich seufze und lasse die Arme baumeln. »Es tut mir leid.«

»Ist doch nicht schlimm.« Callum steht auf, kommt zu mir herüber und drückt mir überraschend einen Kuss auf den Mund. »Kommst du nach der Arbeit wieder zu mir? Ich fahre dich nach Hause oder ... du bleibst hier.«

»Und wenn du schon schläfst?«

»Werde ich nicht«, verspricht er. »Ich habe bestimmt die eine oder andere Fahrt und ich werde für dich wachbleiben.«

»Cal ... warum tust du das für mich?«, flüstere ich.

»Na weil ich doch dein bester Freund bin, und beste Freunde sind füreinander da. Oder nicht?«

»Stimmt. Wenn ich mal irgendwas für dich tun kann, dann ... dann sag's bitte, ja?«

Er nickt. »Werde ich tun. Und jetzt ab zur Arbeit. Soll ich mitkommen und ein bisschen von dem Donnerwetter abfangen, das dich erwartet?«

»Ich schaff' das schon alleine. Ich habe noch nie eine Schicht verbummelt, das eine Mal werden sie mir wohl verzeihen.«

»Wenn nicht, dann komme ich und verhaue sie. Du hast ja jetzt gesehen, dass ich das kann.«

»Danke auch dafür nochmal.« Ich schlinge ihm meine Arme um den Hals und drücke ihn fest. »Und wenn er dich anzeigt, kriegt er von mir auch noch eine geballert.«

Callum lacht auf und schiebt mich von sich. »Das will ich sehen, Pünktchen. Schlag ihn lieber bei den *Highland Games*.«

»Ach, die ...« Verlegen kratze ich mich am Kopf. »Weißt du, ich glaube, die kann ich mir jetzt sparen. Das hat sich ja heute quasi erledigt.«

»Was?« Callum runzelt die Stirn. »Ich bin mir ganz sicher, dass wir ganz am Anfang unseres Trainings vereinbart haben, dass du es für dich tust und nicht für Willie Burns.« Er stemmt die Hände in die Hüften. »Das war meine Bedingung, dass ich dich trainiere. Und jetzt willst du mir sagen, dass ich all meine Zeit verschwendet habe, weil Willie dich nicht will und du deswegen nicht antrittst?«

Verlegen senke ich den Blick. »Also ... ja, vielleicht habe ich damals ein bisschen geschwindelt. Denkst du denn wirklich, ich sollte antreten? Ich habe doch gar keine Chance.«

»Und ist das so wichtig? Du hast jetzt wochenlang so verbissen geübt. Ich finde, du solltest es der Welt auch zeigen dürfen. Außerdem brauchen die Spiele noch einen wirklich tollen Kerl, der die Regenbogenfahne hochhält, und das ist *nicht* Willie Burns.«

Ich atme tief durch und denke kurz über seine Worte nach. Er hat recht. Jetzt habe ich so viel investiert, dass ich nicht einfach wegen Willie die Flinte ins Korn werfen sollte. Ich mach's für mich. Und für Callum, der seine ganze Freizeit in mich investiert hat. »Okay«, erwidere ich. »Dann lass uns morgen wieder trainieren.«

# Kapitel 19

»Ich glaube, ich überwinde gerade mein
Finger-in-den-Arsch-Trauma.«

## CALLUM

Erst gegen vier Uhr morgens steht Ian vor meiner Tür und ist so müde, dass er mir regelrecht entgegenkippt. Kurzerhand trage ich ihn hinauf ins Schlafzimmer und ziehe ihn bis auf seinen Feinrippschlüpfer aus, während er mich schon anschnarcht. Meine leise Hoffnung auf kuscheligen Sex, die mich in den letzten Stunden wachgehalten hat, springt lachend von der nächsten Klippe. Macht nichts. Ich könnte auch eine Mütze voll Schlaf vertragen. Ist es übergriffig, wenn ich mich jetzt zu ihm ins Bett lege und zufällig einen Arm um ihn schmiege? Wir sind ja nur Freunde. Freunde mit ein paar Extras. Ich habe ihm schon die Rosette geschleckt, ich werde doch wohl meinen Arm–

»Cal?« Ian blinzelt mich schlaftrunken an. »Warum kommst du nicht ins Bett?«

*Weil ich quasi auf deine Aufforderung gewartet habe.*

Ich lasse mich natürlich nicht zweimal bitten und lege mich zu ihm. Überhaupt nicht zufällig gleitet mein Arm um seine Taille. Ich kraule seinen Bauch, bis er wieder einschläft.

*Willie ist weg.*

Wenn ich daran denke, komme ich ins Zittern. Ian hat endlich begriffen, dass dieser Kerl seiner nicht würdig ist.

Hat aufgehört, ihm hinterherzuhecheln. Ich bin nicht glücklich darüber, auf welche Weise das geschehen musste, aber sehr wohl, *dass* es endlich geschehen ist. Allerdings bedeutet das nicht, dass er jetzt frei für mich ist. Nach eigenem Bekunden geht sein Interesse nicht über Freundschaft hinaus. Ich will ihm diese Freundschaft wirklich schenken, weil er sie verdient, aber mit jeder Minute, die vergeht, frage ich mich, ob ich dabei irgendwann an meinen eigenen Gefühlen zerbreche. Denn ich kann sie nicht abstellen. Sie sind da. Und mit jeder Stunde, die ich mit Ian verbringe, werden sie stärker. Aber wenn ich mich von ihm distanziere, wird ihn das zutiefst verletzen. Es ist zum Verzweifeln.

Nach wenigen, unruhigen Stunden Schlaf werde ich am späten Vormittag wach. Ian liegt noch immer in meinen Armen, aber auch er ist wach und tippelt auf seinem Handy herum. »Guten Morgen«, flüstere ich in sein Ohr.

Erschrocken fährt er herum und wie von selbst treffen unsere Lippen aufeinander. »Guten Morgen«, flüstert er an meinem Mund, nachdem er einen fast schüchternen Kuss darauf gegeben hat. Ist da vielleicht doch mehr als nur Freundschaft? Oder kann mehr daraus werden?

»Darf ich dich frühstücken?«, murmle ich und reibe meine Nase an seiner Wange.

»Mhm. Aber erst duschen, ich stinke bestimmt wie ein Iltis.«

»Du riechst immer lecker. Aber ich gehe trotzdem gerne mit dir duschen.«

Ich hätte gerne jeden Morgen so eine anregende Dusche. Natürlich kann ich wie üblich die Finger nicht von Ian lassen, aber er erfreulicherweise auch nicht von mir. So seifen wir uns gegenseitig ein und heizen uns dabei ganz schön auf. Nur grob frottieren wir uns ab, bevor wir ins

Schlafzimmer zurückkehren und auf dem Bett weiter frühstücken. Ian hat Appetit auf Salatgurke, die ich ihm natürlich ganz selbstlos zur Verfügung stelle. Er kniet verkehrt herum über mir und präsentiert mir Arsch vom jungen Rotwild. Und schottische Eier. Heute muss ich aufpassen, dass *ich* nicht zu früh komme. Das ist normalerweise sein Part.

Meine Hände gleiten seine schlanken Schenkel hinauf. Seine feine, rotblonde Behaarung lässt meine Handflächen kribbeln, seine Haut ist weich und warm und duftet. Ich umfasse seine festen Pobacken, streichle sie und ziehe sie auseinander. Mein Kink.

*Erschieß mich doch einer.*

Mit den Daumen gleite ich über den rosa Muskel, der unter meiner Berührung zuckt. »Setz dich auf mein Gesicht«, raune ich Ian zu.

Er lässt meinen Schwanz aus seinem Mund schnappen und dreht sich um. »So richtig setzen?«

»O ja.«

»Und wenn du erstickst?«

»Dann sterbe ich glücklich.« Ich packe ihn bei den Hüften und ziehe ihn zu mir herunter. Vergrabe mein Gesicht zwischen diesen appetitlichen Hinterbacken und lasse meine Zunge dorthin gleiten, wo gerade noch mein Daumen war.

»O Cal.« Seine Hüften wippen mir entgegen und ich lecke von seinem Spalt zu den Hoden und wieder zurück, bevor ich mich wieder ganz ausgiebig meiner Lieblingsstelle widme. Er entspannt sich, öffnet sich für mich. Ich bin süchtig nach ihm, aber von dieser Sucht will ich keinen Entzug, sondern wie ein wahrer Süchtiger immer mehr. Vorsichtig schiebe ich ihn ein Stück von mir weg und betrachte die leicht geöffnete, von meinem Speichel nasse Rosette.

*Himmel.*

Ich feuchte meinen Zeigefinger an und will ihn in diese warme Enge hineingleiten lassen, aber Ian zuckt zurück.

»Was machst du da?«

»Ich wollte ein bisschen bohren. Magst du das nicht?«

»Ich denke schon, aber ... ich habe irgendwie Angst, dass dein Finger ... also, dass er andersfarbig wieder rauskommt.«

»Andersfarbig?« Ich pruste los und versetze ihm einen kleinen Schlag auf die linke Pobacke. »Junge, ich war dort gerade mit meiner Zunge. Um meinen Finger brauchst du dich nun auch nicht mehr zu sorgen. Geh mal an das oberste Schubfach im Nachtschränkchen und gib mir das Gleitgel.«

Gehorsam tut er, was ich sage. Ich hätte das Zeug auf die Heizung legen sollen, denn es ist eiskalt. Deswegen quiekt Ian auch wie ein kleines Meerschweinchen, als ich etwas davon auf seiner Rosette verteile.

»Wird gleich warm«, verspreche ich, während ich ihn vorsichtig massiere. »Entspann dich.«

»Ich komme mir wie beim Proktologen vor, wenn du meinen Arsch so genau untersuchst«, gesteht er zerknirscht.

»Dann lass Dr MacTavish nachsehen, ob alles gesund ist.« Langsam lasse ich einen Finger in ihn hineingleiten. Zu Beginn leistet der enge Muskel ein wenig Widerstand, aber dann entspannt er sich doch. *O Pünktchen, du hast ja keine Ahnung, was ich im Schilde führe ...* »Fühlt es sich gut an?«

»O ja ... ich glaube, ich überwinde gerade mein Finger-in-den-Arsch-Trauma.«

»Dein *was*?«

Er glotzt mich zwischen seinen Beinen hindurch an und zieht eine Grimasse. »Mein Großvater will ja immer Klopapier sparen. Er selbst nimmt Zeitung. Ich kaufe Klorollen, und er meinte mal, ein Blatt pro Gang würde reichen, ich solle es mal ausprobieren. Dazu sollte ich meinen Finger durch das Blatt stecken und dann–«

»Ian, hör um Gottes willen auf, zu sprechen!«, fahre ich entsetzt auf, bevor ich mir Toilettendramen anhören muss, während mein Finger in seinem Hintern steckt.

»Entschuldigung«, bittet er verschämt.

»Nasch lieber noch etwas Gurke«, weise ich ihn an.

Widerspruchslos folgt er meiner Anweisung und macht sich über mich her. Er ist so gierig. Wer hätte gedacht, dass unter dieser unschuldigen Schale doch so eine ordentliche Portion sexuellen Appetits steckt? Es fällt mir schwer, mich zu konzentrieren, denn sein warmer, feuchter Mund um meinen Schwanz und die ebenso warme und feuchte Rosette um meinen Finger treiben mich zur Raserei. Ich bewege mich vorsichtig in ihm und lasse langsam einen zweiten Finger hineingleiten. Ian stöhnt mit meinem Schwanz zwischen seinen Lippen und spreizt seine Beine ein wenig weiter. Gut so. Verdammt gut so. Ich finde den Punkt, den ich suche und reize ihn mit meinen Fingerspitzen.

Ian schreckt hoch. »Cal! Was war das denn? Jetzt hätte ich dich vor Schreck beinahe in den Schwanz gebissen!«

*Meine arme Gurke.* »Das war deine Prostata, Pünktchen.« Ich wiederhole die massierende Bewegung und beobachte, wie ein Schauer durch Ians Körper läuft, wie die kleinen Härchen auf der hellen, von süßen Sommersprossen übersäten Haut sich aufrichten.

Ich mache weiter. Ian kann sich offensichtlich nicht

mehr auf meinen Schwanz konzentrieren, denn er klammert sich nur noch hilfesuchend an ihm fest, während sein Kopf auf meinem Oberschenkel liegt. Seine Augen sind geschlossen und er knabbert auf seiner weichen, vollen Unterlippe. Ich vergehe hier vor Lust. Noch mehr, als er zu keuchen anfängt und dicke Tropfen aus seiner Schwanzspitze quellen und mir stetig auf die Brust tröpfeln.

»Was machst du mit mir?«, flüstert er. »Ich bin plötzlich undicht.«

»Willkommen beim Kurs *Prostatakitzeln für Anfänger*«, erkläre ich mit einem kleinen Grinsen.

»Ich vertraue mich ganz deiner Expertise an.«

»Gut für dich.« Ich setze alle Fingerfertigkeit ein, die ich habe. Und Ian gibt sich mir ganz hin, seufzt, stöhnt, beißt mich ein bisschen in den Schenkel und steckt sich zwischendurch immer wieder selbstvergessen meinen Schwanz in den Mund. Saut mich ein, bis man auf meiner Brust eine lustige Rutschpartie veranstalten könnte.

Und dann kommt er. Wie ein kleiner Vulkan. Es wird eng um meine Finger und warm und nass auf meinem Körper. Das triggert auch meinen eigenen Orgasmus, den ich schon viel zu lange zurückhalte und wir verspritzen uns fast gleichzeitig, heftig, gefühlt unendlich. Mein Herz rast und hämmert. Der unverkennbare, leicht herbe Geruch von Sex erfüllt die Luft. Ian sackt auf mir zusammen. Seine köstlichen Pobacken ragen vor mir auf und ich ziehe meine Finger aus ihm heraus. Sie haben noch die gleiche Farbe wie vorher.

»Fühlt sich das beim Ficken auch so gut an?«, fragt er heiser.

»Das ist bei jedem unterschiedlich«, gebe ich zu. »Ein Schwanz ist nicht so beweglich wie ein Finger. Manche finden das Gefühl beim Analsex besser, manche nicht.«

»Und du?«

Ich lächle und male kleine, unsichtbare Zirkel auf seine Pobacken. »Ich fürchte, ich gehöre zur Nicht-Fraktion. Ich habe ganz gerne mal einen Plug drin, aber ich mag es nicht, wenn sich etwas in mir bewegt, was dicker als ein, zwei Finger ist.«

»Viel dicker ist meine Babykarotte ja nicht.«

Ich schnaube und hebe eine Braue. »Willst du mich etwa ficken?«

Er kichert, streckt sich aus und kneift mich in die Zehen. »Nein, ich glaube nicht. Aber vielleicht lasse ich deine Salatgurke irgendwann mal versuchsweise in mich rein.«

»Immer mit der Ruhe«, erwidere ich. »Wir haben ja Zeit.« *Hoffe ich.*

»Ich glaube, wir müssen nochmal duschen. Und fährst du mich vor dem Training kurz nach Hause, damit ich mir etwas Frisches anziehen kann?«

»Natürlich.«

Ein bisschen widerwillig kriechen wir aus dem Bett und gehen an diesem Vormittag das zweite Mal duschen, bevor wir uns auf den Weg zu Ians Haus machen.

Ians Großvater begrüßt uns direkt an der Tür. »Sind Sie dieser Callum?«, fragt er misstrauisch.

»Also, wenn Ian nicht noch mit einem anderen Callum befreundet ist, dann bin ich wohl *dieser,* ja«, gebe ich zurück.

»Hm.« Er mustert mich mit zusammengekniffenen Augen. »Sie sind ganz schön alt.«

»Ich bin neununddreißig!«, erwidere ich entrüstet. Ich werde zwar in drei Wochen vierzig, aber das geht den alten

Griesgram nichts an, und auch neununddreißig Jahre und neunundvierzig Wochen sind noch nicht vierzig … »Wahrer Freundschaft ist das Alter egal.« *Und der Liebe sowieso.*

»Freundschaft, so so. Ich gehe davon aus, dass Ian mit Ihnen seine ersten Arsch-Erfahrungen sammelt. Er spricht nämlich ständig von Ihnen und wird dabei roter als sein prächtiger Schottenschopf.«

»Grandad«, jault Ian, »kannst du nicht zur Abwechslung auch mal mit Worten geizig sein und nicht immer nur mit Warmwasser und Klopapier?«

»Ich sehe mir nur deinen Kerl an«, schnarrt der alte Mann und kneift mich in den Bizeps. Irgendwie scheint diese Familie besessen von meinen Oberarmen zu sein. »Ich hoffe, Sie haben auch so viel im Kopf, wie Sie in den Muskeln haben. Mein Ian ist ein sensibles Seelchen und braucht einen, der ihn an die Hand nimmt. Sonst rasselt er demnächst wieder eine Böschung hinunter und sticht sich auch noch das andere Auge aus.«

»Ich bin nicht mehr dreizehn, Grandad«, gibt Ian beleidigt zurück. »Ich bin schon ein paar Jahre erwachsen und sorge für mich selbst, falls dir das noch nicht aufgefallen ist. Und für dich auch noch dazu.«

»Mir einen guten Mann für dich wünschen darf ich ja wohl noch, oder?«, gibt der kauzige, alte Ramsay zurück und schüttelt den Kopf.

»Ich werde Ian ein so guter Freund sein, wie ich kann«, gelobe ich. »Weil er es verdient.«

»Das will ich meinen«, erwidert der Großvater, aber mein Blick gilt nur Ian, der mich wie vom Donner gerührt anschaut und nervös seine Hände knetet.

»Gehen wir kurz hoch?«, fragt er leise. Ich nicke und folge ihm die Treppe hinauf.

»Also das ist sozusagen dein privates Nessieland?« Mit

einer Mischung aus Entzücken und leisem Entsetzen sehe ich mich in Ians Zimmer um. Es gibt Nessie-Bettwäsche, ein Regal voller Nessie-Bücher, viele Nessie-Sammelfigürchen und auf dem Bett sitzt eine etwas zerfledderte, wundgeliebte Plüsch-Nessie und schaut mich freundlich an.

»Ja, das ...« Ian errötet und wendet den Blick zu Boden. »Ich weiß, dass es wie ein Kinderzimmer aussieht. Aber ich kann mir leider keine neuen Möbel leisten.«

»Also die Möbel sind nicht das Problem«, gebe ich mit einem Schmunzeln zurück.

Ian schluckt sichtbar. »Ja. Der Kram.« Plötzlich beginnt er hektisch, die Figürchen vom Regal zu räumen.

»Was machst du denn jetzt?«, frage ich irritiert.

»Ich räum sie schnell weg. Du hast recht. S-so nimmt mich ja niemand ernst. Nicht mal mein Großvater.«

»Das habe ich nicht gesagt.« Ich nehme die Figuren und stelle sie vorsichtig zurück in das Regal. »Es ist kein Kinderzimmer. Es ist ein nerdiges Zimmer, ja. Aber das ist nun mal deine Leidenschaft. Ich würde nie für jemanden meine Pilcher-Sammlung wegwerfen. Warum solltest du für irgendjemanden deine Nessies verstecken? Wer damit nicht leben kann, ist nicht der geeignete Partner für dich.«

»Aber du hast deine Pilcher-Sammlung doch auch erst versteckt und behauptet, dass sie gar nicht dir gehört.«

»Stimmt. Und das war ziemlich dumm. Würde ich nicht nochmal machen.«

»Das bedeutet, dass es dich nicht stören würde, wenn jemand, an dem du Interesse hast, so ein Hobby hätte?«

»Genau das. Ich wünsche mir jemanden, der meine Leidenschaften akzeptiert, und im Gegenzug akzeptiere ich auch seine.« *Ich wünsche mir dich, Ian.*

Er öffnet den Kleiderschrank und sucht sich frische Kleidung heraus. »Das ist gut von dir. Der, der dich mal bekommt, hat echt Glück.«

*Frag ihn, Callum. Frag ihn, ob er nicht derjenige sein will, der dieses Glück hat. Ob er nicht über den Altersunterschied hinwegsehen kann. Und sag ihm, dass er das Wundervollste ist, was dir je begegnet ist.* »Wollen wir heute beim Training mal die Zeit stoppen?« *Feigling. Elender, dummer Feigling.*

»Ja, lass uns das machen. Ich muss bestimmt noch an meiner Schnelligkeit arbeiten.«

Das ist das erste Mal seit Jahren, dass ich mich ärgere, ein trockener Alkoholiker zu sein. Denn ich glaube, ich müsste mir Mut antrinken, um Ian von meinen Gefühlen zu erzählen – und die entsprechenden Konsequenzen zu tragen, falls er sie erwidert. Denn niemand außer ihm weiß in Lochnalyne, dass ich schwul bin.

# Kapitel 20

## »Das Schließmuskeltraining fällt mir allgemein leichter.«

### IAN

»Towering in gallant fame, Scotland my mountain hame, high may your proud standards gloriously wave, land of my high endeavour, land of the shining river, land of my heart for ever, Scotland the brave.« Ich muss husten, weil ich so laut gesungen habe und ein kleiner Fladen fliegt in die Highlands. Aber Callum klatscht Beifall. Neuerdings muss ich immer vor meiner Schlüpferfahne ein schottisches Lied singen, bevor wir mit dem Training beginnen. Keine Ahnung, was das wieder bewirken soll.

»Bravo!«, ruft Callum. »Man kann zumindest sagen, dass du beim Singen und beim Sex einen Anflug von Talent zeigst, anders als beim Sport.«

»Das sind sehr motivierende Worte für unseren letzten Trainingstag vor den *Highland Games*«, gebe ich säuerlich zurück. »Aber ja, ich geb's zu, das Schließmuskeltraining fällt mir allgemein leichter.«

Ich bin aufgeregt und hibbelig. Übermorgen finden nun endlich die *Highland Games* statt, bei denen ich trotz allem antreten werde. Wir haben in der letzten Woche nochmal hart trainiert und nicht nur an meiner Geschicklichkeit bei den Hindernissen, sondern auch an der Geschwindigkeit gearbeitet. Das war oft frustrierend und schmerzhaft, aber ich konnte meine Leistung trotzdem nochmal steigern. Für Sex waren wir danach meistens zu müde, was ich ein bisschen schade finde, aber es kommen ja auch wieder andere Zeiten. Hoffe ich. Denn ich trage immer noch die Angst mit mir herum, dass Callum unser Verhältnis nach den Wettkämpfen einschlafen lassen will. Die Vorstellung dreht mir den Magen um, denn mit jedem Tag sind meine Gefühle zu ihm stärker geworden. Ich muss sie ihm gestehen, sonst platze ich. Vielleicht finde ich endlich den Mut dazu, wenn ich die *Highland Games* erfolgreich hinter mich gebracht habe. Ich möchte, dass er stolz auf mich ist und erkennt, dass ich mehr als nur ein kleiner Dussel Anfang zwanzig bin. Und vielleicht mehr als nur ein Freund. Fuck, ich möchte mein Leben mit ihm verbringen! Nie wieder auf diese tolle Zeit verzichten müssen, die wir miteinander verbringen. Womöglich zerstöre ich auch alles mit meinem Geständnis, aber ich weiß nicht, ob ich für immer nur mit ihm befreundet sein und gelegentlich Sex haben kann, ohne an meinen wahren Gefühlen zugrunde zu gehen.

»Und noch eine letzte Runde, Pünktchen.«

Ich laufe los. Nehme die Hindernisse und den Slalom, ohne auf die Fresse zu fliegen. Es ist der Wahnsinn, was ich in den letzten Wochen alles erreicht habe. Ein bisschen bin ich schon stolz auf mich. Und ein großer Teil davon geht auch auf Callums Konto, weil er nie aufgehört hat, an mich zu glauben und mich zu ermuntern.

»Achtzehn Komma sechs Sekunden«, ruft er zu mir herüber. »Nicht deine beste Zeit, aber trotzdem gut.«

»Meinst du wirklich, dass wir morgen nicht nochmal üben sollen?«

Er schüttelt den Kopf. »Ja. Ein Ruhetag vor dem Wettkampf ist wichtig. Den habe ich mir immer gegönnt, um meinem Körper die nötige Erholung zukommen zu lassen.

Morgen wird nur gefaulenzt und nicht schwer, aber ordentlich gegessen. Heute habe ich allerdings noch etwas mit dir vor.«

»Was denn?«, frage ich neugierig und hoffe insgeheim, dass es schmutzige Sexspielchen sind, die eine Extraportion Spaß für meine Prostata bedeuten.

»Wir gehen wandern.«

Meine Mundwinkel wandern in Richtung Australien.

»Wandern? Wohin denn? Und warum?«

»Lockere Bewegung und Stärkung deines schottischen Nationalstolzes. Außerdem ist heute gutes Wanderwetter. Kein Regen, ein wenig Sonne. Gerade richtig.«

Na gut. Soll mir recht sein. Schließlich bedeutet das, dass ich Zeit mit ihm verbringen kann. Ich zupfe meinen Schlüpfer von der Fahnenstange und winke den Schafen damit zu, bevor ich ihn anziehe. Ein Schafbock dreht mir demonstrativ seinen wolligen Arsch zu. Der ist doch nur neidisch, weil ihm weißer Feinripp nicht steht.

»Wo gehen wir denn hin?«, frage ich noch einmal, als wir ins Auto gestiegen sind und Callum losfährt.

»An einen der schönen Wanderwege, die am Loch Ness entlangführen. Der *Fair Haired Lads Pass*.«

Wir bringen Haggis nach Hause, dem eine Wanderung zu anstrengend ist, und fahren dann in Richtung Dores, einem kleinen Dorf an den Ufern des Loch Ness südlich von Inverness, ähnlich wie Lochnalyne. Ein verschlungener Wanderweg führt uns durch einsames Waldgebiet bergauf. Wir reden nicht wirklich etwas miteinander, aber es ist kein betretenes, seltsames Schweigen, sondern mehr eine Zweisamkeit, die keiner Worte bedarf. Nach einiger Zeit lichtet sich der Wald und gibt eine Anhöhe mit einem wunderschönen Blick auf den Loch Ness frei. Die Sonne scheint und das ruhige Wasser schimmert in einem satten

Dunkelblau, während das Grün einiger Bäume schon eine zarte, herbstliche Färbung angenommen hat. Ich weiß nicht, ob es einen schöneren Ort auf der Welt gibt, als meine Heimat. Und ich bin ganz sicher, dass es keinen schöneren Mann auf der Welt gibt, als Callum MacTavish, dessen Augen mit dem See um die Wette leuchten. Wie konnte ich das nur all die Jahre nicht bemerken? Warum habe ich nicht von der ersten Sekunde an Herzflattern bekommen, als er das Pub betreten hat? Ich war offensichtlich auf mehr als nur einem Auge blind und es hat ein Aha-Erlebnis gebraucht, bis ich endlich richtig sehen konnte.

»Da drüben siehst du die Urquhart Bay«, erklärt Callum und weist mit dem Arm in Richtung See, wo sich eine Bucht auftut, in der man die Ruinen von Urquhart Castle erahnen kann. »Habe ich dir eigentlich je erzählt, dass es in Drumnadrochit ein verheiratetes, schwules Pärchen gibt?«

»Oh, was? Nein, hast du nicht.«

»Erinnerst du dich an die deutsche Touristin, die mich vor einigen Wochen angerufen hat, weil sie ein Taxi brauchte?«

»Ja, da klingelt was«, bestätige ich.

»Sie war mit ihrer Tochter und deren Lebenspartnerin unterwegs. Sie wollten Freunde in Drumnadrochit besuchen - ein schwules Ehepaar, das sie im vergangenen Jahr kennengelernt haben. Ein Steuerberater, der ein-, zweimal im Jahr geführte Rundreisen für Touristen macht, und ein Amerikaner, der zu ihm ausgewandert ist, nachdem er ihn auf so einer Tour kennengelernt hat. Liebe auf den ersten Blick sozusagen.« Er grinst. »Hat fast etwas von Rosamunde Pilcher.«

»Und das im beschaulichen Drumnadrochit«, gebe ich lächelnd zurück. »Aber siehst du? Zumindest hier ist es heutzutage gar kein Problem mehr, zu sich zu stehen. Die

Leute haben sich daran gewöhnt, dass es Schwule, Lesben, Transpersonen und vieles mehr gibt. Für die meisten ist es einfach normal.«

Er schluckt heftig und wendet sich ab. Bin ich zu weit gegangen, war das jetzt zu offensiv? Das Thema scheint ihn sehr zu belasten.

»Mir ist etwas passiert, vor einigen Jahren«, beginnt er schließlich. Seine Stimme klingt rau. »Im Vorfeld der *Highland Games* ... damals, als ich noch mitgemacht habe.« Er dreht sich wieder um und blickt mich seufzend an. »Ich hatte sozusagen auch meinen Willie Burns. Er war ein Mitstreiter in einer Team-Disziplin, wir trainierten gemeinsam und verstanden uns gut. Wir hatten Sex. Er war genauso wenig out wie ich, aber ich entwickelte irgendwann Gefühle und wollte eine richtige Beziehung, ohne Verstecken. Ich fühlte mich auf einmal stark genug dafür. Ich habe mit ihm darüber geredet, aber er reagierte ganz anders als erhofft. Er ist ziemlich ausgerastet und hat mir gedroht, falls ich irgendjemandem von unserem Verhältnis erzähle, dass er dafür sorgt, dass ich krankenhausreif geprügelt werde. Zur Sicherheit hat er mir auch gleich selbst noch eine verpasst. Natürlich war unsere Beziehung danach vorbei, und die *Highland Games* hatten sich für mich auch erledigt, da der Kerl in den folgenden Jahren noch weiter fröhlich angetreten ist. Er hat Gerüchte über mich verbreitet, um von sich selbst abzulenken, zumindest bin ich mir sicher, dass er es war. Die Leute verhielten sich mir gegenüber plötzlich komisch. Ich war einfach nur bitter enttäuscht und wollte mit all dem nichts mehr zu tun haben.«

»O Callum!« Ich werfe meine Arme um seinen Hals und drücke ihn fest an mich. »Wie schrecklich! Das tut mir so leid. Jetzt verstehe ich, warum du dich lieber versteckst.

Wie schlimm das für dich gewesen sein muss. Dagegen ist mein kleines Drama mit Willie ja ein Witz.«

»Nein, das würde ich nicht so sagen.« Er streicht mir über den Kopf, drückt mich ein Stück von sich weg und lächelt traurig. »Beides war auf seine Art sehr unschön. Aber du bist mutiger als ich. Ich habe mich danach in mein Mauseloch zurückgezogen und bin nie wieder herausgekommen. Da müsste wahrscheinlich jemand kommen und mich im wahrsten Sinne des Wortes an meinem Schwanz herausziehen.«

»Weißt du, ich komme mir jetzt ein bisschen wie ein böser Kerl vor.«

»Warum?«

»Weil wir ja sozusagen auch eine Sexaffäre haben. Wie du mit diesem Kerl damals.«

Callum lacht und versetzt mir einen kleinen Nasenstüber. »Das ist doch etwas ganz anderes.«

*Ja, stimmt. Weil du in den Kerl verknallt warst und in mich nicht. Aber ich würde mich überall stolz mit dir zeigen, anstatt dich zu vermöbeln.*

Wir wenden unseren Blick wieder zum Loch Ness und genießen eine Weile schweigend die Aussicht. Die Luft ist so herrlich klar und angenehm warm. Ich hoffe, übermorgen zu den Wettkämpfen ist das Wetter auch so.

»Manchmal denke ich, dass es so Ereignisse im Leben gibt, die es in eine ganz andere Richtung lenken«, bemerke ich gedankenverloren. »Ich denke das oft, wenn ich mich an meinen Unfall erinnere. Wäre mein Leben mit zwei Augen anders verlaufen? Wäre ich womöglich doch aus Lochnalyne fortgegangen?« *Aber dann hätte ich dich nie gehabt. Und das wäre schade gewesen.*

»Das stimmt. Mir geht es so mit der Sauferei und auch mit der Sache, von der ich dir gerade erzählt habe.«

»Manchmal sehe ich auf dem fehlenden Auge noch Dinge. Mein Gehirn erinnert sich an die Zeit, als es noch da war, und zeigt mir Fantasiebilder aus der Erinnerung. Verrückt, oder?«

»Nein, eigentlich nicht.« Callum steckt die Hände in die Hosentaschen und zieht die Schultern hoch. »Ich habe auch manchmal noch den Geschmack von Whisky auf der Zunge. Richtig gutem Whisky. Und dann ärgere ich mich über mich selbst, dass ich mir diesen Genuss auf Lebenszeit unmöglich gemacht habe. So wie du dein Auge nie wieder bekommst, weil du einen falschen Schritt gemacht hast. Nur, dass ich viele falsche Schritte gemacht habe. Aber nun ja, es lässt sich nicht ändern.«

»Stimmt. Und wenn das alles nicht wäre, dann stünden wir jetzt nicht hier. Das wäre schade, denn es ist sehr schön. Ich würde jetzt–«

Callums Handy klingelt. Er flucht leise und geht ran. »MacTavish Taxi?« Am anderen Ende hört man eine plappernde Stimme. »Tut mir leid«, antwortet er, »ich habe gerade eine längere Fahrt und bin erst in zwei, drei Stunden wieder zurück. Sie können alternativ beim Taxidienst Kinley anrufen.« Er gibt die Nummer durch, legt auf und wendet sich mir wieder zu. »Was wolltest du sagen?«

Verlegen kratze ich mich am Kopf. »Halt' mich für einen notgeilen Idioten, aber ich würde jetzt gerne mit dir schlafen.«

»Jetzt? Hier?«

Ich nicke. »Ich stelle mir das sehr schön vor in der Freien Natur. Hier kommen doch jetzt keine Leute vorbei, oder?«

»Manchmal schon. Aber wir können ein wenig tiefer in den Wald gehen. Ich habe eine Decke dabei.« Jetzt ist er es, der sich verlegen am Kopf kratzt. »Und auch ein paar andere Sachen. Ich hatte nämlich ehrlich gesagt die Hoffnung, dich unter freiem Himmel zu vernaschen. Wandern mit Hintergedanken, sozusagen.«

»Tatsächlich?«, frage ich aufgeregt. Er scheint den Sex mit mir zu mögen. »Du bist so ein Ferkel. Das ist perfekt. Dann lass uns mal ein ungestörtes Plätzchen suchen.«

Wir laufen den Weg ein Stück zurück, bis wir wieder in das Waldgebiet kommen, und schleichen uns zwischen Bäumen und Geäst entlang, bis man uns vom Wanderweg aus nicht mehr sehen dürfte. Callum packt die Decke aus und breitet sie auf den Boden. »Hier sind keine Ameisenhügel.« Er legt sich hin und klopft neben sich auf die Decke. Ich strecke mich neben ihm aus und werde sofort von zwei kräftigen Armen umfangen. »Morgen ist Sexverbot«, murmelt er zwischen zwei Küssen.

»Warum?«

»Mentaler Fokus und so. Und körperliche Schonung.«

»Dann müssen wir es heute auf Vorrat machen.«

»So, so.« Er beißt mich ins Ohrläppchen und leckt darüber.

Heute ist es hier draußen warm genug, dass ich nicht friere, als wir uns gegenseitig ausziehen. Callum ist zärtlich und zugleich fordernd, bedeckt meinen Körper mit Küssen und taucht in meinen Schoß ab, bis ich nur noch keuchen und zittern kann. Ich lasse mich von dem herrlichen Gefühl tragen. Die Waldluft kühlt meinen Schweiß und ich fühle mich wie in einer anderen Welt. Einer schönen Welt, in der ich ganz alleine mit dem besten aller Highlander bin, der nur mir gehört, zumindest für diesen Moment. Ich schlinge meine Beine fest um ihn, küsse ihn, reibe mich an ihm, während seine feuchten Finger dehnend in mich eindringen. Aber heute ist etwas anders. Heute reicht es mir nicht. Ich will mehr. Ihm so nahe wie möglich sein und die Erinnerung daran in den Wettbewerb mitnehmen, um davon zu zehren. Das Zusammensein mit Callum hat mich so stark gemacht in den letzten Wochen. Mit ihm an der Seite fühlt es sich so an, als könnte ich einfach alles schaffen.

»Ich will dich«, flüstere ich in sein Ohr. »So richtig, meine ich.«

Er löst seine Lippen von meinem Hals und blickt auf, das Haar zerzaust, die Augenlider schwer. »Du meinst ...?«

Ich nicke. »Ich will dich in mir.«

»O Pünktchen.« Er stößt einen langen Atemzug aus und mustert mich nachdenklich. »Bist du dir sicher?«

Ich nicke wieder. »Ich glaube nicht, dass ich jemandem noch mal so sehr vertraue wie dir.«

»Das ehrt mich, ich ...« Er bricht ab und setzt sich auf seine Fersen, greift zum Rucksack und wühlt darin herum. »Ich hoffe, du verurteilst mich nicht dafür, dass ich Kondome eingepackt habe, für den Fall der Fälle. Ich habe immer welche dabei, seit wir uns auf diese Weise miteinander vergnügen.« Er wirkt ein bisschen beschämt.

»Ich bin froh«, gebe ich zurück. Ich kann vor Aufregung kaum noch schlucken. »Muss ich irgendetwas tun? Soll ich mich umdrehen?«

»Nein«, erwidert Callum, während er sich das Kondom überstreift und etwas Gleitgel auf seine Finger drückt. »Ich will dich dabei ansehen.« Er beugt sich zu mir nach vorn und lässt seine Finger wieder in mich hineingleiten, bereitet mich gut vor.

Eine Gänsehaut überzieht meinen Körper und meine Brustwarzen sind so steif, dass sie wehtun. Ich kann nicht mehr warten. Ich will nur noch eins mit ihm werden.

»Ich werde vorsichtig sein«, verspricht er und legt sich auf mich, stützt sich mit einem Ellenbogen ab, während er mit der freien Hand seinen Schwanz zwischen meine Pobacken dirigiert.

Ich ziehe meine Schenkel an meinen Körper und überkreuze meine Füße hinter Callums Rücken. Spüre den leichten Druck an meiner Öffnung und halte die Luft an. Die Dehnung wird stärker. Es brennt. Ich ziehe unwillkürlich die Luft zwischen den Zähnen ein.

»Tut es weh?«, fragt Callum besorgt.

»Ein bisschen«, gestehe ich. »Aber das muss bestimmt so sein, oder?«

»Nein, Schmerzen soll es dir keine bereiten, dann verkrampfst du und es ist nicht schön für uns beide. Lass mich dich doch noch ein wenig vorbereiten.«

Er massiert mich lange und ausgiebig mit seinen Fingern, bis ich mich wieder entspanne und sogar ein paar Lusttropfen aus meiner Spitze quellen. Aber als er erneut versucht, in mich einzudringen, tut es wieder weh und ich verkrampfe. Bin ich denn sogar zu blöd für Sex? Das darf doch nicht wahr sein! Vor lauter Frust kommen mir die Tränen und ich drehe das Gesicht zur Seite. Ich kann Callum gerade nicht anschauen.

»Ian.« Er streichelt mir über die Wange. »Du wirst doch jetzt wohl nicht wegen diesem Quatsch hier weinen, oder?«

»Doch«, erwidere ich. »Weil ich nicht mal dazu tauge. Ich habe gerade wieder das Gefühl, dass ich einfach gar nichts kann. Nicht mal Sex.«

»Und ob du das kannst«, erwidert er in einem entschiedenen Tonfall. »Du bist eben nur gerade nicht bereit für diese Art von Sex, oder sie ist einfach nicht dein Ding. Und wenn schon? Ich mag es ja auch nicht, wenn einer bei mir einen wegstecken will. Es gibt tausend andere Möglichkeiten.« Er setzt sich auf, rollt das Kondom ab, wickelt es in ein Taschentuch und wirft es in den Rucksack.

»Aber ich wollte dieses Eins-Sein erleben«, flüstere ich.

»Und du denkst, das geht nur, indem ich dir meine Salatgurke rektal einführe?« Er lacht, packt mich beim Kinn und zwingt mich, ihn anzusehen. »Ich weiß etwas, was wir tun können. Es ist so nahe an Sex wie möglich, aber es wird dir nicht wehtun.« Er legt sich wieder auf mich, küsst mir die Wange und hilft mir, meine Beine um seinen Körper zu legen. Unsere harten Glieder berühren sich und als sich Callum in einem gleichmäßigen Rhythmus zu bewegen beginnt, reiben sie aneinander. Mein Bedürfnis, zu Weinen, vergeht. Und als er mich küsst und unsere Hände sich ineinander verschränken, möchte ich ihm am liebsten sogar in den Mund lachen. Es wird nie einen Mann auf dieser Welt geben, der so geduldig und liebevoll mit mir ist, der so viel Verständnis für mich hat, wie er. Ich war in Willie verknallt, weil ich ihn hübsch fand und bewundert habe. Aber was mein Herz für Callum fühlt, lässt sich damit nicht vergleichen. Es ist so viel mehr. Ich würde mein anderes Auge für ihn hergeben. Ich möchte ihn nie wieder loslassen. Ich muss es ihm einfach sagen, denn vielleicht liegt in diesen tiefen, zärtlichen Blicken, die er mir zwischen den Küssen immer wieder schenkt, doch etwas mehr als Freundschaft.

Und als wir endlich gemeinsam kommen, ganz zittrig und atemlos ineinander verschlungen auf der Decke liegen, weiß ich auch endlich, *wann* ich es tun werde.

# Kapitel 21

»Du bist die beste Katastrophe,
die mir je passiert ist.«

## CALLUM

Ich bin zweifelsohne aufgeregter als Ian. Heute ist sein großer Tag. Heute kann er sich selbst, ganz Lochnalyne, Nessie und vielen Besuchern beweisen, was er in den letzten acht Wochen geschafft hat. Wie er über sich selbst hinausgewachsen ist, um ein Vielfaches an Körperkontrolle und Selbstbewusstsein hinzugewonnen hat. Ich bin unheimlich stolz auf ihn. Und deswegen werde ich heute natürlich die *Highland Games* besuchen und ihn anfeuern, und habe mich außerdem schick gemacht. Schottisch schick mit Kilt, Strümpfen und Hemd. Ich glaube, es gefällt ihm. Seinen leuchtenden Blick könnte man jedenfalls so deuten. Er selbst trägt ebenfalls einen Kilt und dazu ein weißes T-Shirt mit einem selbst aufgebügelten Regenbogenbild.

Ich habe mir für heute etwas vorgenommen. Ich möchte ihm nach dem Wettbewerb, im Taumel seines erhofften Erfolgs, meine Gefühle gestehen. Vielleicht kann er im Freudenrausch vergessen, dass ich ein grantiger, fast siebzehn Jahre älterer Ex-Alkoholiker bin. Ich möchte so viel mehr für ihn sein.

»Wollen wir gehen?«, fragt Ian.

Ich nicke. »Ja, sonst kommen wir zu spät. Aber vorher habe ich noch etwas für dich, was ich dir geben möchte.«

Wie eine neugierige Katze reckt er den Hals. »Was denn?«

Ich ziehe den kleinen, weichen Gegenstand hinter meinem Rücken hervor und halte ihn ihm hin. »Einen Glücksbringer.«

»Eine gehäkelte Nessie!«, ruft Ian, während er sie entgegennimmt und ehrfürchtig betrachtet. »Sie ist toll. Wo hast du sie her?«

»Die habe ich gehäkelt.«

»Du – was? D-du kannst häkeln?«

»Ja, kann ich.«

»Das ist der Wahnsinn!« Stürmisch fällt er mir um den Hals und drückt mich. Ich kann nicht anders, als seine Umarmung zu erwidern. »Danke, danke, danke! Ich werde sie in Ehren halten. Das ist das schönste Geschenk, das mir je jemand gemacht hat.«

Verlegen winke ich ab. »Ist doch nichts weiter.«

»Doch. Es bedeutet mir wahnsinnig viel.« Er drückt die Nessie an sein Herz. »Jetzt kann nichts mehr schiefgehen.«

*Das hoffe ich doch.*

Er will sich zum Gehen aufmachen, aber ich halte ihn an der Schulter fest. »Warte. Was hast du unterm Kilt?«

»Schottenkostüm natürlich.« Er hebt ihn an und präsentiert mir seine blanke Nudel. »So, wie sich das gehört.«

»Ah«, erwidere ich zerknirscht, »dann wird es Zeit für mein zweites Geschenk.« Ich gehe an die Schublade meines Sideboards und hole es heraus. »Bitteschön.«

»Was ist das?« Ian nimmt das schwarzrot karierte Stück Stoff in die Hand und faltet es auf. »Ist das etwa eine Unterhose?«

»Ich konnte leider keine im Tartan vom Clan Ramsay auftreiben, aber ich denke, die hier tut's auch.«

Erstaunt blickt mich Ian an. »Soll ich die jetzt anziehen?«

»Ja.«

»Aber ich dachte die ganze Zeit, ich soll nichts drunter tragen?«

»Beim Training nicht.« Ich räuspere mich. »Aber ehrlich gesagt möchte ich nicht, dass ganz Lochnalyne deinen Hintern sieht, falls du doch hinfällst.« Unwillkürlich muss ich grinsen. »Ich möchte mein Exklusivrecht darauf noch ein wenig behalten.«

Schamesrot, aber nicht weniger grinsend, zieht Ian sein Geschenk an. Gemeinsam verlassen wir das Haus und machen uns auf den Weg zum Wettkampfgelände. Es ist viel los. Überall stehen wild parkende Autos und sowohl Anwohner, als auch Touristen drängen sich auf die Straßen und Gehwege, um genau wie wir zu den Spielen zu gelangen. Es herrschen gute Wetterbedingungen für die Lochnalyne *Highland Games*. Es ist nicht zu warm und leicht bewölkt und sieht nicht allzu sehr nach Regen aus. Auch in den letzten Tagen hat sich der Niederschlag eher in Grenzen gehalten, sodass der Boden auf dem Gelände nicht schlammig sein sollte.

Der Festplatz ist belebt, viele Männer tragen Kilts in den Tartans ihrer Clans, jemand spielt auf dem Dudelsack und der herzhafte, etwas fettige Geruch von verschiedenem Essen, das in Imbissbuden angeboten wird, zieht zu uns herüber. Erinnerungen an früher verursachen ein Kribbeln in meinem Magen. Ich kann die Aufregung von damals fast spüren, diese einzigartige Atmosphäre voller gutgelaunter Menschen, die für einen Tag ihre Sorgen vergessen und einfach stolz sind, Schotten zu sein. Es war eine schöne Zeit, bis sie mir kaputtgemacht wurde. Aber vielleicht bekomme ich jetzt durch Ian ein kleines Stück davon zurück.

Natürlich ist so ziemlich der Erste, dem wir begegnen, Tripper-Willie. Ich merke, wie sich Ian neben mir sofort versteift, regelrecht verkrampft. »Du wirst dich doch wohl nicht von diesem Typen einschüchtern lassen, oder?«, frage ich ihn besorgt.

»N-nein. Natürlich nicht.« Er wird knallrot und knetet nervös seine Hände, während er Willie anstarrt.

Ein heißer Knoten der Eifersucht bildet sich in meinem Magen. Fällt er jetzt doch wieder in seine alte Schwärmerei zurück? Macht er sich doch wieder Hoffnungen? Es ist kaum auszuhalten. Willie bemerkt uns, streift Ian mit einem kurzen Seitenblick und verengt bedrohlich die Augen, als er mich entdeckt. Ich warte ja nur darauf, dass eine Anzeige von dieser Memme in meinem Briefkasten liegt. Ich sehe dem gelassen entgegen, denn ich habe alles richtig gemacht.

»Beachte ihn gar nicht«, raune ich Ian zu.

»Ist gar nicht so einfach«, gibt er zurück.

Ich atme einmal tief durch. Was soll ich davon halten? Mein Plan, ihm später meine Gefühle zu gestehen, bekommt Risse. Kaum taucht Willie wieder auf, ist Ian wie ausgewechselt. Warum sollte ich mir überhaupt irgendwelche Chancen ausrechnen?

»Du musst jetzt dort rüber zu den Teilnehmern«, erkläre ich ihm.

Er nickt tapfer und strafft seine Haltung. »Kannst du mitkommen?«

Ich schüttle den Kopf. »Nein. Aber ich werde mich bis nach vorn an die Absperrung drängen, wo du mich sehen kannst, und dich von dort anfeuern. Du rockst das, Pünktchen. Ich glaube an dich.«

Er lächelt mich an und macht den Eindruck, als wolle er mich umarmen, tut es dann aber doch nicht. Wahrscheinlich hält ihn Willies Gegenwart davon ab. »Ich rocke es nicht, ich *kilte* es. Danke für alles, Cal. Ich hoffe, ich kann dich stolz machen. Bitte pass inzwischen auf Nessie auf.« Er drückt sie mir in die Hand, wendet sich ab und geht davon, der Schritt viel fester und sicherer als früher.

*Du machst mich schon unheimlich stolz, mein Süßer. Du machst mich so stolz, dass mir gleich das Herz platzt.*

Erschüttert muss ich feststellen, dass der Hindernisparcours viel länger und komplizierter ist, als von mir angenommen. Ich war eindeutig zu lange nicht mehr bei den *Highland Games*. Es scheint sich in den letzten Jahren einiges geändert zu haben, denn in meiner Erinnerung war die Strecke ungefähr so, wie ich sie für Ian zum Üben aufgebaut hatte, nur eben etwas länger und mit Wiederholungen. Hier gibt es nun allerdings noch Strohballen, über die man klettern muss, Stangen, unter die man sich hindurchducken soll und sogar einen Ringtunnel zum Kriechen.

*Scheiße.*

Das ist ungefähr das größte anzunehmende Unglück, denn ich habe Ian lediglich auf Hürdenspringen und Slalom vorbereitet. Verdammter Mist! Ich muss ihn da rausholen. Wahrscheinlich wird er mich gerade hassen, weil ich ihn nicht ordentlich vorbereitet habe. Aber warum hat er mir denn nicht gesagt, dass es mittlerweile noch andere Sachen gibt außer Hürdenspringen und Slalom?

»Dürfte ich mal vorbei?«, pflaume ich die umstehenden Leute an und setze meine Ellenbogen ein, um mir meinen

Weg zu bahnen. Ich muss zu den Teilnehmern und mit Ian reden.

Ein Ordner, den ich namentlich nicht kenne, hält mich auf. »Wo willst du hin, Mann? Drängler und Schubser fliegen hochkant raus.«

»Ich muss sehr dringend mit Ian Ramsay sprechen«, erkläre ich. »Ich bin sein Trainer. Bitte, es ist wichtig.«

»Tja das wird wohl nichts, denn der Junge steht schon in den Startlöchern.«

Mit Entsetzen höre ich, wie just in diesem Moment eine Durchsage erklingt: »Der nächste Teilnehmer im Hindernisparcours mit dem hübschen Regenbogen auf dem Shirt ist Ian Ramsay aus Lochnalyne!«

*Nein! Nein, er kann jetzt nicht!*

Doch es ist zu spät. Ian rennt los. Wie gebannt beobachten alle, wie er die ersten Hindernisse nimmt, denn seine Teilnahme ist für das Dorf eine kleine Sensation. Und dann beginnt die Katastrophe.

Schon am zweiten Hindernis bleibt er mit dem Fuß hängen und reißt es mit sich um. Ich will schon loslaufen und ihm aufhelfen, ihn vor den hämischen Blicken der Leute abschirmen, aber er rappelt sich von alleine wieder auf und läuft weiter. Und fällt. Und steht wieder auf. Er nimmt nahezu jedes Hindernis mit. Von den Strohballen fällt er herunter, an der Stange, unter der er sich durchducken soll, stößt er sich den Kopf. Aber er läuft weiter. Die Menge ist außer sich, kommentiert jeden Sturz und jedes Rempeln mit »Oooh« und »Aaah« und beginnt schließlich, ihn mit einem Sprechchor anzufeuern.

»Ian, Ian, Ian!«

Er überspringt erfolgreich die nächste Hürde, bleibt an der folgenden wieder hängen und fällt hin. Wir sehen das ungezählteste Mal seine karierte Unterhose.

»Ian, Ian, Ian!«

Er bleibt direkt auf dem Bauch liegen und robbt einfach vorwärts bis zum Ringtunnel. Verheddert sich darin wie eine Raupe in einem Kokon und kommt erst nach einer kleinen Ewigkeit wieder am anderen Ende heraus.

»Ian, Ian, Ian!«

Ich habe inzwischen in den Sprechchor eingestimmt und klatsche rhythmisch in die Hände. Die Menge tobt. Ian kämpft verbissen weiter. Läuft beim Slalom gegen eine Stange und lässt zwei andere aus. Ich glaube, er ist die größte Katastrophe, die die Lochnalyne *Highland Games* je mit angesehen haben. Mein Herz blutet. Aber das Publikum feiert. Ich entdecke einen seiner Arbeitskollegen und seinen Chef.

»Ian, Ian, Ian, Ian!«

»Drei Minuten und einunddreißig Sekunden!«, verkündet der Schiedsrichter. Seine Stimme ist durch das Johlen der Menge kaum zu hören.

Damit hat Ian vermutlich doppelt so lange gebraucht wie alle anderen. Auf jeden Fall waren das aber die längsten drei Minuten meines Lebens. Ich habe das Gefühl, dass ich vor Anspannung gleich eine Herzattacke bekomme. Noch immer begleitet von Applaus und skandierenden Rufen kommt er wild winkend zu mir herüber. Er lacht. Verdammt, er lacht bis über beide Ohren!

»Das ging ja mal richtig schief«, sagt er, »aber es hat Spaß gemacht. Vor allem den Leuten. Mir auch. Ich hoffe nur, du bist nicht allzu sehr enttäuscht von meiner Leistung.«

»Nein, das bin ich nicht. Ich bin stolz, wie verbissen du gekämpft hast, auch wenn das meiste nicht nach Plan lief.« Ein schwerer Stein fällt mir von meinem Herzen. Er nimmt es locker, ist nicht traurig und frustriert, sondern gut drauf. Das ist wunderbar. Das ist ... *perfekt*.

Gemeinsam sehen wir uns den Rest der Spiele an, fiebern mit anderen Kandidaten mit und beobachten zumindest zu meiner allgemeinen Befriedigung, dass Willie Burns nicht halb so viele Anfeuerungsrufe erhält wie Ian, obwohl er die besten Leistungen in seinen Disziplinen hinlegt.

»Ich glaube, die Leute mögen dich dieses Jahr mehr als ihn«, bemerke ich an Ian gewandt. »Du bist wahrscheinlich so eine Art *Eddie the Eagle* der *Highland Games*.«

Als schließlich die Gewinner verkündet werden, steht unter anderem wie erwartet Willie Burns auf dem Siegertreppchen und sonnt sich selbstgefällig grinsend in seinen Erfolgen. Bis – nun ja ... bis der Ansager erneut zum Mikrofon greift.

»Ganz offensichtlich gab es aber neben all den herausragenden, sportlichen Leistungen auch in diesem Jahr wieder einen ganz besonderen Publikumsliebling. Der Preis für den Gewinner der Herzen der Lochnalyne *Highland Games* 2017 geht deshalb an Ian ›den Feldhasen vom Loch Ness‹ Ramsay!«

»O Gott!« Ian fährt zu mir herum. »Beim verflixten Highlander, hat der gerade meinen Namen gesagt?«

»Ja«, bestätige ich lachend und klatsche wie alle Umstehenden Beifall. »Ja, hat er. Nun geh schon und hol dir deinen Pokal ab! Du hast ihn dir redlich verdient.«

»O mein Gott!«, kreischt Ian noch einmal unnatürlich hoch und macht sich stolpernd auf den Weg zum Siegertreppchen. Die Menge ruft seinen Namen. Willies Miene ist sauertöpfischer als ein Glas Mixed Pickles.

*Tja, jetzt bist du nicht mehr der Superstar der Highland Games, Blödarsch.*

Ich verdrücke ein kleines Tränchen, als Ian seinen Pokal entgegennimmt. Der Ansager hält ihm das Mikrofon hin.

»Ich – ich danke euch allen«, sagt er und man hört die zitternde Aufregung in seiner Stimme. »Das ist der absolute Wahnsinn. Und es hat mir großen Spaß gemacht.« Er räuspert sich und das Mikrofon quietscht. »Ich möchte diese Gelegenheit nutzen, um demjenigen zu danken, der mir das alles hier ermöglicht hat.«

Meint er mich?

»Er war der Anlass, überhaupt hier mitzumachen. Nur seinetwegen habe ich die Kraft und den Mut gefunden, viele meiner Ängste und Unsicherheiten zu überwinden und bei den *Highland Games* anzutreten.«

Nein, er meint nicht mich. Er meint ... *Willie.* Mein Herz sinkt. Ich wende mich ab.

»Wenn er nicht gewesen wäre, hätte ich heute wahrscheinlich noch Angst vor meinem eigenen Schatten.«

*Geh nach Hause, alter Knabe. Geh zu deinem Hund und schau dir eine Schnulze an, bloß keinen Porno mit rothaarigen Kerlen, denn die wirst du wahrscheinlich nie wieder ohne Herzbluten ertragen können.*

»Dieser Mann hat mein ganzes Leben auf den Kopf gestellt. Dass ich mich in ihn verliebt habe, hat mir erst Angst gemacht, aber dann nur noch Mut.«

Warum hat dieser Idiot Willie nur so ein Glück? Warum will Ian nicht sehen, wer ihn wirklich liebt?

»Deshalb möchte ich hier vor allen Leuten sagen: Ich liebe dich. Ich liebe dich, Callum MacTavish.«

Mein Herz bleibt stehen. Ich fühle, wie sich alle Blicke auf mich richten, während ich mich in Zeitlupe umdrehe. Habe ich mich verhört? Oder hat er gerade wirklich gesagt, dass er mich liebt? *Mich?*

»Callum, Callum«, ruft jemand hinter mir und sogleich stimmen andere mit ein: »Callum, Callum, Callum!«

Wie in Trance laufe ich hinüber zu Ian, der mir mit einem schüchternen, aber hoffnungsvollen Lächeln entgegenblickt. Das muss ein Traum sein. Der beste Traum, den ich je hatte, aber nichtsdestotrotz ein Trugbild. Ian stellt den Pokal ab, kommt mir die letzten Schritte entgegengetorkelt und fällt mir um den Hals. Ich fange ihn auf und halte ihn fest, so fest wie ich nur kann.

»Du weißt schon, dass du mich gerade einfach vor dem gesamten Dorf geoutet hast?«, raune ich in sein Ohr und kann mich nicht entscheiden, ob ich lachen oder weinen soll.

Ian schnieft und blickt mich entschuldigend an. »Ich habe dich am Schwanz aus deinem Mauseloch gezogen. Schlimm?«

»Nein.« Da ich mich immer noch nicht entscheiden kann, mache ich einfach beides. Lache und weine zur gleichen Zeit. »Ich danke dir. Du bist die beste, großartigste und wunderschönste Katastrophe, die mir je passiert ist. Und ich liebe dich auch. Ich liebe dich wie verrückt, Ian Ramsay.«

Wir küssen uns. Mitten in der Wettkampfarena, vor aller Augen.

»Was für ein Nachmittag!«, ruft der Ansager ins Mikro und die Menge jubelt, pfeift und applaudiert.

Ich löse mich von Ian und reiße seinen Arm in die Höhe, um noch einmal der ganzen Welt zu zeigen, dass dieser Mann hier der Champion meines Herzens ist. »Ja, verdammt, ich bin schwul!«, brülle ich im Rausch des Moments, als ich in einige völlig erstaunte Gesichter aus dem Dorf blicke. »Ich bin ein schwuler Mann, der häkeln kann und Rosamunde Pilcher liebt!«

Stille tritt ein. Man hört die Grillen zirpen.

»Na schön, vergesst das mit Rosamunde.«

Die Leute fangen wieder an zu jubeln und ich führe Ian an der Hand vom Platz. Die Menge bildet eine Gasse. Wir bleiben noch ein Weilchen bei den Spielen, gönnen uns einen Imbiss und nehmen die Glückwünsche entgegen, mit denen die Leute uns beide überschütten.

»Na, habe ich nicht gesagt, du sollst Callum fragen?«, bemerkt Ewan, Ians Chef, mit einem Grinsen und knufft ihn in die Seite.

»Das war die beste Idee überhaupt«, gibt Ian freude-strahlend zurück. »Ich habe nicht nur eine Menge Spaß gehabt und viel dazugelernt, sondern auch noch meine große Liebe gefunden.«

Mein Herz schlägt bei diesen Worten ein paar Takte schneller. Ich lege einen Arm um Ians Taille und drücke ihm einen Kuss auf die Schläfe. »Komm mit«, fordere ich und nehme seine Hand. »Lass uns gehen.«

»Wo gehen wir denn hin?«, will er wissen, während wir den Festplatz verlassen.

»Dorthin, wo alles angefangen hat«, erwidere ich. »Zum besten Publikum auf der ganzen Welt.«

# Epilog

Die Schafe wirken nicht halb so beeindruckt wie das Publikum bei den *Highland Games*. Sie kauen Gras und mähen uns wie immer gelangweilt an. Haggis, den wir mitgenommen haben, setzt sein übliches Begrüßungshäufchen an den Zaunpfahl.

»Es tut mir leid, dass ich dich nicht richtig auf den Wettbewerb vorbereitet habe«, bekennt Callum zerknirscht. »Ich wusste leider nicht, dass die Hindernisstrecke inzwischen so viel schwieriger geworden ist, und du hast nichts gesagt.«

Ich zucke mit den Schultern. »Ich dachte, wenn ich das hier kann, kann ich den Rest mit links. War nicht so. Macht aber nichts. Ich habe einen Pokal. Meinst du, ich kann ihn bei dir verstecken? Grandad fährt damit sonst morgen zum Altmetall-Ankauf und macht ihn zu Geld.«

»Wir werden ihn nicht bei mir verstecken, sondern in meiner Wohnzimmervitrine präsentieren, so wie sich das gehört. Vielleicht stelle ich einen meiner Pokale dazu, damit er nicht so alleine ist.« Er räuspert sich und nimmt meine Hände in seine. »Ian ... ich hatte gehofft, dass du vielleicht bei mir einziehst. Bei mir gibt es immer Warmwasser und leckeres Frühstück. Ich kann uns auch Nessie-Bettwäsche nähen.«

Ich umarme ihn stürmisch und küsse ihn auf den Mund, dass es schnalzt. »Liebend gern würde ich bei dir einziehen. Ich werde mit Großvater darüber reden, ob er damit zurechtkäme, wenn ich nicht mehr mit im Haus wohne, aber ich denke schon. Glaubst du, du hältst mich auf Dauer aus?«

»Ich glaube, ich halte es auf Dauer nicht ohne dich aus«, versetzt er und küsst mich auf die Nasenspitze. »Du bist der mutigste Kerl, den ich kenne. Ich wollte dir heute auch meine Gefühle gestehen, aber du warst schneller und ich wäre wahrscheinlich sowieso wieder zu feige gewesen.«

»Ich kann noch gar nicht richtig fassen, dass du sie wirklich erwiderst«, gestehe ich atemlos und betrachte ihn. Er sieht prächtig aus in seinem Kilt. So stolz und stattlich. Das Bröselgardinen-Syndrom schlägt wieder zu. »Das ist wie ein Traum und ich habe Angst, zu erwachen und festzustellen, dass das alles nicht wahr ist. Dass mich doch nicht jemand so will, wie ich bin, mit all meinen Fehlern.«

»Pünktchen.« Zärtlich streichelt mir Callum über die Wange. »Ich mochte dich immer gern, auch wenn ich es nie so gut zeigen konnte. Aber jetzt bist du für mich einfach der Schönste. Mit deinen beiden wundervollen Augen, deinen Sternensommersprossen und deinen roten Haaren. Rot ist schließlich die Farbe der Liebe. Und wer dich nicht liebt, muss schon ziemlich bescheuert sein.«

Wir küssen uns innig, stehen eng umschlungen und ich begreife, dass Callum recht hatte, als er meinte, dass es noch viele andere Wege gibt, sich nahe zu sein, *eins* zu sein, als nur Sex. Irgendwann zerrt Haggis an unseren Kilts und wir lösen uns atemlos lachend voneinander.

»Lass uns ein Stück gehen«, schlägt Callum vor. »Zu unserem Aussichtspunkt.«

Hand in Hand laufen wir den Hügel hinauf, bis wir freien Blick auf den See haben, der uns Heimat und Geborgenheit bedeutet. Ich glaube, das ist der schönste Moment in meinem ganzen Leben.

»Du bist die Nessie, die ich gesucht habe, Cal«, erkläre

ich. »Auch wenn ich dafür noch viele Böschungen hinunterpurzeln musste.« Ich hole die Häkelnessie aus meinem Rucksack und setze sie vor uns hin, damit sie ihr Zuhause betrachten kann.

»Und du bist wahrscheinlich der Erste, den ich mir nicht schönsaufen muss.«

Ich grinse ihn an. »Übrigens, ich möchte nächstes Jahr wieder an den *Highland Games* teilnehmen. Aber in einer anderen Disziplin.«

Callums Gesichtszüge entgleiten ein wenig. »Ernsthaft?«

»Ja. Dein Dudelsackspiel hat mir so gefallen, dass ich es jetzt auch lernen möchte. Bringst du es mir bei?«

»O Gott.« Er macht eine verzweifelte Geste. »Es wird furchtbar werden. Vielleicht überlege ich mir das mit dem Zusammenziehen doch nochmal.«

»O je, wenn das so ist, dann–«

»Ich mach' nur Spaß«, unterbricht er mich. »Du möchtest also wieder *Blasestunden*? Ich hoffe, du lernst dabei so schnell wie bei den anderen.«

Ich grinse verlegen und lasse mich auf dem Boden nieder. Callum setzt sich neben mich. »Ich werde mir Mühe geben«, verspreche ich. »Und wenn wir dann zusammen wohnen, könnten wir die Pension wieder eröffnen. Du kochst und fährst die Urlauber herum, und ich ... na ja, ich mache irgendwas anderes Nützliches.«

»Ich liebe dich«, erwidert der großartigste aller Highlander schlicht und legt seinen Arm um mich.

»Ich liebe dich auch«, erwidere ich und lehne meinen Kopf an seine Schulter.

Gemeinsam blicken wir hinab ins Tal, wo der See in schwarzblauen Wellen in der Sonne schimmert. Stille Wasser sind tief. Und ein bisschen schmutzig. Aber manchmal wartet darunter kein Ungeheuer, sondern ein Schatz. Und ich habe ihn endlich entdeckt.

# Nachwort

Liebe Leser_Innen,

da waren wir also mal wieder in Schottland! Irgendwie kommt man ja doch nicht los von diesem schönen Fleckchen Erde.

Mit Lochnalyne habe ich mich diesmal für einen fiktiven Ort entschieden, damit ich ihm ganz eigene Highland Games geben kann. Lochnalyne ist angelehnt an Drumnadrochit und Pitlochry. Alle anderen Orte sind real und selbstverständlich einen Besuch wert. Am Moray Firth habe ich tatsächlich ganz viele Delfine gesehen. Und das Verbotsschild für Alkohol gibt es wirklich.

Auch habe ich mich gefreut, mich einmal wieder dem Thema Handicaps zu widmen. Als selbst auf die eine oder andere Art und Weise gehandicapter Mensch finde ich es wichtig, dass das Thema nicht mit einem Friedhofsernst behandelt wird, als sei jeder betroffene Mensch ein wandelnder Trauerfall. Ich bevorzuge das Motto: Lebensfreude und Selbstironie.

Vielleicht lasse ich die Lauwarmen Schottenromanzen zur Serie werden – Ideen sind jedenfalls noch da. Wie immer freue ich mich, wenn ihr mir ein Feedback hinterlasst, sei es in Form einer Rezension, einer E-Mail, einer Nachricht bei Facebook oder einem Like für meine Autorenseite.

Ich hoffe, wir lesen und ganzbald wieder.

Alles Liebe
Jona Dreyer, im März 2018

Kontaktmöglichkeiten:

E-Mail: jonadreyer.autor@gmail.com
Homepage (mit Newsletter): http://www.jonadreyer.de/
Facebook: http://www.facebook.com/jonadreyer.autor

# Leseprobe

## Will hier jemand Haggis?

»Hi«, grüße ich und die fünf anderen Personen im Bus grüßen zurück. Ich setze mich neben eine Frau Mitte fünfzig und eine weitere Frau, die vermutlich ihre Tochter ist, denn sie sieht aus wie ein jüngerer Abklatsch der ersten. Beide tragen ungünstig geschnittene, tarngrüne Cargoshorts, die ihnen bis zur Hälfte der Wade reichen und stoppelig rasierte Haut präsentieren, im Falle der Jüngeren zu allem Übel auch noch mit einem unscharf tätowierten Schriftzug versehen.

»Hellooo!«, begrüßt mich die Ältere mit einem breiten Grinsen. »My näim is Birgit änd sis is my daughter Daniela.« Sie stupst die Tochter unsanft mit dem Ellenbogen an, um deren Aufmerksamkeit zu erregen.

Aha. Deutsche. Ich nicke ihnen freundlich zu und Daniela schenkt mir ein kaugummikauendes Grinsen. »Ich bin Adrien«, füge ich der Vollständigkeit halber an. Man will ja nicht unhöflich sein.

Birgit nickt eifrig und flüstert ihrer Tochter etwas zu, woraufhin diese aufgeregt kichert. Peinlich berührt wende ich meinen Blick lieber nach vorn auf die drei schwarzhaarigen Köpfe einer japanischen Familie: Mutter, Vater, Tochter. Immerhin tragen auch die Regenjacken und ich komme mir nicht mehr ganz so bescheuert vor.

Offenbar sind wir nun vollzählig, denn die Grottenolm-Frau setzt sich hinter das Steuer, lässt den Motor an und fährt los. Als wir das Flughafengelände verlassen, schaltet sie einen kleinen Lautsprecher an und macht eine Durchsage: »Ich begrüße Sie alle herzlich hier in Schottland. Ich bin Susan und hoffe, Sie hatten eine angenehme Anreise. Ich werde Sie jetzt zu Ihrer Unterkunft in Arrochar bringen. Das ist ungefähr eine Stunde Fahrtweg. Genießen Sie den schönen Ausblick in die Landschaft der Grenze zwischen den Lowlands und den Highlands bei diesem traumhaften Wetter. An Ihrer Unterkunft wird Sie dann mein Großcousin Lachlan begrüßen, der die weitere Reiseleitung übernimmt.« Sie dreht das Radio auf und es spielt erfreulich klischeehafte Dudelsackmusik, die uns allen wohl helfen soll, uns noch besser auf den bevorstehenden Urlaub einzustimmen.

Wie könnte ich bloß am besten die eine oder andere Schicht meiner Kleidung loswerden, ohne allzu sehr mit Birgit und Anhang auf Tuchfühlung zu gehen? Das ist äußerst schwierig, denn die beleibte Dame sitzt praktisch auf meinem Schoß. Wie ein Entfesselungskünstler, eingeklemmt zwischen Gurt und Sitznachbarin, schaffe ich es zumindest, mich von meiner Daunenweste zu befreien, aber für den Sweater, den ich mir über den Kopf ziehen müsste, sehe ich schwarz und behalte ihn lieber an.

»Ganz schön warm, he? Wärri warm?«, fragt Birgit in ihrem gebrochenen Englisch.

»Hm«, gebe ich zurück und versuche, eine bequeme Stellung zu finden, was nicht ganz einfach ist, da meine Knie die ganze Zeit am Vordersitz scheuern. »Nicht das, was ich erwartet hätte.«

»Daniela und ich sind schon das zweite Mal in Schottland!«, schreit Birgit mir unnötig laut ins Ohr und fügt noch unnötiger hinzu: »Daniela ist siebenundzwanzig! Twänti-sewen!«

Ich nicke und tue so, als habe ich kein Wort verstanden und als hätten mich auch keine kleinen Spuckesprenkel an der Wange getroffen. Aber als ich mich zum Fenster drehen möchte, um ein wenig die vorbeiziehende Stadt zu betrachten, stupst Birgit mich an der Schulter an.

»Änd you?«

»Einunddreißig«, gebe ich zur Auskunft, obwohl das die Frau eigentlich gar nichts angeht. Abermals rempelt sie ihre schon beinahe eingeschlafene Tochter an und nickt ihr verschwörerisch zu.

Jesus Christ, ich sitze noch keine zehn Minuten im Bus und schon will mich offensichtlich jemand verkuppeln. Das ist ja wie zu Hause. Dort versucht auch ständig jemand, mich an den Mann, oder besser gesagt an die Frau zu bringen. Als ich mich vor über sechs Jahren geoutet habe, waren dem ein paar bestürzte Blicke und das eine oder andere »Bist du sicher?« gefolgt, nur um dann alle Bemühungen, die passende Frau für mich zu finden, noch weiter zu verstärken.

»Das ist sicher nur eine Phase«, hatte meine Mutter angemerkt. »Wenn du erst die Richtige triffst, dann ist die ganz schnell wieder vorbei.« Mein Vater hatte derbere Worte gefunden: »Junge, dich muss nur mal eine so richtig rannehmen, dann vergisst du den Quatsch mit den Männern ganz schnell wieder!«

Gefolgt waren endlose, demütigende Verkupplungsversuche und am Ende bot mein Vater mir sogar an, einen Bordellbesuch zu bezahlen, nur um mir den Sex mit Frauen doch noch schmackhaft zu machen. Ich habe dieses Angebot selbstverständlich ausgeschlagen. Seither ist das Maß für mich vorerst voll und ich habe den Kontakt zu meinen Eltern eingeschränkt und besuche sie meist nur noch an den Geburtstagen, Thanksgiving und Weihnachten. Wo sie nach wie vor nicht müde werden, mich zu fragen, ob ich denn endlich mal das Schwulsein aufgegeben habe.

Hier in Westeuropa, wurde mir gesagt, sollen die Menschen weitaus offener und toleranter sein als in vielen Ecken des Landes der unbegrenzten Möglichkeiten. Aber gerade deshalb steht mir noch weniger der Sinn nach Verkupplungsaktionen einer wildfremden Frau mit ihrer gelangweilten, übriggebliebenen Tochter. Demonstrativ wende ich meinen Blick von meiner Sitznachbarin ab und hinaus zum Fenster, wo sich beim Verlassen des Stadtgebiets schon die ersten hügelig-sanften Ausläufer der Natur zeigen. Ich bin müde. Ich bin seit gestern Mittag ununterbrochen wach und habe auf dem Flug von Houston nach London keinen Schlaf gefunden. Der fordert jetzt umso heftiger seinen Tribut, und das Brummen des Motors, das leichte Schaukeln des Busses und die leise Dudelsackmusik tun ihr Übriges dazu.

Ich wache erst wieder auf, als der Bus anhält, um eine kleine Rast zu machen.

»Wir sehen hier die ersten Ausläufer des Loch Lomond«, erklärt Susan. »Wenn Sie wollen, können Sie kurz aussteigen und ein Foto machen.«

Das lässt sich die japanische Familie nicht zweimal sagen und springt aus dem Auto wie aus Schleudersitzen. Auch ich habe das Bedürfnis, mir kurz die Beine und die mittlerweile wundgescheuerten Knie zu vertreten und steige dankbar aus. Mein linker Oberschenkel, der permanent in engem Kontakt mit Birgit gestanden hat, fühlt sich verschwitzt an und ich zupfe verstohlen an dem klammen

Jeansstoff. Ich kann es kaum erwarten, zu duschen und mich umzuziehen. Was auch immer von meinen dicken Sachen ich anziehen soll.

Der Ausblick ist in der Tat wundervoll. Die von bewaldeten Hügeln und im Hintergrund von schroffen Felsformationen umgebenen Wellen schimmern in der Nachmittagssonne und lassen die am Ufer vertäuten Boote sanft schaukeln. Ich halte die Nase in die Sonne, atme die Luft ein – und rieche Gras. Gras zum Rauchen. Irritiert blinzle ich über die kleine Mauer, die die Uferböschung von der Straße abgrenzt, und erblicke eine Gruppe von vier Jugendlichen, die gemütlich auf einer Picknickdecke sitzen und in aller Seelenruhe einen Joint rauchen. Schottland verspricht ja wirklich interessant zu werden. Grinsend schieße ich ein Foto mit meinem iPhone, dessen Wetter-App immer noch steif und fest behauptet, es würde regnen, und will gerade zurück in den Bus steigen, als Birgit mir in den Weg tritt:

»Willst du in der Mitte sitzen? Do you want tu sit in se middel?«

»Nein, danke«, wehre ich ab. No, sänks. Aber diesmal tut Birgit so, als habe sie mich nicht verstanden und schiebt mich mit Nachdruck in den Bus, so dass ich beinahe mit dem Gesicht in Danielas Schoß lande. Eingekeilt zwischen den zwei urinblonden Damen gibt es kein Entrinnen mehr. Birgit drängt mich mit ihrem cargobehosten Becken subtil gegen ihre rotbackige Tochter, die mir erneut ihr kaugummikauendes Grinsen zuwirft. Ich schreie innerlich auf und stelle mir vor, wie auf der Fahrt einfach die Bustüren auffliegen und Birgit und Daniela links und rechts hinauspurzeln. »Wie weit ist es noch?«, rufe ich verzweifelt nach vorn zu Susan. Hoffentlich nicht noch gefühlte tausend Kilometer, ich sterbe hier.

»Sind gleich da«, erwidert sie zu meiner Erleichterung. »Wir sind praktisch schon im Ort.«

Tatsächlich hat sie nicht gelogen und nur wenige Minuten später erreichen wir unser Ziel: das Lakeside B&B, ein Bed & Breakfast mit angeschlossenem Pub direkt am See, das uns für die kommenden zwei Nächte eine Unterkunft bieten soll. Sweet Jesus, bitte mach, dass man mir kein Zimmer direkt neben Birgit und Daniela zuteilt, denn das wäre mein sicherer Untergang. Wir steigen aus und Susan begleitet uns bis zur Rezeption, wo alle einchecken dürfen.

»Welche Zimmernummer hast du?«, will Birgit prompt wissen und klappert mit dem Schlüsselbund, den sie direkt an ihren Brustbeutel gehängt hat. »Which room number häff ju?«

Mit Entsetzen blicke ich auf die große Neun, die auf dem Schildchen an Birgits Schlüsselbund prangt. Ich schlucke. »Acht«, krächze ich leise.

»Wondervoll!«, kreischt sie. »Wir sind Nachbarn! We are näibörs!«

Ich habe das spontane Bedürfnis, in Tränen auszubrechen und mich in den See zu stürzen, in der Hoffnung, von einem Monster gefressen zu werden. Aber die Wahrscheinlichkeit, dass ich stattdessen von Birgit und Tochter gefressen werde, ist ungleich höher.

»Ich bin entzückt«, presse ich zwischen den Zähnen hervor und will mich klammheimlich davonstehlen, aber Birgit kennt keine Gnade, schlingt einen Arm um meine Taille und zieht mich mit sich. Wir verlassen alle gemeinsam die Rezeption, ich stolpernd wie ein Besoffener, und gehen draußen eine Treppe hinunter, die am B&B vorbei hinunter zu den Terrassen führt. Ein wunderbarer Blick auf den See bietet sich hier, dazu einladend, Platz auf einem der Stühle zu nehmen und die Natur zu genießen.

Und dort steht er, wie aus einem Reiseprospekt entsprungen, in einem rotgrün karierten Kilt, die strammen Waden in Strümpfen, der sichtlich trainierte Oberkörper in schwarzer Weste und Jacke und das kastanienfarbene Haar und der gepflegte Vollbart schimmernd in der Nachmittagssonne: der Highlander. Na ja, oder zumindest so etwas ähnliches.

Printed in Great Britain
by Amazon